Klarant Verlag

Rolf Uliczka ist geboren und aufgewachsen am Rande der romantischen Holsteinischen Schweiz und lebt mit seiner Frau seit einigen Jahren im Saterland. Menschen in all ihren Facetten und ihre Geschichten haben ihn schon immer fasziniert. Auch das Schreiben war und ist eine seiner größten Leidenschaften. Ostfriesland, das Land der Leuchttürme, des Wattenmeeres, der grünen Landschaften mit seinen geheimnisvollen Mooren und Inseln, wo jährlich Millionen ihren Urlaub verbringen, bietet ihm viel Stoff für das Unerwartete. Genau das macht auch die Spannung seiner Ostfrieslandkrimis aus.

Rolf Uliczka

Westendmord auf Spiekeroog

Die Kommissare Bert Linnig und Nina Jürgens ermitteln: 20. Fall

Ostfrieslandkrimi

Klarant Verlag

Klarant Verlag, www.klarant.de – www.ostfrieslandkrimi.de
E-Mail: ostfrieslandkrimis@klarant.de
ISBN: 978-3-68975-337-5
1. Auflage 2025
Umschlagabbildung: Klarant Verlag

Printed in the EU.
Anmerkung des Autors: Es handelt sich bei dem Ostfrieslandkrimi *Westendmord auf Spiekeroog* um eine frei erfundene Geschichte. Eventuelle Ähnlichkeiten mit realen Personen, Firmen, Gesellschaften, Behörden, Vereinen oder Örtlichkeiten wären grundsätzlich rein zufälliger Natur. Dies gilt auch für Orte, Institutionen und Personen der Handlungen, die konkret benannt sind, sowie kulturelle und touristische Sehenswürdigkeiten, die real, aber im Zusammenhang mit der frei erfundenen Geschichte ausschließlich fiktiv eingebunden sind. Als Beispiele seien hier genannt: die Stegwartin des *Spiekerooger Segelclubs e. V.,* Nina Ottens-Blania, der Führer der *Museumspferdebahn Spiekeroog*, Christian Roll, und der Inhaber des Restaurants *Harle-Stübchen* in Wittmund, Lars Ch. Kröger.

1. Kapitel

Es war Mitte August und Wochenende. Der Wetterbericht hatte an der Nordseeküste für die kommende Woche eine Fortsetzung des traumhaften Urlaubswetters vorhergesagt. Zum Leidwesen der Feriengäste, in deren Bundesländern gerade die Sommerferien zu Ende gingen und die sich jetzt auf ihrer Heimfahrt befanden. Allerdings zur Freude der Urlauber, die am heutigen Samstagvormittag über die Gangway der Spiekeroog 1 das Fährschiff betraten.

Darunter befand sich auch der mittelständische Unternehmer Jorin Bültena aus Friedeburg. Der Endvierziger war ein typischer Ostfriese, wie auch bereits sein Name vermuten ließ. Er war der übrig gebliebene Spross eines gut etablierten Unternehmens, das sich schon in der vierten Generation auf die Produktion von Betonfertigteilen spezialisiert hatte.

Es war noch kein Jahr her, als er das Unternehmen und Vermögen seiner Eltern übernehmen musste. Sein älterer Bruder war ein begeisterter Sportflieger gewesen, und bei einem Schlechtwetterflug waren seine Eltern, jener Bruder, der das Unternehmen inzwischen vom Vater übernommen hatte, sowie dessen Frau tödlich verunglückt. Jorin hatte Architektur studiert und in Hamburg einen Lehrstuhl gehabt. Sein Bruder war kinderlos geblieben. Er selbst hatte inzwischen zwei erwachsene Söhne, von denen einer ebenfalls Architektur und der andere Kunst studiert hatte. Beide lebten nach wie vor in Hamburg.

Jorin hatte sich entscheiden müssen, entweder das Unternehmen zu verkaufen oder seinen Lehrstuhl in Hamburg aufzugeben. Schließlich hatte er sich für Letzteres entschieden. Seiner Frau, einer gebürtigen Hamburgerin, wäre es lieber gewesen, wenn er sich anders entschieden hätte. Und so waren sie in die große Villa seiner Eltern nach Friedeburg gezogen.

Seine Entscheidung war, wenn er ehrlich zu sich selbst sein wollte, allerdings auch davon beeinflusst worden, dass man ihm in Hamburg an der Uni versucht hatte zu unterstellen, dass er sich nicht nur einmal mit Kommilitoninnen eingelassen hätte. Beweise dafür hatten sich jedoch nicht finden lassen, zumal die angeblich Betroffenen dies vehement bestritten hatten. Aber wenn so etwas erst einmal im Umlauf war …

Da war ihm die Alternative, auch wenn er dies offiziell sicher nie zugegeben hätte, gerade recht gekommen. Seine Frau hatte das letztendlich dann doch akzeptiert und es als eine Chance auf einen Neustart ihrer Beziehung gesehen, denn in ihrer Ehe kriselte es schon längere Zeit, nicht zuletzt auch aufgrund der Gerüchte.

Jorin war mit seinen fast zwei Metern Körpergröße, seiner sportlichen Figur und den blonden Haaren ein sehr attraktiver Mann. Eine Tatsache, die er zu nutzen wusste und die auch die Gerüchte beflügelte, dass er es mit der ehelichen Treue nicht so ernst nahm. Heute fand dies mal wieder eine Bestätigung. Denn es war nicht seine Ehefrau, mit der er das Fährschiff nach Spiekeroog betrat. Seine Begleiterin hieß Katharina Seufert, die er erst vor einigen Monaten bei einem geschäftlichen Meeting in Köln kennengelernt hatte.

Die beiden wollten die kommende Woche dazu nutzen, sich in einer kleinen Ferienpension auf Spiekeroog, in der Katharina vor Jahren mal mit ihrem Ex Urlaub gemacht hatte, noch näher kennenzulernen. Die Buchungen für die Unterbringung und Fährfahrten hatte Katharina übernommen, damit dort nicht der im Landkreis Wittmund bekannte Name Bültena auftauchte.

Als Jorin heute am Samstagmorgen sein Haus in Friedeburg verließ, ging seine Frau davon aus, dass er auf dem Weg nach Frankfurt sei, um einen alten Freund zu besuchen. Außerdem war er dort zur Teilnahme an einem einwöchigen Workshop gemeldet, in dem es um neue Verfahrenstechniken für die Herstellung von Betonfertigteilen gehen sollte. Damit weder bei ihm zu Hause noch in der Firma nachgefragt werden würde, hatte er sich am Freitag bereits bei seinem Freund und dem Veranstalter als erkrankt abgemeldet. Im Gegensatz dazu war die Hotelbuchung für den Workshop nicht von ihm storniert, sondern sogar bezahlt worden. Dem Hotel hatte er nur mitgeteilt, dass sich seine Anreise eventuell verzögern könnte. Damit wollte er für den Fall des Falles einen Beweis für seine Frau haben, dass er in Frankfurt gewesen war. Da ein Unternehmerkollege aus München diesen Workshop schon einmal besucht hatte, verfügte er bereits über das gesamte Informationsmaterial aus diesem Meeting.

Nachdem das Liebespaar auf dem Fährschiff im Oberdeck einen kleinen Viererplatz gefunden hatte, an dem es alleine saß, sagte Jorins Partnerin: »Ich wollte dich das schon die ganze Zeit gefragt haben: Hat es mit deiner Krankmeldung geklappt und hast du von deinem Freund die Unterlagen des Workshops bekommen?«

»Kathi, mach dir keine Sorgen, alles bestens. Hat alles geklappt. Zum Glück bist du ungebunden und kannst tun und lassen, was du willst.«

Katharina war eine sehr attraktive Frau von Ende dreißig. Mit knapp einem Meter achtzig und ihrer sehr schlanken Figur hätte man sie jederzeit auf den Catwalk schicken können. Ihre langen schwarzen Haare und ihren dunklen Teint führte sie auf französische Gene ihrer rheinländischen mütterlichen Vorfahren zurück. Ihre Körpergröße hatte sie wohl von ihrem niederländischen Vater geerbt, der ihre Mutter in Xanten geheiratet hatte.

In Bezug auf eine eheliche Verbindung war ihr das Beziehungsglück bisher allerdings nicht besonders hold gewesen. Sie hatte bereits mehrere Partnerschaften hinter sich. Dabei war es nicht das erste Mal, dass sie sich mit einem verheirateten Mann wie Jorin einließ. Inzwischen wurde ihr immer bewusster, dass die biologische Uhr tickte, zumal auch der Wunsch nach eigenem Nachwuchs zunehmend stärker wurde.

Seit ihrem Kennenlernen vor einigen Monaten hatte Jorin sie bereits mehrmals übers Wochenende in Xanten besucht oder sie hatten sich irgendwo in einem Hotel getroffen. Sie wusste, dass es um Jorins Ehe nicht besonders gut stand, und sah darin ihre große Chance. Hinzu kam, dass sie mitbekommen hatte, dass ihr Lover sehr vermögend war und ihr einen sicheren Hort für gemeinsame Kinder würde bieten können. Dass Jorin bereits zwei erwachsene Söhne hatte, störte sie dabei nicht. Im Gegenteil, sie träumte inzwischen schon von einer kleinen Tochter und einem kleinen Sohn mit ihm als Vater.

»Du sagst ja gar nichts. An was denkst du?«, riss ihr Begleiter sie aus ihren Gedanken. »Ich sagte doch gerade schon, du brauchst dir keine Sorgen zu machen. Es ist alles okay.«

Eigentlich hätte sie hier auf der Fähre nicht über ihre Gedanken sprechen wollen. Aber im Gegensatz zu den Fensterplätzen der Fähre, die gut ausgelastet waren, saßen sie alleine im inneren Teil des Oberdecks an einem kleinen Tisch, der keine besonders gute Aussicht nach draußen hatte, sodass sie sich ungestört unterhalten konnten. Daher antwortete sie: »Das hab ich schon mitbekommen. Auch, dass du sagtest, dass ich ungebunden bin. Ja, bin ich. Aber ich dachte gerade mal darüber nach. Will ich das überhaupt sein? Ehrlich gesagt habe ich mich total in dich verknallt. Und ich glaube inzwischen sogar, dass ich gar nicht mehr so ungebunden sein will. Aber was nützt mir das? Du bist ja nicht ungebunden!«

»Kathi, auch ich habe mir darüber schon Gedanken gemacht. Denn meine Gefühle für dich gehen schon seit einer ganzen Weile über bloßen Flirt und körperliche Anziehung hinaus. Deswegen freue ich mich auch so auf diese Woche hier mit dir. Das Wetter spricht ja auch schon für ganz viele romantische Stunden am Strand. Eigentlich wollte ich dir etwas zu diesem Thema in einem ganz intimen Augenblick sagen.«

»Jorin, hier stört uns doch im Moment keiner. Was würdest du mir denn dazu sagen wollen?«

»Ich weiß ja, als du mit deinem Ex-Freund hier auf der Insel warst, dass er dir versprochen hatte, sich von seiner Frau zu trennen, es dann aber trotzdem nicht gemacht hat. Und du hast mir auch erzählt, wie sehr du darunter gelitten hast und dass du seitdem auch keine längeren Beziehungen mehr hattest.«

»Stimmt. Und was willst du mir jetzt damit sagen?«

»Kathi, eigentlich hätte ich mir dafür, wie ich schon sagte, einen romantischeren Ort ausgesucht. Aber ich spüre deine bange Ungeduld, meine Liebste. Daher frage ich dich hier und jetzt: Würdest du meine Frau werden wollen, wenn ich wieder frei bin?«

Ohne Rücksicht darauf, was die Leute an den umliegenden Tischen von ihr denken würden, sprang die Angesprochene auf und fiel ihrem Freund um den Hals. Nach einem langen Kuss hauchte sie ihm dann direkt ins Ohr: »Ja, ja, ja, ich will! Und wie ich will!« Dabei kullerten ihr die Freudentränen aus den Augen, und auch Jorin konnte eine gewisse Rührung nicht verbergen.

»Da scheint aber jemand besonders glücklich zu sein«, kommentierte ein Schiffsoffizier grinsend, der gerade aus dem Steuerhaus gekommen war und am Tisch vorbei nach achtern ging.

Was Jorin in diesem Moment für sich behielt, war, dass er schon vor Kurzem mit seinem Anwalt gesprochen hatte. Das Hauptproblem war nämlich sein Ehevertrag. Als er vor über fünfundzwanzig Jahren seine Frau Nicole geheiratet hatte, war noch nicht abzusehen gewesen, dass er heute durch das Unglück seiner Eltern und seines Bruders über ein so großes Vermögen verfügen würde.

Trotzdem hatte der damalige Familienanwalt seiner Eltern zu einem Ehevertrag geraten, der unter anderem zur Folge hatte, dass Nicole nur eine Mindestabfindung erhalten würde, falls sie die Scheidung forderte. Diesbezüglich hatte sie mal bei einer ehelichen Auseinandersetzung herausgeschrien, dass sie ihn andernfalls schon längst verlassen hätte.

Wie der Anwalt sagte, wäre dies aber in dem Moment kein Problem für Nicole, wenn er die Scheidung verlangen und sie zudem angemessen abfinden würde. Genau das hatte er seit dem Gespräch mit seinem Anwalt vor. Natürlich unter der Voraussetzung, dass Kathi, wie sie es gerade eben getan hatte, Ja sagen würde. Mit dieser Hoffnung war er heute hier auch auf die Fähre nach Spiekeroog gekommen.

Jorin konnte in diesem Augenblick allerdings nicht ahnen, dass Nicole ihrerseits bereits von einigen vertraulichen Dingen in diesem Zusammenhang Kenntnis erlangt hatte und selbst tätig geworden war.

Rückblick

Es war Frühling und eigentlich sollten nicht nur in der Natur die Sonnentage länger werden. Aber im Hause Bültena hatte der Haussegen gerade mal wieder eine kräftige Schieflage. Am Wochenende war Jorin wieder zu einem angeblichen Kundengespräch in Düsseldorf gewesen. Nicole fragte ihren Mann, als er am Sonntagabend nach Hause kam: »Sag mal, Jorin, für wie blöd hältst du mich eigentlich? Kundengespräche am Wochenende in Düsseldorf?! Wenn's nicht so bitter wär, könnte man sich darüber ja totlachen.«

»Glaub doch, was du willst! Und mach, was du willst. Von mir aus lach dich auch kaputt«, sagte der Angesprochene mit einem hintersinnigen Grinsen. »Gehst du oder warst du joggen?«, versuchte er dann abzulenken.

»Ich gehe joggen. Essen kannst du allein. Ich nehm nach dem Laufen nur noch einen Shake und verzieh mich nach dem Duschen gleich in mein Zimmer.« Dann ging sie in die Küche, um noch etwas zu trinken. Jorin war inzwischen nach oben gegangen, wo er auch ein eigenes Schlafzimmer und sein Büro hatte.

Nicole hatte schon die Haustürklinke in der Hand, als ihr einfiel, dass ihr Handy, welches sie üblicherweise mit auf die Joggingrunde nahm, noch oben in ihrem Zimmer lag.

Als sie die Treppe rauf kam, sah sie, dass die Tür zu Jorins Homeoffice offen stand. Aus dem Bad war das Plätschern der Dusche zu hören. Als Nicole an der Bürotür vorbeikam, vibrierte das Handy auf seinem Schreibtisch. Sie konnte nicht an sich halten und wollte sehen, wer da anrief. Vielleicht hatte er das Handy ja auch nicht gesperrt und sie könnte mal in seine Verbindungen und WhatsApp-Chats gucken.

Leider war das Handy gesperrt, dafür lag aber sein offen stehendes Notebook auf dem Schreibtisch. In diesem Moment wurde der Eingang einer E-Mail angezeigt. Aus dem Badezimmer war immer noch das Plätschern der Dusche zu hören. Nicole konnte es sich nicht verkneifen und öffnete die Mail. Die Absenderadresse der E-Mail lautete katseu@web.de. Die E-Mail enthielt als Anlage zwei Screenshots. Zum einen war es der Ausschnitt einer Buchungsbestätigung für zwei Personen für eine Woche von Samstag bis Samstag Mitte August auf Spiekeroog. Um welche Pension es sich handelte, war dem Ausschnitt nicht zu entnehmen. Nur das Wort ›Westend‹ war am oberen Rand noch miterfasst worden. Der zweite Ausschnitt war eine Reservierungsbestätigung für zwei Personen zum Anreisetag für eine Überfahrt mit der Fähre von Neuharlingersiel nach Spiekeroog.

Nicole kannte ihren Mann. Wenn der unter der Dusche stand, das dauerte. Daher druckte sie beide Anlagen und auch die E-Mail aus. Danach setzte sie den Status der E-Mail auf ›ungelesen‹ und verließ mit den Ausdrucken das Büro ihres Mannes.

Normalerweise hatte sie keinen Zugriff auf sein Notebook. Dass er dieses offen stehen gelassen hatte, war wohl dem Umstand zu verdanken, dass er annahm, dass sie schon auf ihrer Joggingrunde war. Sie versteckte die Ausdrucke in ihrem Zimmer und machte sich dann tatsächlich auf den Weg.

Unterwegs dachte sie über die Situation nach. Offensichtlich hatte sich Jorin mit dieser ›Katseu‹, wie Nicole die Geliebte ihres Mannes inzwischen nannte, in Düsseldorf getroffen, wie der kurze Text in der Mail vermuten ließ. Bei dem Treffen hatten die beiden wohl abgesprochen, dass seine Geliebte die einwöchige Buchung für Mitte August auf ihren Namen machte und ihm die Buchungsbestätigungen schickte.

Nicole Bültena war schon seit Langem davon überzeugt, dass ihr Mann sie betrog. Am liebsten hätte sie sich auch schon längst von ihm scheiden lassen. Aber es gab einen Ehevertrag. Dieser war seinerzeit vom Familienanwalt der Bültenas sehr verklausuliert zu ihren Ungunsten aufgesetzt worden. Da zu dem Zeitpunkt auch sein Bruder testamentarisch in die Gesamtvermögenswerte eingebunden war, hätte auch ein freiwilliger Verzicht ihres Mannes auf Anwendung des Ehevertrages zu ihren Gunsten nicht viel bewirkt. Jedenfalls würde sie nur eine Minimalabfindung erhalten, wenn sie die Scheidung veranlassen würde, es sei denn, dass sie ihm Ehebruch nachweisen könnte. Bis zu dem Tête-à-Tête ihres Mannes auf Spiekeroog Mitte August waren es noch einige Wochen. Die Zeit wollte sie nutzen, um sich anwaltlichen Rat zu holen.

Am nächsten Morgen machte sie gleich einen Termin bei einem Scheidungsanwalt in Wittmund, der ihr von einer Freundin empfohlen worden war. Nachdem dieser sich den Ehevertrag und Nicoles Ausdrucke von gestern durchgelesen hatte, sagte er: »Grundsätzlich ist die Klausel, die Ihnen im Fall einer Scheidung eine faire Abfindung vorenthält, nach heutiger Rechtsprechung wachsweich und vor Gericht wahrscheinlich leicht auszuhebeln. Da Ihr Mann Sie aber, wie die Buchungsbestätigung belegt, ganz offensichtlich betrügt, könnten wir uns alle juristische Raffinesse sparen, wenn wir einen Beleg dafür hätten, dass Ihr Mann im August tatsächlich mit dieser ›Katseu‹ die Woche gemeinsam auf Spiekeroog verbracht hat. Hier könnte für Sie der ausdrückliche Hinweis auf Folgen eines Ehebruches sogar hilfreich sein.«

»Wie soll ich an einen solchen Beweis kommen?«, wollte Nicole wissen. »Selbst wenn ich wüsste, um welche Pension es sich handelt, der Pensionswirt wird mir einen solchen Beleg doch sicher im Sinne des Datenschutzes verweigern.«

»Davon ist wohl auszugehen. Am besten wäre, wenn Sie Bilder des Liebespaares mit dokumentierter Signatur hätten.«

»Und wie soll ich da rankommen? In dem Moment, wo mich mein Mann zum Beispiel irgendwo am Strand auftauchen sieht, wird der doch sicher sofort zu mir hergelaufen kommen. Dann war es das mit einem Bild vom kuschelnden Liebespaar.«

»Ich könnte Ihnen dafür einen Profi empfehlen, der als Privatdetektiv sogar für manches Unternehmen schon Fälle von Wirtschaftskriminalität aufgedeckt hat. Aber auch in einigen meiner Scheidungsfälle war er sehr erfolgreich. Daher weiß ich so einiges über ihn. Ich glaube, so viel darf ich Ihnen sagen. Bevor er sich mit seiner Detektei selbstständig gemacht hat, war er als Investigativ-Journalist tätig. Wenn Sie wollen, lasse ich gleich von meiner Sekretärin für Sie einen Termin bei ihm machen, damit Sie nicht von zu Hause aus dort anrufen müssen. Er hat seine Detektei hier in Wittmund und heißt Arjen Wolthoff.«

Nicole hatte Glück. Sie konnte direkt vom Anwalt weiterfahren zu der Detektei. Arjen Wolthoff hatte gerade einen Terminausfall und damit Zeit für sie. Als sie dort ankam, wurde sie gleich von der Sekretärin in das Büro ihres Chefs gebracht. Nachdem sie sich begrüßt und vorgestellt hatten, wollte Arjen wissen: »Tee, Kaffee oder Wasser?« Nicole entschied sich für Kaffee, der ihr auch kurz darauf von der Sekretärin in einer kleinen Lounge serviert wurde.

Eigentlich hatte sie eine Räumlichkeit erwartet, wie man es aus alten Detektivfilmen kennt. Mit etwas verstaubtem mit Büchern vollgestopftem altem Mobiliar, kleinen Fenstern und einer dunklen Holzdecke. Schon als sie seitlich von einer großen Doppelgarage ihr Auto auf einem der fünf markierten Parkplätze abgestellt hatte, war sie von dem modern gestalteten großen hellen Gebäude im Bauhausstil überrascht gewesen. Viel Rasenfläche wurde von schmalen Pflanzrabatten begrenzt.

Auch den Detektiv hatte sie sich eigentlich anders vorgestellt. Er war mittelgroß mit einer gemütlichen Körpermitte und einem sympathischen Gesichtsausdruck. Sie schätzte ihn auf Mitte fünfzig. Er hatte einen dunklen Kurzhaarschnitt, schon eine leichte Stirnglatze und trug einen Dreitagebart. Man hatte den Eindruck, dass dem wachen Blick seiner blauen Augen nichts entging. Er war modern gekleidet, im Stil Business Casual, wie man das heute bezeichnete. Er hatte sich von seiner Sekretärin eine kleine Teekanne mit Stövchen auf den Tisch der Lounge stellen lassen. Seine Tasse nahm er von seinem Schreibtisch mit, als er sich zu Nicole setzte.

»Frau Bültena, was kann ich für Sie tun? Die Sekretärin Ihres Anwalts deutete etwas von Seitensprung Ihres Ehegatten und einem Ehevertrag an. Bevor Sie darauf antworten – sehe ich das richtig, dass Ihr Ehemann der Unternehmer Jorin Bültena aus Friedeburg ist?«

»Ja, kennen Sie ihn? Und vor allem, kennt er Sie persönlich?«

»Nein, Ihr Mann und ich sind uns bislang noch nicht begegnet. Ich kannte aber seinen Vater und seinen Bruder, die bei dem tragischen Flugzeugabsturz ums Leben gekommen sind. Daher weiß ich auch, dass Ihr Mann das Unternehmen übernommen hat. Da es in Ihrem Fall offensichtlich um einen Seitensprung geht, will ich Ihnen auch nicht verschweigen, was mir seinerzeit ein Vöglein gezwitschert hat.«

»Sie können ganz offen mit mir sprechen, Herr Wolthoff. Ich ahne schon, was ich jetzt von Ihnen zu hören bekommen werde.«

»Dass wir ganz offen miteinander reden, Frau Bültena, setze ich voraus und ist unabdingbar, wenn ich für Sie tätig werden soll! Es ist mir seinerzeit zu Ohren gekommen, dass Ihr Mann das Familienunternehmen eigentlich hatte verkaufen wollen. Zu der Zeit stand aber in der Uni der Vorwurf gegen ihn im Raum, dass er sich mit Kommilitoninnen eingelassen haben soll.«

»Das stimmt. Aber selbst die Betroffenen haben das verneint, sodass meinem Mann nichts nachgewiesen werden konnte. Er hat sich aber trotzdem dafür entschieden, hier in Friedeburg das Familienunternehmen zu übernehmen. Ich selbst wäre viel lieber in Hamburg geblieben, wie ich ehrlich zugeben muss. Schließlich habe ich aber doch gute Miene zum bösen Spiel gemacht, in der Hoffnung, dass unsere eheliche Beziehung sich vielleicht doch noch retten ließ. Das, was mir der Zufall in die Hände gespielt hat, habe ich hier dabei«, sagte Nicole und übergab dem Detektiv die Buchungsbestätigung für die Pension und die Reservierung von zwei Plätzen auf der Fähre nach Spiekeroog.

Nachdem Arjen sich das genau angeschaut hatte, sagte er: »Weder der Name Ihres Mannes noch der Pension wird dort erwähnt. Man kann es nur annehmen, dass er die zweite Person ist, für die diese Buchungen erfolgten. Und das nur aufgrund der Tatsache, dass diese ›Katseu‹ ihm diese Reservierungen per E-Mail geschickt hat. Auch ihr kurzer Begleittext gibt keinen rechtssicheren entsprechenden Hinweis darauf. Es kommt also wirklich darauf an, das Pärchen in flagranti zum Beispiel kuschelnd im Strandkorb oder auf der Decke zu erwischen und dabei zu fotografieren. Aber es geht auch um einen Ehevertrag. Wie ich sehe, haben Sie diesen auch gleich mitgebracht.«

»Ja«, erwiderte Nicole und übergab diesen an den Detektiv. Ihr Anwalt hatte vorhin während ihres Gesprächs Kopien von ihren Unterlagen anfertigen lassen.

Nachdem Arjen mit dem Lesen fertig war, sagte er: »Ich gehe mal davon aus, dass Ihnen Ihr Anwalt schon gesagt hat, dass es im Falle einer Scheidung gute Chancen gäbe, eine Benachteiligung bei der Abfindung juristisch zu vermeiden.«

»Das hat er. Allerdings hat er auch gesagt, dass es wohl einfacher und sicherer wäre, seinen Seitensprung in einem Bilddokument zu belegen.«

»Könnte was dran sein. Zumal es schon bemerkenswert ist, wie sich Ihr Mann aus dem Vorwurf sexueller Beziehungen zu Abhängigen herauslaviert hat. Irgendwie muss er es ja geschafft haben, dass die betroffenen Kommilitoninnen die Klappe gehalten haben. Das halte ich schon für recht bemerkenswert. Aber das habe ich hier nicht zu bewerten.«

»Herr Wolthoff, nachdem Sie jetzt die Situation kennen – würden Sie für mich in dieser Angelegenheit tätig werden und wie wäre dann Ihre Vorgehensweise?«

»Die Buchung auf Spiekeroog beginnt am Samstag Mitte August. Da haben wir noch etwas Zeit. Ich kenne Spiekeroog. Der Spiekerooger Segelclub hat eine Steganlage, die auch von Gastliegern genutzt werden kann. Ich selbst habe ein kleines Kajütmotorboot. So wie ich die Sachlage einschätze, könnte ich für den besagten Samstag einen Gastliegeplatz für mein Boot reservieren. Ich schätze, dass ich je nach Witterung innerhalb von zwei bis drei Tagen über entsprechendes beweiskräftiges Bildmaterial verfügen werde.«

»Was würden denn da für Kosten auf mich zukommen?«

»Meine Honorarforderungen und üblichen Nebenkosten wird Ihnen meine Sekretärin schriftlich mitgeben. Dazu kämen dann die Liegegebühren für meine Bootslänge von achtzehn Euro pro Tag. Zusätzlich fallen dann noch für jeden Tag etwa weitere zwölf Euro als Gästebeitrag für die Kurverwaltung, die Servicepauschale für den Segelclub und den Strom an. Damit ist dann auch meine Unterbringung abgedeckt, da ich auf meinem Boot am Steg übernachten kann. Wenn Sie einverstanden sind und mich beauftragen wollen, lasse ich von meiner Sekretärin gleich eine entsprechende Vereinbarung fertig machen. In dem Fall wäre es schön, wenn Sie mir per WhatsApp ein paar Fotos von Ihrem Mann schicken.«

Kurz darauf war Nicole irgendwie erleichtert auf dem Weg nach Friedeburg. In diesem Moment musste sie an ihre Söhne denken. Die Gerüchte an der Uni waren natürlich auch diesen zu Ohren gekommen und es hatte diesbezüglich eine heftige Auseinandersetzung zwischen Jorin und seinen Söhnen gegeben. Ihr Mann hatte aber auch seinen Söhnen gegenüber alles bestritten und das als eine Schmutzkampagne einer Kollegin aus einer anderen Uni dargestellt, die unbedingt seine Professur in Hamburg hatte übernehmen wollen. Was ihr am Ende auch gelungen war, da Jorin sich doch entschieden hatte, die Firma in Friedeburg zu übernehmen.

Zurück im August

Es war so weit. Arjen machte sich auf den Weg zum Yachthafen nach Harlesiel, wo sein Kajütboot einen Stammplatz hatte. Der Auftrag von Nicole Bültena hätte nach seinem Empfinden bei dem Traumwetter eigentlich in die Kategorie Hobby oder zumindest Freizeit gehört. Denn nicht wenige Menschen aus dem nahen und fernen Umland hätten viel dafür gegeben, mit einem solchen Kajütboot ein paar Tage auf Spiekeroog, der autofreien ›Insel zum Ankommen, Loslassen und Entschleunigen‹, verbringen zu dürfen.

Doch zu dieser Stimmung wollte gar nicht so richtig passen, dass er schon zu Hause beim Einsteigen in sein Auto in der Ferne die Hörner mehrerer Einsatzfahrzeuge hörte. Kurz vor der Ortsausfahrt Wittmund auf der B461 in Richtung Carolinensiel wurde er dann mit Blaulicht und Martinshorn von einem Feuerwehrauto überholt. Auf der Höhe von Funnixsiel brannte auf dem Feld eine Scheune. Dort waren bereits die Feuerwehrleute mit ihren Löschfahrzeugen im Einsatz.

Das weckte Erinnerungen in ihm an seine erste große Reportage vor vielen Jahren über eine Serie an Brandstiftungen im Oldenburger Münsterland. Er hatte zu der Zeit gerade die Journalistenschule in Hamburg abgeschlossen und ein Volontariat als freier Mitarbeiter bei einer Oldenburger Zeitung begonnen. Mehr oder weniger zufällig war er von seinem Chefredakteur zu den Bränden geschickt worden. Bei der Auswertung des Bildmaterials fiel ihm ein junger Feuerwehrmann auf, der an allen bisherigen drei Einsatzorten äußerst engagiert im Einsatz gewesen war.

Als dieser dann auch beim vierten Brand innerhalb weniger Wochen – sogar in Zivil – auf den Bildern zu sehen war, sprach Arjen seinen Chef darauf an. Der informierte daraufhin die zuständige Polizeibehörde in Oldenburg. Am Ende stellte sich heraus, dass der Mann tatsächlich die Brände gelegt hatte, um sich danach als rettender Held bei der Bekämpfung beweisen zu können. Für die Redaktion der Zeitung war aber jetzt Arjen der Held.

Im Grunde war das für ihn der Startschuss gewesen, sich in Richtung Investigativ- Journalismus zu entwickeln. Dies wurde nicht zuletzt durch seinen Chefredakteur sehr stark mit beeinflusst, der viele Jahre in diesem Genre in der Welt unterwegs gewesen war, bevor er in der Oldenburger Zeitungsredaktion den Chefposten übernahm.

Auch später waren dessen alte weltweite Kontakte sehr hilfreich, obwohl Arjen als freier Journalist schon lange nicht mehr für die Oldenburger Zeitung tätig war. Inzwischen war er schon in fast allen Kontinenten unterwegs und im Einsatz gewesen.

Der Brand in seinem Elternhaus vor etlichen Jahren, bei dem seine Eltern beide ums Leben gekommen waren, hatte dann mit dazu beigetragen, dass er den Journalismus an den Nagel hing und in seiner Heimatstadt eine Detektei eröffnete. Die Brandursache war eine Gasexplosion gewesen. Wodurch diese ausgelöst worden war, hatte nicht eindeutig ermittelt werden können.

Als Alleinerbe und auch durch seine journalistischen Aktivitäten mangelte es ihm nicht an Geld. Daher hatte Arjen die Ruine abtragen lassen und auf dem Areal ein großes modernes Gebäude im Bauhausstil errichtet. Dieses nutzte er sowohl als Wohnhaus als auch für seine Detektei.

Inzwischen war er im Yachthafen von Harlesiel angekommen und hatte sein benötigtes Gepäck auf dem Boot verstaut. Das zehn Meter lange geräumige Kajütboot verfügte über eine gute Ausstattung mit zwei Kabinen, wovon er eine als Salon hatte umbauen lassen. WC und Dusche sowie eine gut bestückte Küchenzeile waren obligatorisch. Die Tide hatte gerade gewechselt und er würde dem ablaufenden Wasser folgen können. Daher ging er davon aus, dass er für die Überfahrt nach Spiekeroog kaum mehr als eine Stunde brauchen würde. Dies bestätigte sich, als er dort ankam und sein Boot zum zugewiesenen Platz steuerte, wo er schon von einer sonnengebräunten freundlich lächelnden jungen Frau mit schicker Sonnenbrille erwartet wurde. Sie hatte ihn von dem einer Schiffsbrücke nachgebauten Steghaus aus bereits auf den Hafen zufahren sehen.

Es war die Stegwartin des SSC, Nina. »Moin Arjen, schön, dich mal wieder hier bei uns im Hafen begrüßen zu dürfen. Was ist es denn diesmal? Auftrag oder Entschleunigung?«, begrüßte sie ihn lachend, während sie die zugeworfene Leine am Steg vertäute. Sie wusste bereits von anderen Besuchen, dass er Privatdetektiv war.

»Wenn ich nach dem Wetterbericht gehe, dann wohl eher Entschleunigung und mehr Hobby als Arbeit. Daher werde ich mich heute Abend ein wenig landfein machen und in einem der Restaurants zu Abend essen.«

Wenn die Stegwartin für den heutigen Abend nicht schon eine Einladung gehabt hätte, wäre ihr sicher etwas eingefallen, sich von dem Skipper zu einem gemeinsamen Abendessen einladen zu lassen. Sie konnte ja nicht ahnen, dass Arjen gerade selbst auch daran gedacht hatte, sie zum Essen einzuladen. Und so dachte sie noch, aufgeschoben ist nicht aufgehoben, und sagte: »Na, dann wünsche ich dir guten Appetit und einen schönen Aufenthalt! Du wusstest ja noch nicht, ob du zwei oder drei Tage bleibst.«

»Da das Wetter so bleiben soll, wohl im Sinne der Entschleunigung eher drei Tage, für die ich ja auch schon bezahlt habe. Könnte auch sein, dass ich noch ein oder zwei Tage dranhänge. Na, wir werden sehen.«

Aber es sollte ganz anders kommen.

Doch zunächst nutzte Arjen die Zeit bis zum Abendessen, um sich auf seinem Notebook nochmal mit dem alten Fall zu befassen, der ihn schon mal vor einiger Zeit an den Weststrand auf Spiekeroog gebracht hatte. Es gab offensichtlich sehr viele Parallelen zu seinem jetzigen Auftrag und so hatte er die Dateien zu dem alten Fall auf sein Notebook übertragen. Dazu auch Bildmaterial über die denkbare Ferienunterkunft des Liebespärchens aus dem alten Fall. Diese lag am Spiekerooger Westend etwas versteckt in den Dünen neben der Museumspferdebahnstrecke, unweit von der alten Endstation. Er hatte noch reichlich Zeit bis zum Abendessen. Daher machte er sich auf den Weg zum Westend.

Er war nicht mehr allzu weit von der Endstation der Pferdebahn entfernt, als er an einem unscheinbaren Weg in die Dünen vorbeikam. Es war der Weg zur Ferienunterkunft, von der er meinte, dass auch das Pärchen seines jetzigen Falles dort gebucht haben könnte.

Vom Weg aus sah man nur den Giebel. Hier war er schon gewesen und er wusste, dass es schwierig war, sich dem Gebäude für eine Observation unbemerkt zu nähern.

Er ging daher weiter bis zur Endstation der Museumspferdebahn am Westend. Er konnte sich denken, warum diese ›Katseu‹ geschrieben hatte: »Am Weststrand gibt es zwar keine Strandkörbe, aber auch keinen üblichen Ferientrubel. Dafür haben die Wirtsleute aber einen Sonnenschirm.« Er konnte sich auch schon vorstellen, was Jorins Geliebte damit meinte und vorhatte. Genau das hatte ihn auf die Idee gebracht, dass es sich eigentlich nur um die Pension handeln konnte, an der er gerade vorbeigegangen war. Denn eine ähnliche Formulierung hatte auch bei seiner ersten Observierung an diesem Strandteil eine Rolle gespielt. Daher folgte er einfach seinem Instinkt, der ihm sagte, dass es sich um die gleiche Pension handeln müsste, mit der er es bereits zu tun gehabt hatte.

Allerdings war es schon eine Weile her, als er hier am Westend im Einsatz gewesen war. Aber er wusste noch, dass auf der Seite des Weststrandes die unteren Ausläufer der Dünen mit dem Strandhaferbewuchs noch für die Feriengäste freigegeben waren. Erst kurz bevor die Düne steiler wurde, standen beschriftete Hinweisschilder in relativ großen Abständen in den Dünenausläufern, dass die Dünen nicht betreten werden sollten.

An die Anweisung hatte er sich aber schon bei seinem ersten Einsatz hier vor Ort nicht halten können. Wie hätte er sonst für seine Klientin kompromittierende Bilder schießen sollen? Heute wollte er sich nur anschauen, ob es in den Dünen und auf der anderen Seite, wo hoffentlich auch dieses Pärchen ein lauschiges Plätzen beziehen würde, alles beim Alten geblieben war. Er hatte sich ein Bild des Strandabschnittes seines seinerzeitigen Auftrages auf sein Handy geladen. Darauf befand sich auf dem Dünenausläufer etwas weiter hinten, kurz bevor die Düne steiler wurde, ein auffälliges Verbotsschild in Form einer Planke mit der Aufschrift »Deiche & Dünen schützen die Insel BITTE NICHT BETRETEN«. Er ging davon aus, dass dieser markante Dünenausläufer mit dem ziemlich dichten Strandhaferbewuchs eine Empfehlung der Vermieter gewesen war.

Kurz hinter der großen Anlage des Hauses Sturmeck mit seinen Unterkünften für Gruppenveranstaltungen lagen noch zwei Backsteingebäude und ein Lagerhaus, deren sandiger Untergrund zum Betonweg hin mit einer meterhohen Steinmauer abgestützt wurde.

Unmittelbar dahinter befand sich eine Zufahrt zur Rückseite des Lagerhauses. Die steil aufragende Düne war hier mit einer meterhohen Betonmauer abgestützt. Es war noch reger Fußgängerbetrieb, und einige Einheimische waren mit Fahrrädern auf dem Westend unterwegs. Arjen hatte seinen Fotoapparat um den Hals gehängt und bereits viele Fotos gemacht. Seine professionelle Umhängetasche und seine Mütze mit der Aufschrift PRESSE ließen ihn wie einen Zeitungsreporter erscheinen.

Keiner der Leute auf dem Betonweg zum Strand achtete auf ihn, als er zur Rückseite des Lagerschuppens den offiziellen Weg verließ. Durch die Gebäude vorn an der Straße gedeckt, suchte Arjen sich zwischen dem Bewuchs der Düne einen Weg nach oben. Auf dem Kamm der Düne schaute er nach Plätzen, die ihm für die Observation genügend Deckung bieten würden. Schnell hatte er den Dünenausläufer mit der markanten Planke als Verbotsschild wiederentdeckt und auch sein alter Observierungsstandort bot immer noch genügend Sichtschutz. Er war sich sicher, dass das Pärchen bei dem Wetter vor allem die Morgenstunden vor der Mittagshitze für ein paar Stunden am Strand nutzen würde. Jedenfalls hoffte er das, denn er würde außer seiner Schirmmütze keinen Sonnenschirm zur Verfügung haben. Zum Ende seiner Dünenerkundung meldete sich sein Magen zu Wort. Aber es lagen noch gut zwei Kilometer bis zum kulinarischen Ortszentrum auf Spiekeroog vor ihm und umziehen wollte er sich auch noch auf seinem Boot.

Nach dem Abendessen kehrte Arjen gleich zu seinem Boot zurück. Dort zog er noch die Bilder von heute Nachmittag auf sein Notebook. Da er über das WLAN des SSC Zugang zum Internet hatte, schaute er sich die erkundeten Plätze auf der Düne am Westend noch einmal auf Google Maps an. Davon machte er dann einen Screenshot und markierte darauf die Plätze, die er für seine Observation für geeignet hielt. Danach verschwand er in seiner Koje, denn er wollte am nächsten Morgen zeitig aufstehen.

Es versprach ein herrlicher Sonntagmorgen zu werden, als um sechs Uhr sein Wecker klingelte. Noch vor sieben machte er sich bereits mit leichter Bekleidung, aber Mütze und kleinem Rucksack auf den Weg zum Westend. Am Ende des Steges kam ihm ein Mann entgegen, der wohl aus dem Sanitärgebäude gekommen war. Jedenfalls hatte dieser eine Waschtasche dabei und ein Handtuch über der Schulter.

»Moin«, sagte der Skipper, als er näher kam, mit einem Grinsen. »Du hast wahrscheinlich deinen Toilettengang schon auf dem Boot hinter dir.«

»Moin«, erwiderte Arjen den Gruß ebenfalls grinsend. »Aber beides ist besser als ein Spatengang in der Natur.«

»Da hast du auch wieder recht. Dann viel Spaß heute! Sieht ja aus, als wenn du zum Strand willst.«

»Ja, so ungefähr. Danke, dir auch ’nen schönen Tag.«

Irgendwie hatte Arjen auf einmal das Gefühl, dass er dem Mann schon mal begegnet war. Vor allem meinte er die Stimme erkannt zu haben. Aber er konnte sich beim besten Willen nicht erinnern, woher er diese kannte. Als er nach einem kleinen Dauerlauf von etwa einer Viertelstunde, um sich fit zu halten, bei den Dünen am Westend ankam, war weit und breit kein Mensch zu sehen. Obwohl es eigentlich verboten war, legte er sich zunächst zwischen dem Dünenbewuchs auf der Seite der Düne auf die Lauer, wo er einen Blick auf den Weg hatte, der Westend genannt wurde und der am Durchgang zum Weststrand endete. Von dort konnte er schon von Weitem sehen, wenn sich Fußgänger in Richtung Weststrand bewegten.

Er war gespannt, ob und gegebenenfalls wann sich das Paar zum Weststrand begeben würde. Sicher konnte er sich da natürlich nicht sein. Aber nach dem, was er aus dem Gespräch mit Nicole Bültena herausgehört hatte, ging er davon aus, dass der Fremdgänger und seine Bekanntschaft kaum den Hauptstrand mit den Strandkörben nutzen würden. Für eine intime Zweisamkeit waren da wesentlich besser die Dünenausläufer am Weststrand geeignet. Zudem war das nur wenige Hundert Meter von der Ferienunterkunft entfernt.

Er hatte sich kaum eingerichtet, als zwei Jogger im strammen Tempo ins Blickfeld kamen. Beide hatten wie er einen Rucksack auf dem Rücken. In seinem Fall war das seinem Auftrag geschuldet, bei denen erschien ihm das aber etwas merkwürdig.

Doch in dem Moment kam ein joggendes Pärchen in sein Blickfeld und nahm seine volle Aufmerksamkeit in Anspruch. Als sie nahe genug waren, konnte er durch das Teleobjektiv erkennen: Der Mann war nicht Jorin Bültena. Kurz darauf war das Jogger-Pärchen im Durchgang zum Strand verschwunden. Arjen ging davon aus, dass die beiden wohl weiter zum Hauptstrand mit den Strandkörben wollten.

Es dauerte nicht lange und ein Mann mit einem großen Hund näherte sich. Ein Blick durch das Teleobjektiv bestätigte Arjens Annahme: Auch dieser Mann war nicht sein Zielobjekt.

Es war eine ganze Weile später, als sich ein Pärchen mit einem Sonnenschirm in Richtung Weststrand näherte. Die beiden schienen über den Weg zur Pension seines ersten Falles hier aus den Dünen gekommen zu sein, denn den betonierten Weg neben den Schienen der Pferdebahn konnte man weit einsehen. Schon von Weitem erkannte Arjen, dass sowohl der Mann als auch die Frau sehr groß waren. Als sie näherkamen, konnte er durch das Teleobjektiv erkennen, dass es sich bei dem Mann tatsächlich um Jorin Bültena handelte.

Vorsorglich machte er schon mal ein paar Fotos. Beim Zugang zum Strand verlor er die beiden aus den Augen. Daher machte er in der Düne einen der gestern erkundeten Stellungswechsel. Auch hier hatte er gut vorausschauend geplant. Das Pärchen breitete genau da die Decke aus, wo er es schon erwartet hatte. Dort waren die Verliebten zum Strand hin durch etliche Büschel Strandhafer vor Blicken geschützt. Damit, dass sie jemand von weiter oben bereits im Visier hatte, schienen sie nicht zu rechnen. Jedenfalls legten sie ungeniert auch ihre Badebekleidung ab.

In dem Moment ging bei ihm eine WhatsApp ein. Es war seine Sekretärin, die wissen wollte, ob er schon eine Idee gehabt hätte, wo er das Pärchen finden könnte. Weil er sein Handy gerade in der Hand hatte, filmte er das Paar, das eben dabei war, sich nackt auf die Decke zu legen. Das Video leitete er dann gleich als Antwort auf die Frage seiner Sekretärin weiter.

Danach machte er von der intimen Zweisamkeit noch einige Fotos mit dem Teleobjektiv. Es dauerte nicht lange, dann tauschten die beiden Zärtlichkeiten aus. Es war nicht Arjens Ansinnen, pornografische Aufnahmen zu machen. Bilder, die der Scheidungsanwalt brauchte, hatte er bereits. Daher machte er Anstalten, seine Kamera wieder in den Rucksack zu packen, als ihm die Sinne schwanden. Dass die Ursache ein tödlicher Schuss in seinen Kopf gewesen war, entging bereits seiner Wahrnehmung.

2. Kapitel

Manfred Breuer machte sich am Montagmorgen mit seinem Jagdhund Roxy auf den morgendlichen Weg zum Weststrand am Westend. Um diese Zeit war dort in der Regel abgesehen von ein paar Frühjoggern kaum Betrieb. Daher konnte er dort seinen Hund sich richtig austoben lassen. Dazu hatte er in seinem kleinen Rucksack immer eine Frisbee-Scheibe dabei, Roxys Lieblingsspielzeug. Schließlich hatte er den Durchgang zum Strand erreicht. Kein Mensch weit und breit, noch nicht einmal ein Frühjogger.

Manfred machte seinen Hund von der Leine los. Normalerweise rannte Roxy erst einmal gut hundert Meter in Richtung Hauptstrand voraus, blieb stehen und schaute zu ihm zurück, als wollte er sagen: »Herrchen, wo bleibst du denn? Komm, beweg dich mal ein bisschen schneller!«

Auch diesmal blieb Roxy stehen. Aber er schaute sich nicht um. Irgendetwas schien ihm in seine empfindliche Hundenase gekommen zu sein. Und dann sprang er auf einmal die Düne hinauf. Manfred vermutete, dass sein Hund die Witterung irgendeines Tieres aufgenommen haben könnte. Aber dann sah er, dass eine Schar von Möwen davonstob. In dem Moment war Manfred sich sicher, dass Roxy die Witterung eines Tierkadavers in die Nase bekommen hatte.

Im gleichen Augenblick fing Roxy oben auf dem Dünenkamm auch schon an zu bellen. Das machte er immer, wenn er einen Fund anzeigen wollte. Manfred rannte ein Stück den Weg zur Düne hinauf. Das letzte Stück war sogar ziemlich steil. An der Planke mit der Bitte, die Düne nicht zu betreten, war er achtlos vorbeigerannt.

Auf einmal schlug ihm immer stärker werdender Verwesungsgeruch entgegen. Dieser Teil der Düne war von niedrigen Büschen bewachsen. Was ihm aber den Aufstieg erleichterte, da er sich dran hochziehen konnte. Über ihm kreiste immer noch eine kreischende Möwenschar. Manfred schaute unwillkürlich nach oben, denn ganz freche Möwen flogen inzwischen Scheinangriffe auf ihn und seinen Hund. Diesen konnte er im Moment nur hören, aber nicht sehen, da Roxy sich von seinem Standort aus hinter einem Busch befand.

Dann hatte Manfred endlich seinen Hund erreicht und erstarrte vor dem Anblick, der sich ihm darbot. Da lag mit dem Kopf halb zwischen zwei kleinen Büschen ein übel zugerichteter Mensch mit dem Gesicht nach unten im Sand! Die Möwen hatten ganze Arbeit geleistet, vor allem an den nackten Armen und Beinen. So wie es aussah, war es ein Mann. Und es bestand kein Zweifel daran, dass er tot war. Manfred fragte sich, wie lange der da wohl schon lag. Im Moment war er wie gelähmt, als ihn eine Möwe tatsächlich angriff und er sich mit einem Schlag in die Luft wehren musste.

Eins stand für ihn fest: Wenn er jetzt mit seinem Hund weggehen würde, um Hilfe zu holen, würden die Möwen wieder über den Leichnam herfallen. Er nahm also sein Handy. Eigentlich hatte er sich die Notfallnummern der Insel auf seinem Handy speichern wollen, aber es war leider bei der Absicht geblieben. Daher wählte er jetzt mit der 110 den Polizeinotruf.

Nachdem er den Leichenfund und die aktuelle Situation geschildert hatte, sagte die Beamtin: »Es ist gut, wenn Sie mit Ihrem Hund verhindern, dass die Möwen sich weiter an der Leiche zu schaffen machen können. Bitte bleiben Sie über Ihr Handy erreichbar. Ich werde inzwischen die Polizeistation auf Spiekeroog und auch die Feuerwehr alarmieren, damit Sie schnell Hilfe bekommen. Danach werde ich mich wieder melden und Ihnen weitere Informationen geben können.«

Manfred entdeckte nur ein paar Schritte entfernt einen kleinen abgestorbenen Busch. Diesen riss er heraus und schlug damit jetzt nach den Möwen, wodurch diese nicht mehr so nah an ihn und seinen Hund herankamen. Roxy hatte ebenfalls begriffen, dass die Möwen hier der Feind waren, und sprang weiterhin laut bellend nach ihnen. Natürlich erwischte er keinen einzigen von diesen geschickten Fliegern.

Es dauerte eine Weile, bis ein Anruf auf Manfreds Handy einging. Inzwischen hatte er damit von dem Toten ein paar Fotos gemacht. Es war die Beamtin des Polizeinotrufes: »Herr Breuer, vielen Dank, dass Sie gewartet haben. Wie ist Ihre aktuelle Situation?«

Manfred gab einen kurzen Lagebericht, worauf die Beamtin sagte: »Das machen Sie sehr gut. Wir hatten Glück, zwei Kollegen der Feuerwehr sind gerade von einem Einsatz im Hafen zurückgekommen und bereits mit ihrem Fahrzeug auf dem Weg zu Ihnen. Bis der Kollege der Spiekerooger Polizeistation mit seinem Fahrrad bei Ihnen sein wird, kann es einige Minuten länger dauern.«

»Die Feuerwehr ist schon am Strand angekommen«, unterbrach sie der Feriengast. Die Beamtin beendete daraufhin offiziell das Telefonat, indem sie auf die Zuständigkeit des Kollegen vor Ort verwies, der alles Weitere veranlassen würde.

In dem Moment erreichten auch schon die beiden Feuerwehrmänner die Fundstelle der Leiche. Sie hatten eine Trage und eine große Plane mitgebracht, mit der sie sofort die Leiche abdeckten. Da etwas Wind aufgekommen war, sicherten sie die Plane mit langen Heringen. Sie hatten das gerade beendet, als der Polizist mit seinem Fahrrad ebenfalls den Strand erreichte. Roxy hatte sich inzwischen auch beruhigt, zumal auch die Möwen jetzt in etwas größerer Höhe über den Anwesenden kreisten.

Der Inselpolizist hatte auf seinem Anhänger eine Rolle blau-weißes Band mit der Aufschrift POLIZEIABSPERRUNG mitgebracht und begann sofort damit, den unteren Bereich des Dünenausläufers abzusperren. Dazu nutzte er den vorhandenen Bewuchs zur Befestigung, ebenso wie mitgebrachte nicht sehr lange Eisenstangen. Das Feuerwehrfahrzeug stand damit innerhalb der Absperrung. Fußgänger, die den üblichen Weg vom Zeltplatz zum Strandkorbbereich im Norden der Insel benutzen wollten, mussten zwangsläufig diesen Bereich in Richtung Wasserkante umgehen.

Als der Beamte bei der Leiche eintraf, stellte er sich kurz vor: »Polizeihauptkommissar Siegbald Bakker. Vielen Dank für Ihre Meldung.« Und an die Feuerwehrleute gewandt, fuhr er fort: »Könnt ihr die Plane nochmal etwas hochheben, ich möchte mir einen kurzen Eindruck von dem Toten verschaffen.«

»Reicht es, wenn ich Ihnen ein paar Fotos zeige?«, hakte Manfred ein und stellte sich ebenfalls vor.

»Das ist ein guter Vorschlag. Sind Sie etwa ein Kollege, dass Sie auf so eine Idee gekommen sind?«

»Ich bin Lehrer. Aber sowas sieht man ja immer in den Fernsehkrimis.«

»Wohl wahr«, konnte sich der Inselpolizist, den die Einheimischen alle nur Siegi nannten, ein Grinsen nicht verkneifen. Dann schaute er sich die Bilder an und sagte: »Kein schöner Anblick! Da wird unsere Rechtsmedizin einiges zu tun haben, um die Todesursache zu ermitteln.«

Wie auf ein Stichwort klingelte das Handy des Beamten. Es war seine vorgesetzte Dienststelle, das Polizeikommissariat Wittmund, Erster Kriminalhauptkommissar Bert Linnig. »Moin Siegi, ihr habt mal wieder eine Leiche, wie uns gemeldet wurde. Diesmal aber nicht beim Utkieker wie vor drei Jahren, sondern am Westend.«

»Moin Bert, stimmt. Aber auch hier haben die Möwen schon wieder ganze Arbeit geleistet. Nur, dass es diesmal eine männliche Leiche ist. Unsere Feuerwehr hat diese mit einer Plane abgedeckt, sodass die Möwen keine Chance mehr haben. Wann können wir denn mit euch rechnen?«

»Dr. Rabe, unser Rechtsmediziner, ist bereits mit dem Auto von Oldenburg aus unterwegs nach Rastede zur Hubschrauberstaffel. Und wir sind auf dem Weg zum Flugplatz in Harlesiel, wo uns der Hubschrauber aufnehmen wird. Dann stellt sich allerdings die Frage: Wie lange brauchen wir auf Spiekeroog vom Hafen bis zum Westend? Könnte uns die Feuerwehr abholen, wie seinerzeit zum Utkieker?«

»Ich denke, ihr könnt direkt hier am Weststrand landen. Platz ist hier genug. Abgesehen von ein paar Spaziergängern, ist hier so gut wie kein Badebetrieb. Der findet bei den Strandkörben und beim Hundestrand im Norden der Insel statt.«

»Das klingt gut. Ich höre gerade von meiner Kollegin, der Hubschrauber ist schon in Rastede gestartet. Sie hat mitgehört und fragt gerade den Piloten, ob er den Weststrand anfliegen kann … Ja, das geht. Das heißt, wir sind in etwa einer halben Stunde da.«

***

Als Bert mit seiner Kollegin, Kriminalhauptkommissarin Nina Jürgens, den Wagen gerade am Rand des Hallenvorfeldes des kleinen Landeplatzes in Harlesiel abstellte, war der Polizeihubschrauber, eine EC 135, gerade im Landeanflug auf das Hallenvorfeld des Flugplatzes Harle. Dann hoverte der Hubschrauber kurz über dem Boden bis wenige Meter vor Berts Dienstfahrzeug. Der Pilot wusste schon Bescheid, dass der Leiter der Forensik, Sören Nansen, und sein Kollege einiges Gepäck in den Hubschrauber laden wollten.

Dazu gehörten unter anderem auch zwei mobile Einsatzzelte. Das eine war dazu gedacht, den Leichnam vor der Sonnenstrahlung, von der es heute wieder reichlich gab, zu schützen. Vor allem aber auch für den Rechtsmediziner, damit dieser eine erste Untersuchung am Fund- beziehungsweise, wenn sie Glück hatten, auch am Tatort durchführen konnte. Das zweite Zelt diente als Sonnenschutz für das vor Ort eingesetzte Personal.

Das restliche Einsatzteam der Spurensicherer würde später mit der Mittagsfähre nachkommen. Den Transport vom Hafen zum Westend mussten dann die Feuerwehrleute mit ihrem Landrover übernehmen, wie sie es seinerzeit beim sogenannten Utkiekermord schon gemacht hatten. Denn auf Spiekeroog rollten grundsätzlich außer der romantischen Museumspferdebahn nur die Handbollerwagen der Kurgäste. Und ansonsten nur die Feuerwehr, der Rettungsdienst und genehmigte Fahrräder der Einheimischen.

Kurz nachdem das Gepäck verladen war, hob der Hubschrauber auch schon wieder ab und nahm direkt Kurs auf den Westteil von Spiekeroog. Der Pilot hatte schon gesagt, dass der Flug keine fünf Minuten dauern würde. Trotzdem war es für die Passagiere immer wieder ein beeindruckendes Bild, das die wie an einer Perlenkette vor der ostfriesischen Küste liegenden Inseln boten. Wobei jedes Eiland seine ganz spezifische Charakteristik hatte.

Lange hatten sich die Passagiere nicht an dem tollen Anblick erfreuen können, als der Pilot über Bord-Headset ankündigte, dass er gleich zum Landeanflug auf den Spiekerooger Weststrand ansetzen würde.

Das Feuerwehrauto mit dem Anhänger, auf dem bereits ein Transportsarg für den Leichnam lag, war von oben gut zu sehen. Auch die Plane, die die Feuerwehrleute über den Toten gelegt hatten, war schon von Weitem zu erkennen. Die Wehrleute erkannte man an ihren Overalls und den Inselpolizisten an seinem weißen kurzärmeligen Diensthemd. Auch den Urlauber mit seinem großen Jagdhund konnte man gut ausmachen.

»Ich werde den Hubi außerhalb der Absperrung in der Nähe des Feuerwehrwagens absetzen«, kündigte der Pilot an.

»Wäre es möglich, dass Sie vorher ganz langsam den Dünenkamm abfliegen«, wollte der Leiter der Forensik wissen. »Aus der Luft kann man vielleicht Spuren im Sand erkennen. Die würde ich dann gerne mit meinem Smartphone dokumentieren.«

»Das können wir«, antwortete der Pilot über den Bordfunk. »Sie brauchen noch nicht einmal Ihr Smartphone dafür einsetzen. Mein Kollege kann unsere hochauflösende Bordkamera dafür nutzen. Die Bilder können wir Ihnen dann auf einen Stick ziehen.«

»Das ist ja super, vielen Dank!«, freute sich Sören. »Das erspart uns viel Zeit und Arbeitsaufwand.«

Der Pilot begann gleich darauf von Süden nach Norden auf der ostwärts gerichteten Seite der Düne mit dem systematischen Überflug des Dünenkammes. Dabei entdeckte Sören bereits eine Trittspur im Sand, die von der Zufahrt zur Rückseite von drei Gebäuden, die sich am Betonweg Westend befanden, bis zu der Plane oben auf dem Dünenkamm führte.

Auf dem Dünenkamm selbst war, beginnend beim Fundort der Leiche, eine etwas merkwürdige Spur in Richtung Norden zu erkennen. Der Pilot sagte dazu: »Also, das sieht fast so aus, als hätte da jemand mit einem Busch versucht, Trittspuren in Richtung Norden zu verwischen.« Als sie etliche Meter weitergeflogen waren, sagte er dann: »Ach, das ist interessant. Von hier an sind plötzlich wieder Fußtritte zu sehen, die die Düne nach Westen hinunterführen. Es sieht so aus, als wären da zwei Personen einmal die Düne rauf- und wieder runtergelaufen.«

Nachdem der Pilot den Hubschrauber gewendet hatte, um an dem Kamm entlang, jetzt auf der Westseite, wieder zurück nach Süden zu fliegen, stellte er fest: »Wie ich es mir schon gedacht habe: Die Spuren verlieren sich unten vor dem Strand in den Trittspuren unzähliger Urlauber auf dem Weg, der vom Zeltplatz an der Südspitze der Insel bis zum Nordstrand mit den Strandkörben führt.«

Kurz darauf setzte er den Hubschrauber unweit des Feuerwehrautos auf dem Strand ab. Der Polizist und die beiden Wehrleute waren inzwischen vom Dünenkamm auch beim Feuerwehrauto angekommen und hatten im Nu die Gepäckstücke der Spurensicherer aus dem Hubschrauber entladen.

Bevor der Pilot abflog, sagte der Co-Pilot zu Sören: »Ich habe Ihnen die Bilder schon auf einen Stick gezogen. Auch wenn wir noch nicht wissen, was dem Toten da oben passiert ist – allein die dokumentierten Spuren lassen nichts Gutes erahnen. Wir wünschen Ihnen allen viel Erfolg bei Ihren Ermittlungen und der Aufklärung des Falles!«

»Sören, ich habe mein Tablet dabei. Ich könnte die Bilder gleich mal runterladen«, bot Nina an. »Wir benötigen die nachher sowieso auch noch für unsere Ermittlungsakte.«

»Gute Idee«, erwiderte der Angesprochene. »Ich wollte mir oben auf dem Dünenkamm gleich mal einen bestimmten Platz anschauen, der mir vom Hubschrauber aus aufgefallen ist, und zwar noch bevor das Zelt für den Leichnam aufgestellt wird.«

Nachdem der Hubschrauber wieder gestartet war, nahm sich jeder etwas von den Gepäckstücken und brachte diese nach oben auf die Düne. Die Feuerwehrleute hatten noch einige Wasserflaschen aus ihrem Einsatzfahrzeug mitgenommen, denn die Augustsonne stand schon ziemlich hoch am Himmel.

Sören war sofort mit seinem Kollegen noch ein Stück weiter den Dünenkamm in Richtung Norden weitergegangen. Die beiden Feuerwehrmänner hatten auf seine Bitte hin die Plane von den Heringen befreit und nur noch zusammengelegt direkt über dem Leichnam abgelegt, sodass noch dessen Lage zu erkennen, er aber trotzdem weiterhin vor den Möwen geschützt war. Diese hielten angesichts der vielen Menschen schon von allein etwas mehr Abstand.

Nachdem Sören von weiter oben Zeichen gegeben hatte, stellten die Anwesenden die beiden Zelte auf. Als das Zelt über dem Toten aufgestellt war, begann der Rechtsmediziner Dr. Rabe gleich mit seiner Untersuchung.

Der Soko-Leiter, Erster Kriminalhauptkommissar Bert Linnig, und seine Partnerin, Kriminalhauptkommissarin Nina Jürgens, standen mit dem Finder des Toten, Manfred Breuer, und dem Inselpolizisten unter dem anderen Zelt, um erste Informationen auszutauschen.

Nachdem Bert die Personaldaten des Zeugen aufgenommen und die Aufzeichnung der Anhörung gestartet hatte, forderte er diesen auf, noch einmal die Umstände zu schildern, wie er zu dem Leichenfund gekommen war. Im Verlauf der Anhörung schickte der Befragte seine Aufnahmen vom Fundort des Toten über WhatsApp auf Berts Handy. Nina und Siegi schauten sich derweil die Hubschrauberaufnahmen auf dem Tablet an.

Als Manfred mit seinem Bericht fertig war, sagte der Soko-Leiter: »Vielen Dank, Herr Breuer, für Ihre umsichtige Vorgehensweise und vor allem auch für die Bilder. Wie lange werden Sie noch auf Spiekeroog Ihren Urlaub verbringen?«

»Noch bis Ende der Woche«, antwortete der Angesprochene.

»Okay«, erwiderte der Kommissar. »Wir werden das Gespräch protokollieren und unserem Kollegen der hiesigen Polizeistation zuschicken. Ich würde Sie dann bitten, sobald er sich bei Ihnen meldet, das Protokoll zu unterschreiben. Sollte Ihnen ergänzend noch etwas einfallen – dafür haben Sie unsere Visitenkarten und können sich mit uns in Verbindung setzen. Natürlich können Sie auch Ihre Frau und auch Ihren Vermieter hier auf Spiekeroog über Ihren Fund informieren. Aber bitte nur sagen, dass Ihr Hund einen Leichnam in den Dünen aufgespürt hat. Bitte keine Details, das könnte unsere Ermittlungsarbeit beeinträchtigen!«

»Kann ich jetzt mit meinem Hund unseren morgendlichen Rundgang fortsetzen?«

»Ja, selbstverständlich. Das hat er mehr als verdient. Toll erzogener Hund! Vor allem, wie brav und geduldig er darauf gewartet hat, dass es mit Herrchen weitergeht.«

Nachdem Bert den Hundebesitzer Manfred Breuer und seinen Roxy verabschiedet hatte, gesellte er sich zu seiner Partnerin und dem Inselpolizisten. Nina hatte Siegi gerade erzählt, dass sie sich zufällig wegen des schönen Wetters gestern spontan mit Bert einen Tagesausflug nach Spiekeroog gegönnt hatte. Bert bekam gerade noch mit, als Nina sagte: »Es war zwar nicht unser erster Besuch auf Spiekeroog, aber wir sind zum ersten Mal mit der Museumspferdebahn gefahren.«

»Na, das wurde dann aber auch Zeit«, warf der Inselpolizist lachend ein. »Eine Fahrt mit dieser Bahn mit ihrer Geschichte ist für jeden Inselbesucher eigentlich ein absolutes Muss!«

»Wenn es nach uns gegangen wäre, hätten wir das auch schon längst mal gemacht«, sagte Bert. »Aber wir hatten mal wieder nicht daran gedacht, uns beim Museumspferdebahn-Führer Christian Roll auf dessen Handy vorher anzumelden. Aber gestern hatten wir großes Glück, dass für die Fahrt um vierzehn Uhr fünfzehn gerade noch zwei Plätze frei waren.«

»Na, da habt ihr wirklich Glück gehabt. Am Wochenende und dann auch noch bei so schönem Wetter sollte man im Internet auf die Website der Museumspferdebahn gehen und sich bei Christian anmelden. Und wie hat es euch gefallen? Christian hat ja während der Fahrt mit einer Pferdestärke viel Zeit, euch spannende Geschichten über die Historie der Pferdebahn auf Spiekeroog zu erzählen.«

»Siegi, wie du weißt, stammt Bert aus dem Rheinland und ich aus Hannover«, sagte Nina. »Für uns war es wahnsinnig spannend zu hören, dass die Bahn ursprünglich schon sogar seit Ende des 19. Jahrhunderts dazu diente, die Feriengäste, die damals noch bei einem Anleger in der Südspitze von Spiekeroog ankamen, mit der Pferdebahn zum gut zwei Kilometer entfernten Ortskern zu bringen.«

»Stimmt, aber am Anfang war eigentlich der Transport der Feriengäste zum damaligen Herrenstrand der Auslöser für die Einrichtung der Pferdebahn«, unterbrach Bert seine Partnerin. »Wie Christian sagte, wurde der Anleger ganz im Süden von Spiekeroog erst ein paar Jahre später eröffnet.«

»Wovon die Herren der Schöpfung mächtig profitiert haben sollen«, ergänzte Nina lachend. »Die sollen das Privileg gehabt haben, die Bahnlinie zum Badestrand am Westend kostenlos nutzen zu können. Aber nach Ende des 2. Weltkrieges wurde wegen des großen Besucheraufkommens auf Dieselbetrieb umgestellt.«

»Ja, was sich aber nach Bau der neuen Hafenanlage in Ortsnähe Anfang der 1980er Jahre auch schon wieder änderte. Seitdem ist zur Freude der unzähligen Inselbesucher wieder die Museumspferdebahn in Betrieb«, fügte Bert noch hinzu. »Aber Siegi, unabhängig davon haben Nina und ich uns gestern Nachmittag noch gefragt, wieso am Westend über dem Deichkamm hinter dem Spiekerooger Betriebshof so viele Möwen kreisen.«

»Stimmt, ich hab noch zu Bert gesagt: ›Irgendwie erinnert mich das an den Utkiekermord‹«, ergänzte seine Partnerin. »Da kreiste ja auch so ein Haufen Möwen über dem Denkmal. Aber Bert und ich waren dann doch davon überzeugt, dass da oben irgendein Tierkadaver liegt.«

Bevor die Kommissare ihre Unterhaltung fortsetzen konnten, betrat Dr. Rabe, der Rechtsmediziner, das Zelt und sagte: »Frau Jürgens, es gibt tatsächlich einige Ähnlichkeiten mit dem alten Fall. Mal abgesehen von der Tatsache, dass es sich hier um einen Mann handelt, der im Gegensatz zu der unbekleideten jungen Frau beim Utkieker zumindest eine leichte Sportbekleidung trägt.«

»Können Sie denn schon etwas zur Todesursache sagen?«, wollte Bert wissen.

»Sehr wahrscheinliche Todesursache ist ein Schuss in den Kopf. Eintritt von schräg hinten in die rechte Schläfe und, vereinfacht gesagt, Austritt durch die rechte Augenhöhle. Bis auf einen Steckschuss im Gesäß konnte ich weitere Schussverletzungen noch nicht mit Sicherheit feststellen. Allerdings könnte es sein, dass es Verletzungen durch zwei Streifschüsse gibt. Einen am linken Hinterkopf und einen an der linken Halsseite. Da die Verletzungen durch Schnabelspuren der Möwen überlagert sind, kann ich Genaueres erst nach der Obduktion sagen. Das gilt ebenfalls für noch weitere Schuss- oder andere Verletzungen.«

»Und wann etwa ist der Tod eingetreten?«, hakte Nina noch nach.

»Normalerweise gehen wir davon aus, dass sich die Todesstarre nach etwa vierundzwanzig Stunden löst. Wir hatten gestern aber im Laufe des Tages sehr hohe Temperaturen.«

»Auf der Insel waren es gegen Mittag achtundzwanzig Grad«, warf der Inselpolizist ein.

»Dann gehe ich davon aus, dass der Tod in den frühen Morgenstunden, also zwischen sechs und neun Uhr, eingetreten ist. Denn die Lösung der Totenstarre ist schon recht weit fortgeschritten.«

»Können wir beim Toten jetzt nach seinen Papieren, Handy und so weiter suchen?«, hakte der Soko-Leiter nach.

»Das können Sie sich sparen«, erwiderte der Rechtsmediziner. »Der Tote hat nur eine leichte Sportbekleidung an. Ausweis und Handy hatte er nicht in den Taschen. Vermutlich wird er beides in einem kleinen Rucksack oder einer Tasche bei sich gehabt haben. So etwas lag aber weder bei noch unter der Leiche.«

»Da wir bei einer Schussverletzung dieser Art mit hoher Sicherheit von Mord ausgehen können, vermute ich, dass der Täter einen eventuellen Rucksack oder eine Tasche an sich genommen hat«, stellte Bert fest.

»Das sehe ich genauso«, bestätigte der Rechtsmediziner. »Die Feuerwehrleute sind schon dabei, den Leichnam in den Transportsarg zu legen. Den hatten sie ja schon in weiser Voraussicht auf ihrem Anhänger mitgebracht. Die wissen, dass weder der Krankentransportwagen noch der Hubschrauber oder die Schnellfähre Leichen transportieren dürfen. Ich habe schon den Bestatter für die große Fähre, Abfahrt fünfzehn Uhr zwanzig, nach Neuharlingersiel bestellt. Die übernehmen dort den Toten und überführen ihn dann zu uns in die Rechtsmedizin nach Oldenburg.«

»Können wir noch einen Blick auf den Toten werfen?«, hatte Bert noch einen Wunsch. »Ich würde gern für die Fahndung ein Bild von seinem Gesicht machen.«

»Das Bild könnten Sie auf gar keinen Fall für eine Fahndung einsetzen. Und ich würde Ihnen auch selbst den Anblick ersparen wollen, obwohl ich weiß, dass Sie als erfahrener Polizist schon so einiges gesehen haben. Ich hatte es ja schon *vereinfacht* angedeutet, dass die Kugel aus der Augenhöhle ausgetreten ist. Den Rest können

Sie sich denken. Auch für unsere Leute von der Feuerwehr habe ich vorsorglich das Gesicht abgedeckt.«

»Aber wie sollen wir denn anders als mit einem Fahndungsfoto herausfinden, wer den Toten kennt?«, hatte Nina noch einen Einwand.

»Keine Sorge, Frau Jürgens, ich werde Ihnen nach Präparierung des Gesichts mit einer Teilabdeckung, so schnell es geht, ein Fahndungsfoto zukommen lassen.«

»Dann müssen wir uns mit einer Fahndung noch so lange gedulden«, zeigte sich die Kommissarin einsichtig. »Aber, Herr Doktor, wie kommen Sie denn eigentlich nach Hause? Unser Auto steht ja jetzt auch in Harlesiel. Wir werden uns von unseren Leuten in Neuharlingersiel bei der Fähre abholen lassen müssen. Sollen wir Sie dann mitnehmen und von Wittmund aus von unserer Bereitschaft zu Ihrem Wagen bringen lassen?«

»Ich habe bereits mit den Wehrleuten gesprochen. Die werden den Toten im Sarg gleich zur Feuerwehr bringen und dort bis kurz vor der Abfahrt der großen Fähre um fünfzehn Uhr zwanzig in der großen Halle lagern. Mich bringen die Kollegen der Feuerwehr anschließend zum Hubschrauberlandeplatz beim Hafen. Der Hubschrauber befindet sich noch in einem Einsatz in der Krummhörn und nimmt mich dann auf dem Rückflug mit. Mein Auto steht ja noch bei der Hubschrauberstaffel in Rastede, wie Sie schon richtig vermutet haben.«

»Die Spiekeroog 1, von der ihr da redet, fährt in Neuharlingersiel um dreizehn Uhr fünfundvierzig ab. Sie braucht je nach Tide um die fünfundvierzig Minuten«, merkte der Inselpolizist an. »Mit der Fähre kommt auch das Restteam der Spurensicherung samt Equipment. Da müsste unsere Feuerwehr ja zweimal fahren. Aber das wäre für den Doc wohl zu spät, wenn er bis dahin warten müsste.«

»Siegi, die brauchen nicht zweimal zu fahren«, meldete sich der Leiter der Forensik zu Wort, als er in dem Moment das Zelt betrat. »Mein Kollege und ich sind inzwischen auch schon fertig. Mein Restteam braucht nicht mehr herzukommen. Ich habe schon entsprechende telefonische Anweisung gegeben. Wir können hier zusammenpacken. Die Kollegen der Feuerwehr haben den Toten schon in den Sarg gelegt und wir können nachher alle mit anpacken und diesen zum Anhänger tragen.«

»Das kriegen wir hin«, stimmte der Soko-Leiter zu. »Sören, dann könntest du doch mit deinem Mitarbeiter, eurem Gepäck und dem Doc mit dem Hubschrauber nach Harlesiel fliegen und mit meinem Auto zurück ins Kommissariat fahren. Nina und ich haben hier noch einige Ermittlungsgespräche mit der Kurverwaltung zu führen und können danach auch den Sarg auf der Fähre begleiten. Wir lassen uns dann später von unseren Leuten in Neuharlingersiel abholen.«

»Gute Idee, Bert«, stimmte sein Kollege zu.

Beim Transport des Sarges zum Anhänger packten alle mit an, ebenso beim Abbau der Zelte und beim Verstauen des Gepäcks im Fahrzeug. Inzwischen hatte Sören die Bestätigung bekommen, dass der Rückflug nach Harlesiel für ihn und seinen Kollegen ebenfalls genehmigt war. Siegi machte sich mit seinem Fahrrad auf den Weg zu seiner Dienststelle. Da das Mannschaftstransportfahrzeug der Feuerwehr nur Platz für sechs Personen hatte, stieg einer der Wehrmänner hinten auf den Anhänger und der Doc auf den Beifahrersitz. Nina und Bert sowie Sören und sein Kollege saßen hinten auf den beiden quer zur Fahrtrichtung angeordneten Sitzen.

Auf der Fahrt zum Feuerwehrhaus fragte Bert: »Sören, konntet ihr denn irgendetwas Interessantes sicherstellen, was zur Aufklärung unseres Falles beitragen könnte?«

»Nichts, keine Patronenhülse oder was uns sonst forensisch weiterhelfen könnte! Aber wir haben die Stelle entdeckt, von der aus sehr wahrscheinlich der tödliche Schuss auf unser Opfer abgegeben worden ist. Keine zwanzig Meter vom Opfer entfernt und vielleicht noch knapp drei Meter höher gelegen. Der Schütze muss unter zwei eng nebeneinanderstehenden Büschen gelegen haben.«

»War das an den Abdrücken im Sand zu erkennen?«, wollte Bert wissen. »Dann könnte man ja in etwa die Größe des Schützen einschätzen. Denn wenn man im Liegen schießt, hinterlässt man zwangsläufig durch die Schuhe entsprechende Abdrücke im Sand.«

»Der Platz war uns schon vom Hubschrauber aus aufgefallen, weil der wie durchgepflügt aussah. So als hätte den jemand mit einem ausgerissenen Busch großflächig auf der Rückseite der beiden besagten Büsche bearbeitet«, antwortete der Forensik-Mitarbeiter. »Daher ließ das keine Rückschlüsse mehr über die mögliche Körpergröße des Schützen zu. Jedenfalls blickt man unter den zwei Büschen zwischen beiden Wurzelständen hindurch, genau auf den Platz, auf dem das Opfer lag.«

»Wir hatten, wie mein Kollege bereits sagte, den Platz der möglichen Täter heute Morgen schon aus dem Hubschrauber gesehen und uns diesen daher als Erstes vorgenommen«, übernahm wieder Sören das Wort. »Da war das Zelt ja auch noch nicht aufgestellt. So wie das Opfer da zum Strand hin hinter mehreren niedrigen Büschen lag, sah es von da oben fast so aus, als wenn der Tote von seinem Liegeplatz aus auch jemanden beobachtet hätte. Wir haben uns vorhin die Stelle etwas weiter unten im etwas flacheren Teil der Dünen daher mal genauer angesehen. Zum Strand hin war von dort dieser Platz durch mehrere dicht stehende Strandhaferbüschel vor fremden Blicken geschützt. Es waren kleinere und größere Barfußabdrücke im Sand zu sehen und eine plattgetretene Fläche wie von einer Decke. Es gab auch ein paar Einstecklöcher wie von einem Sonnenschirm. Es hat sich also offensichtlich um ein Pärchen gehandelt, das von dem Toten da beobachtet wurde.«

»Wenn es sich da vielleicht um ein intimes Date gehandelt hat, könnte der Tote ja auch ein Spanner gewesen sein«, überlegte Nina. »Ich habe mir vorhin mit Siegi, als Bert den Zeugen vernommen hat, auf meinem Tablet die Bilder vom Überflug mit dem Hubschrauber angesehen. Vielleicht hat der Spanner vom Weststrand aus den Sonnenschirm hinter dem Strandhafer in den Dünenausläufern gesehen und ist dann über den Durchgang zwischen den Dünen zum Betonweg Westend gelaufen. Dahinter ist die Einfahrt zur Rückseite der Gebäude des Spiekerooger Betriebshofes. Da könnte er dann über die niedrige Stützmauer geklettert sein, um auf der anderen Seite der Düne von dem Platz aus, wo er erschossen wurde, das Pärchen bei Intimitäten zu beobachten.«

»Nina, nicht ausgeschlossen«, sagte Bert. »Aber wie Sören sagte, war der Schütze nur circa zwanzig Meter vom Opfer entfernt. An dem von ihm beschriebenen Platz des Pärchens sind wir beim Aufstieg zum Dünenkamm ja mehrmals vorbeigekommen. Luftlinie geschätzt keine dreißig Meter bis zum Opfer. Da müsste doch das Pärchen die Schüsse gehört haben. Aber eine Anzeige bei Siegi wurde nicht erstattet. Das hätte er uns sicher längst gesagt.«

»Bert, denk doch mal an unseren letzten Fall. Bei dem Toten im Strandkorb in Neuharlingersiel, da kam doch auch eine Waffe mit Schalldämpfer zum Einsatz«, erinnerte Nina ihren Chef.

»Könnte durchaus eine Erklärung sein. Wir werden sehen. Aber erst einmal müssten wir wissen, wer der Tote ist.«

»Die Fingerabdrücke habe ich schon per Messenger an die Rechtsmedizin gegeben«, sagte Dr. Rabe. »Ein Datenabgleich im Zentralregister ergab keinen Treffer.«

»Also, so wie es aussieht, kein Vorbestrafter«, stellte Bert fest. »Was natürlich nicht zwangsläufig Ninas Überlegungen bezüglich eines Spanners ausschließt.«

»Wir sind gleich bei der Kurverwaltung«, sagte der Fahrer des Mannschaftstransportfahrzeugs. »Eigentlich müssten mein Kollege und ich wieder zu unseren Arbeitsstellen. Wir sind ja keine Berufsfeuerwehr.«

»Das ist für euch doch ein offizieller Notfalleinsatz mit einem Toten nach einem Gewaltdelikt oder sehe ich das falsch?«, wollte der Soko-Leiter wissen. »Dann müsste euch gegebenenfalls jemand ablösen.«

»Für offizielle Einsätze sind mein Kollege und ich von unseren Arbeitgebern immer freigestellt. Das ist für die Sicherheit auf unserer Insel unabdingbar. Ich wollte auch eigentlich nur wissen, wie es für uns mit unserem Einsatz gleich weitergeht.«

»Okay, vielen Dank für euren Einsatz! Ich werde mich auch noch später offiziell per Mail bei eurem Einsatzleiter bedanken«, sagte Bert, als der Fahrer bei der Kurverwaltung anhielt. »Meine Partnerin und ich werden hier gleich aussteigen. Danach bringt ihr als Nächstes den Sarg mit dem Toten zu eurem Feuerwehrhaus, damit ihr den nicht die ganze Zeit hier durch den Ort kutschieren müsst. Dann müssen unser Rechtsmediziner und unsere Kollegen der Spurensicherung mit dem Gepäck zum Hubschrauberlandeplatz gebracht werden. Danach könnt ihr erst einmal Pause machen oder auch, wenn die Zeit das zulässt, euch bei euren Chefs melden. Wichtig ist, dass ihr den Sarg rechtzeitig aus eurem Feuerwehrhaus wieder abholt, damit ihr pünktlich zur Abfahrt der Fähre um fünfzehn Uhr zwanzig dort seid. Meine Kollegin und ich werden zu Fuß ebenfalls pünktlich bei der Fähre sein und uns dann um den Sarg kümmern.«

»Wenn wir Ihre Leute beim Hubschrauberlandeplatz abgesetzt haben, werden wir uns telefonisch bei unseren Chefs melden und denen sagen, dass wir mit dem Sarg pünktlich bei der Fähre sein müssen«, sagte der Fahrer, und Nina und Bert gingen zur Kurverwaltung.

Nina hatte sich und ihren Chef schon telefonisch angemeldet. Deshalb wurden sie auch gleich zum Geschäftsführer gebracht. Diesen informierte Bert darüber, dass aufgrund eines Tötungsdeliktes in den

Dünen beim Westend eine unbekannte männliche Leiche gefunden worden war. Er fuhr dann fort: »Nach unserer Kenntnis erhalten Sie durch Ihre Schifffahrt Informationen über alle Kurgäste, die Spiekeroog besuchen. Wir benötigen zur Täterermittlung eine Liste aller Feriengäste, die sich zurzeit hier aufhalten beziehungsweise bis gestern hier aufgehalten haben. Dazu brauchen wir folgende Angaben der gemeldeten Personen: Name, Heimatadresse und den Aufenthaltsort sowie Zeitraum des Aufenthaltes hier.«

»Richtig ist, dass wir solche Angaben aus den Onlinebuchungen der Gäste haben. Da es aber auch möglich ist, Tickets für die Fährüberfahrt von und nach Neuharlingersiel am Automaten und am Schalter mit Barzahlung zu bekommen, gibt es für diese Tickets überhaupt keine Daten, weder über die entsprechende Person noch deren hiesigen Aufenthaltsort geschweige denn den Zeitraum.«

»Und wie sieht das bei den Skippern und deren Booten an der Steganlage des Spiekerooger Segelclubs aus?«, wollte Nina wissen.

»Die Stegwartin registriert digital jeden Skipper mit seinem Namen. Heimatadressen werden nicht erfasst. Dafür aber der Name des Bootes sowie des Heimathafens, da die Bootsnamen häufiger vorkommen können. Der Zeitraum ergibt sich aus der Zahl der gebuchten und bezahlten Liegetage. Manchmal notiert die Stegwartin auch die Telefonnummer. Die Personenanzahl der Bootsbesatzungen ergibt sich für uns aus der Höhe der Gästebeiträge unter Berücksichtigung der Liegetage, die die Stegwartin bei uns abrechnet. Weitere Daten der Besatzungsmitglieder haben wir nicht.«

»Nach unseren bisherigen Informationen gingen wir davon aus, dass alle Ferien- und Tagesgäste bei Ihnen abgefragt werden können. Das scheint ja nicht der Fall zu sein«, stellte der Kommissar etwas enttäuscht fest. »Im Gegenteil, wenn ich das aus Tätersicht betrachte, würde ich mir, wenn ich etwas Kriminelles auf der Insel vorhabe, Tickets anonym nur über Barzahlung besorgen.«

»Ganz so einfach ist es aber doch nicht«, merkte der Geschäftsführer an. »Nur bei Onlinebuchungen – entsprechende Witterungsbedingungen vorausgesetzt – ist sichergestellt, dass Sie mit der Fähre zur gewünschten Uhrzeit auch auf die Insel kommen. Außerdem kann nur mit Onlinebuchungen der Online-Rabatt und der Gepäckservice genutzt werden. Zudem, wenn Sie ein größeres Gepäckstück dabeihaben, sollten Sie in jedem Fall die Adresse des Vermieters auf der Insel angeben, damit es nicht verloren geht.«

»Na gut, es ist, wie es ist«, sagte die Kommissarin. »Könnten Sie uns die Daten für die zurzeit angemeldeten Feriengäste einschließlich der Gäste, die gestern ihren Abreisetag hatten, digital zur Verfügung stellen?«

»Das können und machen wir. Da sind zwar auch die Daten der Stegwartin miterfasst, aber am besten sprechen Sie nochmal mit ihr selbst. Und für die Übergabe der Daten müssen Sie mir nur sagen, wo wir die hinsenden sollen«, antwortete der Geschäftsführer.

»Es wäre schön, wenn ich nachher die Daten auf meinem Tablet mitnehmen könnte«, antwortete die Kommissarin. Der Geschäftsführer gab daraufhin eine entsprechende Anweisung an sein Personal.

Dann hatte er noch ein Angebot: »Haben Sie vielleicht ein Bild des Toten, dann könnten wir das mit einer entsprechenden Abfrage an die Vermieter auf unsere interne Plattform stellen.«

»Vielen Dank«, sagte der Kommissar. »Der Leichnam ist bereits im Transportsarg für den Weg zur Rechtsmedizin. Aber wir kommen gern auf Ihre gute Idee zurück, wenn uns von dort ein solches Bild zur Verfügung gestellt werden kann.«

Bert wollte in diesem Moment nicht über die Todesursache und die damit verbundene Gesichtsentstellung sprechen. Vielleicht würde man mithilfe eines Bildbearbeitungsprogramms ein vorzeigbares Bild des Ermordeten erzeugen und dann so eine Abfrage starten können.

Als Nina die Daten auf ihrem Tablet hatte, bedankten und verabschiedeten sich die Beamten und machten sich mit einem Wegeplan zu Fuß, wie es auf der Insel üblich war, auf den Weg zum Hafen. Da gerade Mittagszeit war, kehrte das Polizistenehepaar Linnig/Jürgens unterwegs in einem der netten Lokale des Ortes ein, um dort zu essen.

Der Erste Kriminalhauptkommissar Bert Linnig war schon seit einigen Jahren Leiter des Polizeikommissariats Wittmund. Der gebürtige Rheinländer hatte inzwischen schon die Mitte fünfzig überschritten. Sein mehr als dreißigjähriger Polizeidienst war auch nicht spurlos an ihm vorübergegangen, wie eine alte Messernarbe in seinem Gesicht zeigte. Aber seine muskulöse Figur, bei eins achtzig Körpergröße, seine ausgeprägten Züge, sein glattrasierter Schädel mit dem bereits leicht ergrauten Dreitagebart und sein stechender Blick verliehen ihm fast etwas Verwegenes. Er war ein Mann der Tat, der von sich selbst und seinem Team sehr viel verlangte, aber dabei ausgesprochen fair blieb. Bei seinem Engagement kaum verwunderlich, dass auch seine erste Ehe schon vor vielen Jahren in Essen kinderlos auf der Strecke geblieben war.

Seine Partnerin, beruflich wie privat, war die fast fünfzehn Jahre jüngere Kriminalhauptkommissarin Nina Jürgens. Sie hatte markante und für eine Frau sogar fast ungewöhnlich harte – aber nicht unsympathische – Gesichtszüge, was durch ihre extrem kurzen schwarzen Haare noch unterstrichen wurde. Sie war etwa einen halben Kopf kleiner als Bert, mit drahtiger, sportlicher Figur und hatte schon manchen Karatekampf gewonnen. Es gab zudem so einige Gemeinsamkeiten mit ihrem Chef. Beide hatten ihr Leben absolut nur auf den Beruf ausgerichtet, eine gescheiterte Ehe hinter sich, einen hohen Anspruch an sich selbst und das Team. Nina kam aus Hannover und war dort bei der Drogenfahndung eingesetzt gewesen. Die nicht planbaren Dienstzeiten führten seinerzeit zum Scheitern ihrer Ehe, woraufhin sie sich auf eine freie Stelle beim Kommissariat in Wittmund bewarb und so zunächst Berts dienstliche Partnerin wurde.

Heutzutage war es nicht mehr ungewöhnlich, dass Eheleute in einer Polizeidienststelle gemeinsam Dienst taten. Dass sie aber auch als Ehepaar in einem Team gemeinsam in Einsätze gingen, wurde eigentlich nicht gern gesehen. Nina und Bert waren aber – wie das Leben manchmal so spielte – nicht nur als dienstliche Partner zusammengewachsen, sondern auch zunächst als heimliches Liebespaar und inzwischen sogar als Ehepaar. Was für Außenstehende aber nicht auf Anhieb erkennbar war, da sie ihre ursprünglichen Nachnamen behalten hatten. Daher wussten nur die engsten Mitarbeiter und Vorgesetzten davon, dass sie verheiratet waren. Aber obwohl Nina sogar bei einem Teameinsatz ihr gemeinsames Kind verloren hatte, drückten die Dienstvorgesetzten bei den Eheleuten Linnig/Jürgens nach wie vor ein Auge zu und rissen dieses sehr erfolgreiche Team nicht auseinander. Hier beugte sich die bürokratische Norm ausnahmsweise mal dem dienstlich sehr effizienten Nutzen, wie die beiden als Team immer wieder unter Beweis stellten.

Bevor das Essen aufgetragen wurde, nahm Nina über Handy Kontakt zur Stegwartin auf, die sich mit »Nina« meldete.

»Nina? Dann haben wir beide ja schon mal was gemeinsam. Ich heiße auch Nina«, sagte die Kommissarin lachend und stellte sich dann vor.

»Nina, aber als Kommissarin willst du jetzt bestimmt keinen Liegeplatz bei mir am Steg buchen, oder?«, erwiderte die Stegwart-Nina ebenfalls lachend und fügte dann noch hinzu: »Übrigens, hier bei mir am Steg sind wir alle per Du. Ich hoffe, das ist okay für dich.«

»Sehr okay sogar, Nina«, konnte sich die Kommissarin ein erneutes Lachen nicht verkneifen. »Und du hast absolut recht! Mein Chef, der übrigens Bert heißt, und ich wollen bei dir keinen Liegeplatz buchen. Aber wir wollen von dir wissen, wer aktuell wann und wie lange bei dir einen Liegeplatz gebucht hat. Wir sitzen im Moment gar nicht weit von dir in einem Lokal, um eine Kleinigkeit zu essen. Danach wollen wir dann bei dir vorbeikommen.«

»Ach, dann gehören die drei Leute, die unsere Jungs von der Feuerwehr vorhin beim Hubschrauberlandeplatz, hier gleich hinter meinem Steghaus, abgesetzt haben, zu euch. Ich hab heute Morgen schon den Hubschrauber anfliegen sehen und mich gewundert, dass der nicht hier auf dem Landeplatz beim Hafen, sondern nach einem Rundflug über der Düne am Westend dann dort am Strand runtergegangen ist. Wenn ich eins und eins zusammenzähle, ist dahinten wohl etwas Schlimmes passiert, richtig?«

»Nina, auch das hast du absolut richtig erkannt. Aber lass uns nachher darüber sprechen. Gerade kommt unser Essen.«

»Nina, dann wünsche ich dir und Bert guten Appetit und freue mich, euch gleich persönlich bei mir hier auf meiner Brücke bei der Steganlage begrüßen zu dürfen. Wow, die Kripo bei mir! Das hab ich auch nicht alle Tage. Ist ja fast wie in einem richtigen Krimi.«

Es war noch keine Stunde vergangen, als Nina und Bert das kleine Rondell am historischen Spiekerooger Rathaus erreichten – ein Hingucker mit dem schmucken kleinen Pavillon vor den in voller Blüte stehenden Hortensienbüschen und der in einem abgestorbenen Baum hoch aufrankenden Rambler-Rose.

»Richtig romantisch hier«, sagte Nina und Bert stimmte ihr zu.

Schon bald hatten sie den Ortskern verlassen und folgten dem mit Betonsteinen gepflasterten breiten Weg hinauf zur Küstenschutzanlage. Als sie oben ankamen, sahen sie linker Hand das Sanitärgebäude des Spiekerooger Segelclubs und leicht versetzt rechts dahinter sah es so aus, als wenn dort die Kommandobrücke eines Kreuzfahrtschiffes über die Deichlinie ragen würde.

»Das ist Ninas Steghaus«, sagte Bert. »Wir haben das ja schon mal gesehen, als wir beim Utkiekermord dort mit dem Hubschrauber gelandet sind, und natürlich am letzten Sonntag von der Anlegestelle der Fähre aus.«

Auf halber Strecke zur Steganlage kamen die Polizisten zu drei Skulpturen des Künstlers Bernd Finkenwirth und blieben stehen, um sich diese anzuschauen.

»Beeindruckend, was der Künstler für interessante Skulpturen aus den alten ausgedienten und verwitterten Dalben-Stämmen herausgearbeitet hat«, stellte Nina bewundernd fest. Danach las sie laut den Spruch vor, der auf einer an einer alten Dalbe befestigten Metalltafel eingraviert war: »Im Holz der ausgedienten Dalben ist Schönheit, ist jenes Wunder des Lebendigen enthalten, das hinter allem Ende still und beharrlich neuen Anfang schafft.«

»Ich glaube, Nina wartet schon auf uns«, sagte Bert und wies in Richtung Steghaus. »Jedenfalls scheint dahinten jemand in der Tür der Kommandobrücke zu stehen.«

Es war tatsächlich die Stegwartin, die sich allerdings nicht sicher gewesen war, ob es sich bei dem Pärchen bei den Skulpturen um die Kommissare in Zivil gehandelt haben könnte, wie sie bei der Begrüßung lachend sagte. Dann bat sie die beiden Beamten in ihren Kommandostand.

»Da fehlen nur das Steuerrad und die Elektronik«, sagte Bert ebenfalls lachend nach einem Blick aus dem Kommandostand auf die Boote an den Stegen. »Dann würdest du meinen, als Kapitän auf einem Kreuzfahrtschiff gleich die kleinen Boote da vor dir zu rammen. Viele leere Liegeplätze habt ihr im Moment aber nicht mehr.«

»Ich weiß auch nicht, was gestern los war. Auf einmal kamen ein Haufen Inselhopper, die meist nur einen oder wenige Tage bleiben. Als wenn die sich abgesprochen hätten. Aber morgen kann das schon wieder ganz anders aussehen. Übrigens, der Hubschrauber war schon da und hat eure Leute mitgenommen«, sagte Nina. »Aber jetzt möchte ich doch wissen, was da am Westend passiert ist.«

Die Kommissarin sagte daraufhin nur: »Auf dem Deichkamm vor dem Weststrand ist eine unbekannte männliche Leiche gefunden worden. So wie es aussieht, handelt es sich um ein Tötungsdelikt. Der Tote muss wohl da schon seit Sonntag gelegen haben. Nähere Angaben dazu bekommen wir erst in den nächsten Tagen aus der Rechtsmedizin. Ist dir vielleicht irgendein ungewöhnliches Verhalten hier bei den Gastliegern aufgefallen?«

»Was sollte das denn sein?«

»Vielleicht hatte es ja gestern jemand außergewöhnlich eilig, von hier wegzukommen«, erläuterte Bert. »Oder ist gestern Morgen einer der Skipper von Bord gegangen und seitdem nicht wieder zurückgekehrt?«

»Normalerweise habe ich einen ganz guten Überblick. Viele der Skipper kenne ich auch schon von früheren Besuchen. Aber wie gesagt, gestern war hier die Hölle los. Die Gastlieger standen vor meinem Steghaus Schlange, sowas kommt eigentlich nur selten vor. Niedrigwasser hatten wir gestern gegen neun Uhr. Da läuft hier dann gar nichts. Mit auflaufendem Wasser kam dann auf einmal ein Boot nach dem anderen rein. Andere fuhren zu einem kleinen Turn oder zu neuen Zielen aus. Von den Neuzugängen hatten sich die meisten natürlich schon vorher online angemeldet, kommen aber trotzdem her, um zu sagen, dass sie da sind. Daher war ich hier auf meiner Brücke voll im Einsatz und hatte keinen Überblick, wer von den bisherigen Gastliegern in den Ort gegangen oder von dort wiedergekommen ist.«

»Das ist verständlich, Nina«, sagte die Kommissarin. »Wenn du deine Buchungen auch digital hast, wäre es schön, wenn du mir diese auf einen Stick ziehen könntest. Die Auswertung werden wir dann zu Hause schon selbst hinbekommen, und bei Fragen können wir dich ja über dein Handy erreichen.«

»Die Kurverwaltung hatte mich auch bereits angerufen. Daher habe ich die Daten schon auf einen Stick gezogen«, informierte die Stegwartin und gab ihrer Namensvetterin das Speichermedium.

Nachdem die Kommissarin die Daten auf ihr Tablet überspielt hatte, sagte Bert: »Vielen Dank, Nina, für deine Kooperation! Ich habe gerade die Feuerwehr mit dem Anhänger auf den Kai fahren sehen. Da müssen wir jetzt den Toten auf der Fähre nach Neuharlingersiel begleiten. Dort wartet schon der Bestatter, der den Leichnam zur Rechtsmedizin nach Oldenburg bringen wird.«

»Auch von mir nochmals vielen Dank!«, fügte die Beamtin noch hinzu. »Wenn dir noch etwas einfallen sollte, meine Nummer hast du, und wenn wir Fragen haben, melden wir uns. War nett, dich kennengelernt zu haben, auch wenn der Anlass kein erfreulicher war!«

Danach gingen Nina und Bert zum Fähranleger, wo die Fähre schon am Kai lag. Als sie dort ankamen, war der Sarg bereits mit dem Kran an Bord gehievt worden. Die Kommissare bedankten sich nochmal bei den beiden Feuerwehrleuten und gingen an Bord.

3. Kapitel

Dienstagmorgen, pünktlich um acht Uhr, stand der Leiter des Polizeikommissariats Wittmund und Soko-Leiter, Erster Kriminalhauptkommissar Bert Linnig, im großen Besprechungsraum an seinem Flipchart, um die wichtigsten Erkenntnisse dort festzuhalten. Die Blätter wurden danach an eine Leiste der fensterlosen Wand gepinnt, damit jedes Mitglied – auch eines erweiterten Ermittlungsteams – immer auf dem aktuellen Stand war. Unabhängig davon stand auch ein Beamer zur Verfügung, der über WLAN mit Notebook oder Tablet verbunden werden konnte.

Vor Jahren war die Dienststelle in Wittmund noch eine Polizeiinspektion gewesen, die dann aus Kostengründen in ein Polizeikommissariat heruntergestuft wurde. Die Räumlichkeiten und die Logistik waren aber zum größten Teil immer noch verfügbar, sodass nach wie vor dort, zum Beispiel in Mordfällen, ein erweitertes Soko-Team nach den individuellen Erfordernissen zusammengestellt werden konnte.

Zum Stammteam der Soko mit Bert als Leiter und Nina als Stellvertreterin gehörten noch die Polizeioberkommissarinnen Silke Jansen und Rita Schneider sowie der Jüngste im Team, Polizeikommissar Oke Helmers.

Die in Ostfriesland geborene Silke war mit ihrer gemütlichen Figur und der sympathischen Ausstrahlung fast sowas wie das emotionale Zentralgestirn im Team. Die mittelgroße Blondine kümmerte sich überwiegend um den Innendienst. Ihre Verbundenheit mit der ostfriesischen Scholle ergab sich schon allein daraus, dass sie mal das Haus ihrer Großeltern erben sollte.

Die ehrgeizige Rita war vor einiger Zeit aus Osnabrück nach Wittmund versetzt worden. Die quirlige, junge Polizistin hatte eine sportliche Figur wie Nina und trug eine mittelblonde moderne Kurzhaarfrisur. Charakteristisch für sie waren ihre sympathischen ebenmäßigen Gesichtszüge und ihr sehr gewinnendes Lächeln. Aber man sollte sich davon nicht täuschen lassen. Als ehemalige Landesmeisterin im Sprint hatte sie schon so manchen Ganoven mit ihrer Schnelligkeit überrascht.

Oke stammte aus Neuharlingersiel. Seine Eltern bewirtschafteten dort einen Milchwirtschaftsbetrieb, den sein Bruder mal übernehmen sollte. Oke war mit seinen gut zwei Metern Länge und den blonden

Strubbelhaaren ein typischer Ostfriese. Als Kind war er mit seinen Eltern auf dem Hof seines Großvaters aufgewachsen. Da seine Cousine und sein Cousin zu der Zeit ebenfalls auf dem Hof lebten und deren Mutter eine dunkelhäutige Niederländerin von den niederländischen Antillen war, wuchsen Oke und sein Bruder zweisprachig auf. Inzwischen hatte sein Vater die Führung des Hofes übernommen. Da Oke schon seit seiner Schulzeit ein Computer- und IT-Freak war, hatte er auch im Team die entsprechenden Aufgaben übernommen und hatte so schon oft das Forensik-Team im Haus unterstützen können.

Heute saß neben dem Stammteam auch der Leiter der Forensik, Erster Kriminalhauptkommissar Sören Nansen, mit an dem großen Achtertisch, an den bei Bedarf auch noch weitere Tische gestellt werden konnten. Sören war ein großgewachsener, sehr sportlicher und muskulöser dunkelhaariger Ostfriese. Mit Bert verband ihn seit Längerem eine über das Dienstliche hinausgehende Männerfreundschaft.

Nachdem Bert über den gestrigen Einsatz auf Spiekeroog zusammenfassend berichtet und die Stichpunkte auf dem Flipchart notiert hatte, sagte er: »Wie ihr seht, steht im Moment nur fest, dass wir einen Toten haben und dass dieser am Sonntagmorgen auf dem Dünenkamm beim Westend von einem Geschoss in den Kopf getötet wurde. Wir wissen weder, wer der Tote ist, geschweige denn, wer ihn getötet haben könnte. Es sei denn, dass Sören diesbezüglich bereits weitere Erkenntnisse für uns hat.«

»Gerade eben habe ich auf meinem Tablet eine Nachricht unserer Rechtsmedizin erhalten. Ihr seid im Verteiler«, sagte der Angesprochene. »Dr. Rabe bestätigt nochmal seine ersten Annahmen von gestern, bezogen auf Todesursache und -zeitpunkt. Auch seine Vermutung, dass der Tote an der linken Halsseite und am linken Hinterkopf von zwei Streifschüssen getroffen wurde, hat sich bestätigt. Bei dem Steckschuss handelt es sich um ein Neunmillimetergeschoss, also eine großkalibrige Pistole als Tatwaffe. Gestern Abend und über Nacht wurde eine DNA-Analyse durchgeführt. Auch mit dieser konnte wie schon mit den Fingerabdrücken kein Treffer in unserer Zentraldatei erzielt werden. Offensichtlich ist unser Toter also nicht vorbestraft.«

»Sören, kannst du die Bilder der Hubschrauber-Kamera mal auf den Beamer legen, damit alle Anwesenden auch visuell den gleichen Wissensstand vom Tatort haben?«, fragte Bert.

»Kein Problem«, erwiderte der Angesprochene und zeigte die Bilder auf der großen Leinwand mit entsprechenden Kommentaren. Danach legte er die Bilder auf, die er selbst mit seinem Kollegen von dem mutmaßlichen Platz des Schützen aus aufgenommen hatte. Darauf war auch der von der zusammengefalteten Plane bedeckte Tote zu sehen.

»Da müssten wir wissen, wer das Pärchen war, das der Tote da offensichtlich beobachtet hat. Vielleicht lässt sich daraus etwas zurückverfolgen«, meldete sich Oke zu Wort.

»Oke, ich habe die Gästelisten mit Namen und Adressen der Feriengäste und deren Vermieter von der Kurverwaltung in digitaler Form erhalten«, sagte Nina. »Die bekommst du nach unserem Meeting zur Auswertung. Dann kannst du die Liste nach Nähe der Ferienunterkunft zum Tatort und auch in Bezug auf den Todeszeitpunkt mit Rita selektieren.«

»So viel haben wir schon aus den Spuren ermitteln können«, warf Sören ein, »die Trittspuren lassen vermuten, dass es sich bei den Feriengästen um eine Frau und einen Mann handelt. Sie müssen eine Decke oder Plane als Unterlage dabeigehabt haben sowie einen Sonnenschirm.«

»Das ist doch schon mal ein Ansatz«, meldete sich jetzt auch Rita zu Wort. »Ich kenne den Weststrand. Dort habe ich mal eine Woche auf dem Zeltplatz Urlaub gemacht. Da gibt es am Westend entlang der Museumspferdebahnstrecke ein paar kleinere Pensionen in den Dünen. Direkt gegenüber der Endstation der Museumspferdebahn gibt es sogar eine große Ferienanlage auch für Gruppenreisende. Da brauchen wir doch nur nachfragen, welcher Gast sich einen Sonnenschirm für den Weststrand hatte geben lassen. So viele werden das nicht sein, denn die Badestrände mit den Strandkörben befinden sich im Norden der Insel.«

»Na, das klingt ja schon mal vielversprechend für einen ersten Ermittlungsansatz«, sagte Nina. »Ihr werdet auch noch weitere Daten bekommen. Das sind die Anmeldungen der Skipper, die sich als Gastlieger bei der Steganlage des Spiekerooger Segelclubs angemeldet haben. Die müsst ihr dann auch vor allem im Hinblick auf den Buchungszeitraum selektieren. Nachteil ist hier, dass wir da standardmäßig nur den Namen des Skippers, seines Bootes und des Heimathafens haben.«

»Gibt es noch weitere Infos oder Fragen?«, wollte der Soko-Leiter wissen. »Wenn nicht, haben wir zumindest schon mal einen ersten Ansatz.« Er wollte gerade das Meeting beenden, als Ninas Handy auf dem Tisch vibrierte.

Nina schaute kurz auf das Display und sagte: »Das ist Nina, die Stegwartin des Spiekerooger Segelclubs. Ich stelle mal auf laut.«

Nachdem sich die beiden Ninas begrüßt hatten, informierte die Kommissarin ihre Gesprächspartnerin darüber, dass die Anwesenden des Meetings mithörten. »Ich sollte mich ja melden, wenn ich etwas Ungewöhnliches bemerke«, sagte die Stegwartin. »Ich bin gerade auf meiner morgendlichen Runde über alle Stege. Gestern Abend bin ich nicht mehr dazu gekommen. Hier liegt immer noch ein Boot eines Gastliegers, der am Samstag nur für drei Tage gebucht hatte. Das heißt, eigentlich hätte er spätestens gestern Nachmittag mit der Flut auslaufen oder nachbuchen müssen.«

»Dann hast du ja sicher einen Namen für uns«, mutmaßte die Kommissarin. »Es ist allerdings nicht gesagt, dass dein Gastlieger unser Toter vom Westend ist. Es könnte doch auch sein, dass der Bootseigner ein Date auf der Insel hat und heute oder morgen zum Nachzahlen kommt.«

»Das hab ich auch erst gedacht, denn ich kenne den Skipper. Der ist nicht zum ersten Mal hier auf Spiekeroog. Ich hab ihn noch gefragt, ob sein Besuch auf der Insel diesmal Arbeit oder Entschleunigung wäre. Da meinte er, bei dem schönen Wetter müsste er wohl eher von Hobby sprechen. Deswegen dachte ich noch, der läuft mir mit der Bezahlung bestimmt nicht weg, und wollte schon weiter meine Runde machen. Da fiel mir die offen stehende Kajütentür auf.«

»Vielleicht hat er die nur nicht richtig zugemacht«, überlegte die Polizistin.

»Genau, das war auch mein erster Gedanke. Deswegen bin ich an Bord gegangen und wollte nur die Tür zumachen. Da sah ich, dass die aufgebrochen worden war. Ich bin noch auf dem Boot und habe nur einen kurzen Blick in die Kajüte geworfen. Da ist ein totales Chaos. Schränke stehen offen und Schrankinhalte liegen auf dem Boden verstreut. Für mich sieht das nach einem Einbruch aus. Deswegen habe ich jetzt auch sofort bei dir angerufen und noch nicht bei unserem Inselsheriff.«

»Nina, das hast du sehr gut gemacht«, mischte sich jetzt Bert in das Gespräch ein. »Könntest du sicherstellen, dass niemand das Boot betritt? Wir werden sofort euren Inselpolizisten informieren, der dann die Sicherung des Bootes übernehmen kann. Ein Team unserer Spurensicherung wird mit der nächsten Schnellfähre nach Spiekeroog kommen. Aber wer ist denn der Gastlieger?«

»Arjen Wolthoff. Der betreibt in Wittmund eine Detektei. Mein Gott, ich darf gar nicht drüber nachdenken, dass er euer Toter sein könnte.«

»Siegi ist schon mit seinem Fahrrad unterwegs zum Hafen«, informierte Sören in diesem Moment die Anwesenden. »Bert, ich hab Siegis Nummer ja gespeichert, deswegen habe ich ihn gleich angerufen und informiert, damit die Stegwartin nicht so lange allein ist. Denn du telefonierst ja gerade mit Ninas Handy, und deine Mitarbeiter haben Siegis Nummer mit Sicherheit nicht gespeichert.«

»Danke, Sören«, sagte der Soko-Leiter und fuhr dann an die junge Frau auf dem Boot gewandt fort: »Nina, hast du das mitgehört? Siegi ist bereits mit dem Fahrrad unterwegs zu dir. Ich möchte dich bitten, noch so lange in der Leitung zu bleiben, bis er bei dir eintrifft. Das ist zu deiner Sicherheit, nicht, dass der oder die Einbrecher plötzlich nochmal bei dem Boot auftauchen.«

Dass Arjen Wolthoff mit seiner Detektei im Kommissariat natürlich bekannt war, behielt der Soko-Leiter an dieser Stelle erst einmal für sich.

»Mensch Bert, jetzt wird mir aber doch etwas mulmig«, sagte die Stegwartin. »Was soll ich denn machen, wenn sich jetzt jemand plötzlich Arjens Boot nähert? Sein Boot liegt unweit vom Ende dieses Stegteiles.«

»Mach dir keine Sorgen, Nina!«, beruhigte sie der Soko-Leiter. »Ich denke, dass die Einbrecher längst über alle Berge sind. Meine Anweisung ist nur eine reine Vorsichtsmaßnahme. Also, sollte jemand sich dem Boot nähern, forderst du die Person auf, nicht näher zu kommen, egal wer das ist, außer natürlich euren Inselsheriff. Wenn derjenige fragt warum, dann sagst du, dass es sich um einen Polizeieinsatz handelt und du den Auftrag hast, Nichtbefugte aus Sicherheitsgründen zu dem Boot auf Abstand zu halten. Dann kannst du ruhig so tun, als wenn wir bereits in der Kajüte im Einsatz wären. Das kann jemand auf die Entfernung gar nicht überprüfen, weshalb deiner Anweisung sicher Folge geleistet wird. Insbesondere, wenn es sich um den Einbrecher handeln sollte. Der wird dann doch am allerwenigsten an seinem Tatort mit der Polizei zusammentreffen wollen.«

»Okay, das werde ich machen, Bert. Kommt eure Spurensicherung dann mit der Schnellfähre? Die geht um dreizehn Uhr fünfzehn ab Neuharlingersiel. Die Fähre um neun Uhr zehn werden eure Leute sicher nicht mehr schaffen. Aber ich hab schon bei der Abholung deiner Kollegen am Hubschrauberlandeplatz hinter meiner Kommandobrücke gesehen, dass die einiges an Gepäck dabeihaben. Das nimmt die Schnellfähre zwar normalerweise nicht mit, aber ihr seid ja in einem Einsatz, da wird das sicher gehen.«

»Nina, danke für den Hinweis«, übernahm wieder ihre Namensschwester das Gespräch. »Das werden die Kollegen sicher hinbekommen.«

»Siegi ist schon im Anmarsch«, unterbrach die Stegwartin die Kommissarin. »Er fährt gerade mit seinem Fahrrad an den *Dalbensproß*-Skulpturen vorbei und ist gleich bei meiner Kommandobrücke. Von seiner Polizeistation im Tranpad bis zum Hafen sind es ja gerade mal etwas mehr als ein Kilometer.«

»Nina, gib ihm dein Handy, wenn er bei dir ist«, sagte Bert, der das Handy seiner Frau übernommen hatte.

Als sein Inselkollege sich kurz darauf meldete, sagte Bert: »Moin Siegi, ist das Mithören auf Ninas Handy ausgeschaltet?«

»Ja, ist es. Ich weiß von Sören schon, dass es sein könnte, dass ich hier auf dem Boot unseres Toten vom Westend stehe«, sagte Siegi.

»Das müssen wir aber noch klären, ob der Tote auch tatsächlich der Bootseigner Arjen Wolthoff ist«, erwiderte Bert.

»Ist schon geklärt«, unterbrach Sören seinen Kollegen. Sören hatte die ganze Zeit auch sein Tablet im Blick gehabt und gesehen, dass noch eine Message von der Rechtsmedizin eingegangen war. »Wir haben jetzt ein Fahndungsfoto mit abgedeckter rechter Stirn- und Augenpartie. Aber es ist tatsächlich Arjen Wolthoff. Die Detektei kennen wir ja alle. Wenn uns der Doc gestern noch einen Blick auf den Toten hätte werfen lassen, dann hätten wir das gestern bereits gewusst.«

»Siegi, hast du mitgehört und verstanden, was Sören mir gerade zurief?«

»Nicht alles, aber seine Aussage zu unserem Toten habe ich verstanden. Kann ich das auch Nina sagen?«

»Kannst du«, stimmte Bert zu. »Aber sie soll es noch für sich behalten. Jedenfalls brauchen wir mit dem Foto des Toten keine Umfrage mehr bei den Vermietern der Insel zu machen, nachdem wir wissen, dass er mit dem eigenen Boot dort war.«

Inzwischen war Sören aufgestanden und zu Bert gegangen. Er gab diesem das Tablet mit dem Bild des Toten und bat um das Handy, denn jetzt war sein Part als Leiter der Spurensicherung gefragt.

»Moin Siegi, hier ist Sören. Ich war heute Morgen auch beim Meeting unserer Soko dabei und habe alles mitbekommen. Deswegen hatte ich dich auch schon vorhin angerufen. Ich werde gleich sicherstellen, dass ein Team meiner Leute mit der Mittags-Schnellfähre nach Spiekeroog kommt. Bis dahin würde ich dich bitten, möglichst nicht die Kajüte zu betreten. Nina hat auch nur von der Tür aus reingeschaut, wenn ich das vorhin richtig mitbekommen habe. In den Dünen hatten wir leider kaum eine Chance, Fingerabdrücke oder DNA-Spuren des oder der Täter zu finden. In der Kajüte haben die sich offensichtlich richtig ausgetobt und dabei sicher auch einige Spuren hinterlassen. Diese dürfen auf gar keinen Fall kontaminiert werden.«

»Habe verstanden, Sören. Das werde ich sicherstellen und so lange an Bord bleiben, bis deine Leute hier übernehmen. Ich werde nur von der Tür aus ein paar Aufnahmen mit dem Handy machen und euch über den Messenger schicken, damit ihr schon mal einen Eindruck von der Örtlichkeit bekommt.«

»Könnte ich nochmal Nina haben?«, bat die Stegwartin, als Siegi das Telefonat beenden wollte. Sie hatte die Aussagen der Beamten in Wittmund nicht mitbekommen und daher auch gerade eben erst die Bestätigung vom Inselpolizisten erhalten, dass der Tote tatsächlich der Bootseigner war. Ihr war anzusehen, dass sie die Nachricht persönlich berührte. Daher hatte Siegi ihre Bitte über das Handy weitergegeben und die Kommissarin bereits wieder in der Leitung, als er der Stegwartin ihr Handy übergab.

»Nina, ich hatte es ja schon befürchtet, dass Arjen der Tote vom Westend ist«, sagte die Stegwartin. »Ich muss jetzt einfach mal von Frau zu Frau mit dir reden. Geht das?«

»Moment, Nina. Ich schalte mal die Mithörfunktion aus und gehe vor die Tür«, antwortete die Kommissarin. Als sie draußen auf dem Gang allein stand, sagte sie: »So, jetzt können wir sprechen.«

»Das brauche ich jetzt. Unser Inselsheriff macht gerade ein paar Fotos mit seinem Handy von der Kajütentür aus und ich stehe jetzt ein Stück abseits auf dem Steg. Siegi hatte schon mitbekommen, dass ich mit dir vertraulich sprechen wollte …« Dann war nur noch Schluchzen zu hören.

»Nina, lass dir Zeit«, sagte die Kommissarin und machte sich mit dem Handy am Ohr auf den Weg zu ihrem Dienstzimmer.

Die Polizistin hatte gerade an ihrem Schreibtisch Platz genommen, als sich die Stegwartin wieder meldete: »Sorry. Ich weiß, das wirkt jetzt nicht besonders professionell. Ich bin hier die Stegwartin und nur für die Sicherheit und Organisation in der Marina des Spiekerooger Segelclubs verantwortlich. Da sollten Gefühle eigentlich außen vor bleiben …«

»Bei aller Professionalität sind wir auch Menschen mit Gefühlen, Nina. Deswegen, lass dir Zeit. Ich bin inzwischen allein in meinem Dienstzimmer und kann dir zuhören.«

Es dauerte wiederum eine Weile, bis die Stegwartin sagte: »Ich sprach ja eingangs davon, dass ich den Skipper kenne. Aber da war eher der Wunsch der Vater des Gedankens. Wenn ich ehrlich bin, hätte ich gerne viel mehr über ihn gewusst. Arjen war bestimmt kein Mann für den Laufsteg. Aber er hatte etwas an sich, was mich irgendwie magisch anzog, wie ich an den Schmetterlingen in meinem Bauch deutlich spüren konnte. Am Samstagnachmittag meldete er sich bei mir an und sagte mir, dass dieser Aufenthalt mehr Hobby als Arbeit für ihn sei. Am Abend wollte er dann in einem Restaurant essen gehen. Eigentlich hätte ich mich dazu gern bei ihm eingeladen, um etwas mehr über ihn zu erfahren. Aber ausgerechnet an diesem Abend hatte ich schon eine Einladung. Vielleicht würde er ja sogar noch leben, wenn wir nach dem Abendessen die Nacht auf seinem schicken Kajütboot verbracht hätten …«

»Manchmal ist es bestimmt gut, dass wir nicht wissen, was das Schicksal so mit uns vorhat«, versuchte die Kommissarin ein paar tröstende Worte zu finden.

In diesem Moment musste sie unwillkürlich an den Einsatz ihres Mannes in dem Fall denken, bei dem es um die Ermordung eines Wattführers in Harlesiel gegangen war. Dabei war Bert durch einen Querschläger aus der Pistole eines Gangsters in den Kopf getroffen worden. Er musste sogar mit dem Hubschrauber zur OP in die Klinik nach Oldenburg geflogen werden. Aber er hatte zum Glück überlebt.

Es dauerte eine kleine Weile, bis die Stegwartin weitersprach: »Ich hadere gerade mit mir selbst. Manchmal sollte man doch seinem Gefühl folgen. Ich weiß noch, dass mir durch den Kopf ging, die bestehende Einladung abzusagen. Hätte ich das nur getan! Im Nachhinein bin ich mir sogar sicher, dass das mit uns durchaus etwas hätte werden können.«

Wie nah sie mit dieser Überlegung der Wahrheit gekommen war, konnte sie nicht ahnen, und es hätte ihr in diesem Moment sicher das Herz gebrochen.

Auch die Kommissarin konnte das natürlich nicht ahnen, als sie sagte: »Nina, oft fragt man sich viel später in der Rückschau: Wer weiß, wofür das alles gut war, dass dies oder jenes so gekommen ist?«

»Da hast du recht. Das kenne ich auch schon aus meinem bisherigen Leben. Man sagt ja auch nicht ohne Grund: Die Zeit heilt alle Wunden. Da muss ich jetzt eben durch. Nina, jedenfalls danke ich dir für deine verständnisvollen Worte!«

»Ich wünsche dir viel Kraft für die nächste Zeit. Aber ich denke, du bist eine starke Frau mit Lebenserfahrung und wirst ganz sicher auch deine Gefühlswelt wieder in den Griff bekommen. Übrigens, wärst du damit einverstanden, wenn ich mit meinem Chef und Ehemann darüber spreche?«

»Wolltest du damit sagen, dass Bert dein Mann ist? Aber ihr habt doch unterschiedliche Nachnamen«, wunderte sich die Stegwartin und war damit für den Moment von ihrem Kummer etwas abgelenkt, was die Kommissarin auch beabsichtigt hatte.

»Ja, wir haben ganz bewusst unsere Geburtsnamen behalten«, antwortete die Polizistin. »Daher wissen das auch nur Eingeweihte, zu denen du jetzt auch gehörst. Inwieweit deine vertraulichen Informationen für unsere Ermittlungen von Bedeutung sind oder nicht, stellt sich erfahrungsgemäß meist erst später raus. Aber wenn du nochmal das Bedürfnis hast, kannst du mich gerne jederzeit anrufen.« Dann beendete die Kommissarin das Gespräch.

***

Bert hatte das Meeting aufgelöst und kam gerade in Ninas Büro, als diese das Telefonat mit der anderen Nina beendete. Sie informierte ihn in groben Zügen über das vertrauliche Gespräch.

»Es ist schon merkwürdig, wie sich manche Fälle so entwickeln«, sagte Bert. »Und wer weiß, ob Nina nicht doch recht hat, dass Arjen unter Umständen noch leben könnte, wenn er am Samstagabend mit ihr zusammen zum Essen gegangen wäre. Wir erleben es ja immer wieder, dass manchmal scheinbar harmlose Entscheidungen einzelner Beteiligter höchstdramatische Ereignisse beeinflussen können. Nehmen wir einfach mal den alten Spruch: Das Opfer war zur falschen Zeit am falschen Ort! Klingt ganz banal. Genauso banal, wie auch die Entscheidung des Opfers sein kann, genau zu dieser Zeit an diesem Ort zu sein.«

»Alles richtig, Bert, aber was hilft das meiner Namensschwester mit ihren Gefühlen? Und vor allem, wie machen wir mit unseren jetzigen Erkenntnissen weiter?«

»Deswegen kam ich zu dir. Wir müssen als Erstes in der Detektei anrufen. Ich habe mit Sören, der gerade sein Spusi-Team zusammenstellt, vereinbart, dass wir das übernehmen. Soweit ich weiß, hat Arjen eine Sekretärin in seinem Büro. Die müssen wir über seinen Tod informieren und darüber, dass sie in der Detektei gleich Besuch von uns und unserer Spusi erhält.«

Nina hatte schon auf ihrem PC die Telefonnummer herausgesucht und der Ruf ging bereits raus. Nach mehrmaligem Klingeln meldete sich die Sekretärin: »Gesine Saatkamp, Detektei Wolthoff. Moin, was kann ich für Sie tun?«

»Moin Frau Saatkamp. Polizeikommissariat Wittmund, Kommissarin Jürgens. Wir hätten etwas Wichtiges mit Ihnen zu besprechen und würden gleich bei Ihnen in der Detektei vorbeikommen.«

»Um was geht es denn?«

»Das würden wir gerne mit Ihnen im Büro besprechen«, erwiderte die Kommissarin.

»Ich bin gar nicht im Büro. Mein Chef ist zurzeit in einem auswärtigen Einsatz unterwegs. Deshalb haben wir eine Rufumleitung auf mein Homeoffice, bis er wieder zurück ist. Daher wäre es schön, wenn Sie mir sagen würden, um was es geht. Es ist ja wohl kaum ein Auftrag der Polizei für unsere Detektei. Ermittlungen und Observierungen machen Sie doch selbst.«

»Das ist richtig. Aber unser Anruf steht im Zusammenhang mit dem aktuellen Einsatz Ihres Chefs auf Spiekeroog.«

»Da Sie wissen, wo mein Chef gerade im Einsatz ist, vermute ich, dass etwas passiert ist. Hat es eine Auseinandersetzung gegeben?

Liegt er vielleicht irgendwo in einem Krankenhaus? Das hatten wir nämlich schon mal, als ihn ein Ehemann zusammengeschlagen hatte, der von ihm beim Fremdgehen ertappt worden war.«

»Frau Saatkamp, ich wollte Ihnen das eigentlich nicht am Telefon sagen …«

»Frau Jürgens, wenn die Polizei so redet, dann heißt das, mein Chef ist tot!«

»Ja, leider, das ist wahr, Frau Saatkamp! Deshalb müssen wir jetzt im Zuge unserer Ermittlungen mit unserer Spurensicherung in die Detektei.«

Es dauerte einen Moment, bis sich die Angerufene wieder gefasst hatte und sagte: »Ich verstehe das nicht! Er wollte doch auf Spiekeroog nur für ein Scheidungsverfahren Beweisfotos machen, dass der Inhaber einer Firma aus Friedeburg fremdgeht.«

»Genau dazu brauchen wir nähere Informationen, Frau Saatkamp. Deswegen müssten wir uns dringend in der Detektei treffen. Sie haben doch sicher die Schlüssel dazu.«

»Ja, die Schlüssel habe ich und ich werde mich sofort auf den Weg ins Büro machen. Die Adresse kennen Sie ja sicherlich. Dann bis gleich.«

Kurz darauf waren der Soko-Leiter und seine Stellvertreterin im zivilen Dienstwagen, gefolgt von zwei zivilen Einsatzfahrzeugen der Spurensicherung, unterwegs zur Detektei Wolthoff am nördlichen Ortsrand von Wittmund. Es dauerte nicht lange, dann fuhren die Fahrzeuge auf den geräumigen Parkplatz seitlich vor dem großen modernen Gebäude mit Doppelgarage.

Kaum dass sie standen, ging das Rolltor der Garage nach oben und es fuhr ein Sportcabriolet mit offenem Verdeck auf das Grundstück und in die Garage hinein. Aus dem Wagen stieg eine große schlanke gutaussehende Frau mittleren Alters mit langen blonden Haaren und auffälliger Sonnenbrille. Sie war bekleidet mit einem modernen Businesskostüm und hochhackigen Schuhen, die sie, wie die Beamten mitbekamen, vor dem Aussteigen angezogen hatte. Sie setzte ihre Sonnenbrille ab und ging auf die parkenden Fahrzeuge zu.

Nina und Bert waren auch bereits ausgestiegen, während die Kollegen der Spusi noch in ihren Fahrzeugen blieben. Nina sprach die Frau an: »Moin, ich nehme an, Frau Saatkamp.« Dann stellte sie sich und Bert vor und die beiden kondolierten.

»Ja, ich bin Gesine Saatkamp. Und der Tod meines Chefs hat mich irgendwie noch gar nicht richtig erreicht. Wahrscheinlich werde ich mir heute Nacht die Augen aus dem Kopf heulen«, sagte die Angesprochene. »Aber jetzt muss ich funktionieren, wie er immer sagte. Am besten, Sie folgen mir durch die Garage ins Haus. Ihre Leute können auch gleich mitkommen.«

Auf das Zeichen von Bert stieg Sören aus einem der Fahrzeuge aus. Er trug bereits sein ›Ganzkörperkondom‹, wie er seinen Tatortanzug zu nennen pflegte. Auch Nina und Bert hatten bereits die Überzieher für die Schuhe an. Sören kam zur Garage und stellte sich vor. Dann sagte er: »Mein Team hole ich gleich nach. Da müssen einige Sachen ins Haus gebracht werden, deswegen möchte ich mich erst einmal mit der Örtlichkeit vertraut machen.«

»Kein Problem«, sagte die Sekretärin und ging in der Garage voraus zur Eingangstür des Hauses. »Wir haben eine Alarmanlage.« Dann stutzte sie und ihr entfuhr ein Stöhnen: »Oh Arjen, hast du mal wieder vergessen, die Anlage scharf zu schalten? Eigentlich müsste die LED an der Code-Tastatur grün leuchten und nicht rot! So hätte ja jeder über die Garage ins Haus kommen können, da die Tür hier auf beiden Seiten eine Türklinke hat. Beim Haupteingang ist außen nur ein Knauf angebracht und man braucht daher einen Schlüssel.«

»Ich habe oben an der Garage eine kleine Kamera mit einem Bewegungsmelder gesehen«, stellte der Leiter der Forensik fest. »Wo wird das aufgezeichnet? Extern oder hier im Haus?«

»Arjen hat dafür in seinem Büro ein Aufzeichnungsgerät in seinem Wandsafe, das mit dem Bewegungsmelder gekoppelt ist. So kann er immer sehen, wer sich vor der Garage bewegt und diesen Eingang oder den Haupteingang genutzt hat. Vorne am Haupteingang hat er auch einen solchen Bewegungsmelder. Beide Bewegungsmelder sind unabhängig von der Alarmanlage immer aktiv.«

»Dann wusste Ihr Chef ja auch immer minutengenau, wann Sie gekommen und gegangen sind«, merkte Nina mit einem Schmunzeln an.

»Ich werde nicht nach Stunden bezahlt. Wenn er mich hier braucht, bin ich da. Ansonsten mache ich zum Beispiel auch bei seinen Abwesenheiten Homeoffice bei mir zu Hause. Außerdem kann ich mich über mein Gehalt nicht beklagen, da nehme ich auch manchmal etwas außergewöhnliche Arbeitszeiten gerne in Kauf.«

Die Tür von der Garage führte in eine große zweigeschossige Empfangshalle, von der im Erdgeschoss mehrere Türen abgingen und eine geschwungene Treppe nach oben führte. An der Front des Hauses erstreckte sich eine riesige Fensteröffnung über beide Etagen und sorgte für reichlich Lichteinfall.

»Oben befinden sich die Privaträume meines Chefs«, sagte die Sekretärin. »Unten sind Büroräume, eine große Küche sowie zwei Gästezimmer und ein Gästebad mit separater Behindertentoilette. Der Flur dahinten führt zur Terrasse auf der Rückseite des Hauses. Oben hat der Chef noch einen großen Balkon mit einer Treppe zum Pool. Ich nehme an, dass Sie in sein Büro wollen, das ist die offen stehende Tür dort. In einem Nebenraum mit Verbindungstür zu seinem Büro und einer weiteren Tür hier zum Flur ist mein Büro. Von seinem Büro geht auf der anderen Seite noch ein weiterer Raum ab, in dem Akten und Büromaterial gelagert sind.«

»Wir inspizieren mit unserer Spurensicherung alle Räume des Hauses«, sagte der Leiter der Forensik. »Wir werden mit den Büroräumen anfangen und alle Computer, Notebooks, Tablets und Handys zur Auswertung mitnehmen. Ich werde gleich über Handy meine Leute reinholen. Aber vorher würde ich gerne mal einen Blick in die Büroräume werfen.«

»Sören, dem würden wir uns gerne anschließen«, sagte Bert, und zur Sekretärin gewandt, fügte er hinzu: »Danach hätten wir dann bei Ihnen gerne Einblick in den aktuellen Auftrag Ihres Chefs auf Spiekeroog.«

»Sie können sich frei bewegen, mein Chef hat nichts zu verbergen und außerdem ist er ja jetzt tot. Was ist ihm denn überhaupt passiert?«

»Frau Saatkamp, wahrscheinlich kennen Sie den Spruch: Genaues erst nach der Obduktion in der Rechtsmedizin«, antwortete Nina. »Aber so viel kann ich Ihnen sagen, er ist durch Fremdeinwirkung gestorben.«

»Mein Gott, das war doch ein ganz harmloser Routinefall. Ich verstehe die Welt nicht mehr, und deswegen kann ich das eigentlich noch immer nicht ganz glauben.«

Dann ging sie voraus in das Büro ihres Chefs. Nachdem sie dieses betreten und sich kurz umgeschaut hatte, entfuhr es ihr: »Was ist denn hier los? Mein Chef ist zwar am Freitagabend nach mir gegangen, aber der lässt doch nicht die Schranktüren offen stehen, wenn er geht! Und wo ist denn sein Computer? Der steht normalerweise in einem Hängegestell da unter seinem Schreibtisch. Sogar sein Wandsafe steht offen und ist total leergeräumt. Da stand das Aufzeichnungsgerät, und darin lagen auch eine geladene Pistole und etwa zehntausend Euro Bargeld.«

Gesine wollte gerade auf eine offen stehende Schublade des Schreibtisches zustürzen, als Sören ihr in den Weg trat und sagte: »Nichts anfassen, Frau Saatkamp! Das gilt übrigens auch für alles in Ihrem Büro. Überhaupt nichts mehr anfassen! Unsere beiden Ermittler werden sich bezüglich des Auftrages Ihres Chefs auf Spiekeroog zunächst mit Ihren Aussagen aus dem Gedächtnis zufriedengeben müssen. Ich werde jetzt meine Leute kommen lassen. Die werden hier eine Menge zu tun haben, wahrscheinlich sogar noch bis in die Nacht.«

»Bis in die Nacht?! Soll das etwa bedeuten, dass ich die ganze Zeit hierbleiben muss?«, wollte Gesine entsetzt wissen. »Ich bin zwar geschieden und habe weder Mann noch Kinder zu versorgen, aber man hat ja trotzdem so seine Verpflichtungen und Verabredungen. Heute Abend bin ich mit einer Freundin zum Abendessen verabredet.«

»Es wird ja sicher noch eine Fernbedienung für das Garagentor geben, und das Code-Wort für die Alarmanlage werden Sie uns sicher auch nennen können. Dann könnten Sie nach dem Gespräch mit meinen Kollegen gerne wieder nach Hause fahren.«

»Das werde ich dann auch machen. Eigentlich würde ich Ihnen auch gerne einen Kaffee aus unserem Automaten anbieten, aber wahrscheinlich geht das dann auch nicht mehr.«

»Das haben Sie richtig erkannt«, antwortete Sören. »Am besten gar nichts mehr anfassen. Denn so wie es aussieht, ist Ihr Chef nicht nur ermordet worden, sondern die Täter sind hier auch noch eingebrochen und haben nach irgendetwas gesucht.«

»Fernbedienung, Hausschlüssel für den Haupteingang und das Code-Wort kann ich Ihnen geben. Bezüglich der Fragen Ihrer Kollegen bin ich nicht allein auf mein Gedächtnis angewiesen. Ich habe die meisten Daten auch auf meinem Notebook zu Hause, da ich oft im Homeoffice arbeite. Ich würde vorschlagen, dass Frau Jürgens und Herr Linnig mit zu mir nach Hause kommen. Da kann ich alle Fragen beantworten und auch meine Kaffeemaschine bedienen, ohne Spuren zu verwischen.«

»Frau Saatkamp, das ist eine sehr gute Idee«, sagte Bert. »Ihr Angebot nehmen wir natürlich dankend an! Dann kann sich unsere Spurensicherung hier in aller Ruhe austoben und hoffentlich dabei auch die Spur zum Täter finden.«

»Haben Sie denn eine Idee, nach was der oder die Einbrecher gesucht haben könnten?«, wollte Sören wissen. »Wer ist denn der Unternehmer, den Ihr Chef auf Spiekeroog observieren wollte? Und ging es da wirklich nur um den Beweis eines Seitensprunges?«

»Der Unternehmer heißt Jorin Bültena. Seine Ehefrau, Nicole Bültena, war auf Empfehlung ihres Scheidungsanwaltes zu uns gekommen. Da ging es wirklich nur um ein paar Beweisfotos, weil sie – für den Fall, dass sie die Scheidung initiiert – bei der Abfindung erhebliche Nachteile hätte hinnehmen müssen.«

»Bültena Friedeburg! Das ist ein schon über mehrere Generationen vererbtes Unternehmen, das sich auf die Herstellung von Betonfertigteilen spezialisiert hat«, erläuterte der gebürtige Ostfriese Sören. »Unter anderem auch die Herstellung von Tetrapoden, die bekanntlich an exponierten Stellen auch an unserer Küste als Wellenbrecher eingesetzt werden. Den Namen Bültena kennen hier in Ostfriesland daher viele Einheimische. Eigentlich hatte Jorins Bruder das Unternehmen vom Vater übernommen. Aber dann kam es mit einer eigenen Sportmaschine zu einem tragischen Flugunfall, bei dem der Bruder und die Eltern ums Leben kamen.«

»Als Nichteinheimische kenne ich die Geschichte der Bültenas zwar nicht, aber über den Flugunfall hat die örtliche Presse ausführlich berichtet«, übernahm Nina das Wort. »Und von Silke habe ich gehört, dass Jorin Bültena eigentlich als Professor an der Hamburger Uni gelehrt hat. Da lief wohl zu der Zeit eine Sache gegen ihn, dass er sich mit mehreren Kommilitoninnen eingelassen haben soll. Wie Silke mir erzählte, soll da wohl mit Geld nachgeholfen worden sein. Jedenfalls hätten die betreffenden Studentinnen bestritten, dass sie eine sexuelle Beziehung zu ihm gehabt hätten. So wie Silke erzählte, hat er dann die Firma selbst übernommen, anstatt sie zu verkaufen. Denn seine Frau, eine gebürtige Hamburgerin, wäre wohl viel lieber in Hamburg geblieben. Aber das sind jetzt keine Fakten, sondern alles nur Hörensagen.«

»Nina, davon habe ich natürlich auch gehört«, übernahm Bert wieder das Wort. »Und hier deutet einiges darauf hin, dass es da um sehr viel Geld geht. Zudem wissen wir alle, dass schon für wesentlich weniger Geld gemordet wurde. Daher würde ich nicht von vornherein ausschließen, dass der von Arjen Wolthoff Observierte ein Mordmotiv haben könnte. In diesem Zusammenhang könnte auch das Motiv dafür zu finden sein, dass sowohl auf dem Boot des Detektivs als auch hier in seiner Detektei eingebrochen wurde.«

»Das würde ich auch nicht von vornherein ausschließen«, stimmte Sören seinem Kollegen zu. »Zumal, wer sehr viel Geld hat, könnte sich auch einen Auftragskiller leisten, womit ich das Jorin Bültena nicht ungeprüft unterstellen möchte.«

Die Sekretärin übergab dem Leiter der Forensik die Fernbedienung für das Garagentor, die Hausschlüssel und das Code-Wort, dann ging sie mit Nina und Bert zu ihrem Cabrio. Dort nannte sie Nina ihre Adresse für das Navi. Als sie aus der Garage fuhr, brachte Sörens Team bereits das benötigte Equipment ins Haus.

4. Kapitel

Gesine Saatkamp bewohnte ein von den Großeltern übernommenes schmuckes kleines Ziegelsteinhäuschen am westlichen Stadtrand von Wittmund. Nina und Bert waren ihrem Cabrio mit dem Dienstwagen gefolgt.

Wie versprochen zauberte Gesine in kürzester Zeit drei Tassen Kaffee und ein paar Plätzchen auf den kleinen quadratischen Tisch, den sie in ihrem Homeoffice für Besprechungen nutzte.

Nachdem ihre Gäste den ersten Schluck getrunken hatten, sagte sie mit traurigem Blick: »Ich kann es immer noch nicht fassen, dass Arjen nicht mehr leben soll! Aber es hilft ja nichts.«

Sie stand auf und holte ihr Notebook von ihrem Schreibtisch. Dieses öffnete sie so, dass Nina und Bert gleichzeitig über das Tischeck hineinschauen konnten, wobei sie sich zwischen die beiden stellte.

Zur Erläuterung sagte sie: »Wir legen für jeden Fall immer einen eigenen Ordner an. Und zwar mit dem Namen des Auftraggebers und des Zielobjektes, sei es eine Person oder Firma. Im Dateinamen steht der Auftraggeber immer vorne. Sie sehen es hier am Beispiel von Arjens letztem Auftrag: Bültena, Nicole – Bültena, Jorin. Wenn es sich nicht um eine Person handelt, dann steht da zum Beispiel Firma und gegebenenfalls der Firmenname statt des Vornamens der Person. Sie können sich schon mal den Ordner Bültena anschauen, aber auch gerne einen Blick in andere Ordner werfen, wenn Ihnen ein Name ins Auge fällt. Wie Sie sehen, sind die Ordner alphabetisch nach den Auftraggebern gelistet. Wenn hinter dem Vornamen des Auftraggebers noch eine Zahl steht, das ist dann dessen Position in der Reihenfolge bei mehreren Aufträgen … Sorry, ich glaube, ich muss mal für einen Moment nach draußen in den Garten gehen.«

»Nehmen Sie sich Zeit«, sagte Nina. »Können wir etwas für Sie tun? Brauchen Sie vielleicht etwas zur Beruhigung?«

»Vielen Dank! Ich habe sowas im Bad, das werde ich nehmen«, antwortete sie und ließ die Beamten allein.

»Eine sehr gute Sekretärin!«, stellte Nina bewundernd fest. »Der Tod ihres Chefs hat sie nicht davon abgehalten, erst alles Wichtige zu erledigen.«

»Wohl wahr«, stimmte Bert seiner Frau zu. »Dann lass uns mal einen Blick in den Ordner oder die Ordner werfen.«

Der Ordner Bültena enthielt unter anderem auch die Kopien von Nicoles Anwalt, die sie dem Detektiv übergeben hatte. Das war unter anderem auch eine Kopie der E-Mail der mutmaßlichen Geliebten an Jorin Bültena mit den beiden Anlagen. Ferner gehörte auch der Ehevertrag dazu, den Nina und Bert kurz überflogen. Als sie damit durch waren, sagte Bert: »Ich bin zwar kein Jurist, aber einen solchen Ehevertrag würde es heute wohl nicht mehr geben. Trotzdem wird der Anwalt seine Gründe gehabt haben, die Ehefrau zu einem Detektiv zu schicken.«

Nina hatte inzwischen weitergescrollt und war auf ein Kurzvideo gestoßen. Dieses hatte Arjen unmittelbar nach der Aufnahme per WhatsApp an das Handy seiner Sekretärin geschickt, wie in einer Notiz von ihr vermerkt war. Es zeigte eine Frau und einen Mann in den Dünen an einem menschenleeren Strand, wie im Hintergrund zu sehen war. Das Paar legte sich gerade vollständig unbekleidet auf eine Decke und begann eng aneinandergeschmiegt unter einem Sonnenschirm mit dem Austausch von intimen Zärtlichkeiten. Hier brach das Video ab. An einer Stelle des Videos hatte die Sekretärin einen Screenshot gemacht und vergrößert. Dieser war gespeichert unter dem Dateinamen: ›Jorin Bültena und +katseu+ am Weststrand von Spiekeroog‹. Dazu hatte sie noch Datum und Uhrzeit vermerkt.

»Das ist doch genau die Stelle hinter dem Strandhafer, von der Sören überzeugt war, dass jemand von dort das Pärchen observiert hatte«, stellte Bert fest. »Und genau, wie er schon vermutet hatte, liegen die beiden auf einer Decke unter einem Sonnenschirm. Da haben wir doch alles, was wir brauchen. Wann das Video verschickt wurde, ist bei WhatsApp dokumentiert, wodurch wir dann schon wissen, dass Arjen da auf jeden Fall noch gelebt hat.«

»Es war genau dort«, bestätigte Nina. »Und das Video ist bei der Sekretärin am letzten Sonntagmorgen kurz vor acht Uhr eingegangen. Da muss Arjen also noch gelebt haben, wie du schon sagtest.«

»Wenn ich das Video so sehe, kann ich mir schwer vorstellen, dass Jorin Bültena den Detektiv beim Beobachten erwischt und dann erschossen hat«, sagte Bert. »Das würde auch nicht zu den dokumentierten Spuren bei den Örtlichkeiten passen. Was aber nicht zwangsläufig einen entsprechenden Auftrag ausschließt, wie Sören schon sagte. Wir haben doch die Handynummer von Nicole Bültena. Was hältst du davon, sie mal anzurufen? Offiziell, nur um sie über den Tod ihres Detektivs in Kenntnis zu setzen. Mal sehen, wie sie reagiert, und dann können wir ganz beiläufig auch nach ihrem Mann fragen und wo wir diesen erreichen.«

»Gute Idee! Mache ich«, erwiderte Nina und suchte sich aus den gespeicherten Notizen der Sekretärin die Nummer raus.

Kurz darauf hatte sie Nicole Bültena am Handy. Nachdem sie die Frau begrüßt und sich vorgestellt hatte, sagte sie: »Frau Bültena, ist es richtig, dass Sie Arjen Wolthoff als Detektiv beauftragt haben, Ihren Mann wegen eines Seitensprunges auf Spiekeroog zu observieren?«

Nach einem kurzen Moment des Schweigens sagte die Angesprochene: »Ja, das stimmt. Aber wieso und woher weiß die Polizei davon?«

»Es ist etwas passiert«, antwortete die Kommissarin, ohne auf die näheren Umstände einzugehen.

»Um Gottes willen! Ist etwas mit meinem Mann passiert? Aber wie hätten Sie dann von meinem Auftrag wissen können?«

»Nein, Ihrem Mann ist nichts passiert. Wissen Sie denn, wo sich dieser zurzeit aufhält?«

»Da Sie von der Polizei sind und von meinem Auftrag wissen, kann ich sicher offen mit Ihnen sprechen. Ich gehe davon aus, dass er gerade mit seiner Geliebten am Strand von Spiekeroog die Nachmittagssonne genießt. Aber nochmal meine Frage: Woher wissen Sie von meinem Auftrag?«

»Ihrem beauftragten Detektiv ist etwas passiert«, gab Nina ganz bewusst die Informationen nur scheibchenweise preis.

»Hat ihn mein Mann etwa bei der Observierung erwischt? Mein Mann ist mit gut zwei Metern nicht gerade der Kleinste, jedenfalls fast einen Kopf größer als Herr Wolthoff, und sportlich recht fit. Allerdings hat er sich nach meinem Wissen noch nie selbst die Hände dreckig gemacht.«

»Wollen Sie damit sagen, dass er dafür seine Leute hat?«, hakte die Kommissarin sofort ein und schob dann gleich nach: »Bei seinen Kommilitoninnen ist ja wohl auch nicht alles ganz sauber gelaufen, wie man gerüchteweise hört.«

»Genau das habe ich gemeint. Auch mir gegenüber hat er seinerzeit immer den Saubermann rausgekehrt. Ich hätte mich schon zu der Zeit am liebsten scheiden lassen, wenn nicht dieser Ehevertrag gewesen wäre, den noch der alte Familienanwalt der Bültenas aufgesetzt hatte. Der Anwalt und Jorins Eltern waren stockkonservativ. Daher hätten sie eine Scheidung wohl als gesellschaftliche Schmach empfunden. Deshalb wurde eine solche auch vertraglich unter große Auflagen gestellt. Ich war damit auch in Hamburg schon mal bei einem Anwalt, der mich fragte, warum ich denn so etwas überhaupt unterschrieben hätte. Aber ich war damals jung verliebt und hätte doch nie gedacht, dass mich mein Mann eines Tages so hintergeht.«

»Haben Sie denn nicht mal daran gedacht, den Vertrag anzufechten?«, wunderte sich die Kommissarin.

»Natürlich habe ich das. Der Anwalt in Hamburg hatte gemeint, dass die Formulierungen typisch für einen Kollegen der älteren Generation wären. Der hätte sich offensichtlich immer noch als der Rechtsvertreter einer Dynastie gesehen, bei der wie in früheren Zeiten üblich alle Rechte nur bei dem Familienoberhaupt lagen. Auch mein jetziger Anwalt hatte mir schon gesagt, dass der Vertrag nach heutigem Rechtsverständnis durchaus anfechtbar sei.«

»Ja, und warum haben Sie es nicht gemacht?«, bohrte Nina weiter nach.

»Eine gute Freundin in Hamburg hatte mir dringend davon abgeraten. Sie war mal in einer ähnlichen Situation und hatte versucht, ihren Ehevertrag anzufechten. Deren Mann gehörte zu einer großen Hamburger Reederei, die mit einem Großaufgebot an Anwälten dagegen angegangen ist. Schließlich hätte ihr kleiner Anwalt dagegen nichts ausrichten können. Am Ende wäre sie mit einer Minimalabfindung geschieden worden, da sie nicht habe beweisen können, dass ihr Mann sie wirklich betrogen hatte. Ein Großteil der Abfindung sei schließlich noch wegen des hohen Streitwertes für die Gerichts- und Anwaltskosten des getrennt gelaufenen Vertragsrechtsstreits draufgegangen.«

»Frau Bültena, wenn ich Sie richtig verstanden habe, waren Sie aber seinerzeit in Hamburg davon überzeugt, dass Ihr Mann sie nicht nur mit einer Kommilitonin betrogen hat.«

»Davon bin ich noch heute überzeugt! Denn er war an keinem der fraglichen Zeitpunkte zu Hause oder hätte ein beweiskräftiges Alibi gehabt. Da aber die betroffenen jungen Studentinnen bestritten, jemals mit meinem Mann eine sexuelle Beziehung gehabt zu haben, erübrigte sich für ihn, nicht nur mir gegenüber, jedes Alibi. Zu einem öffentlichen Verfahren kam es ja gar nicht erst.«

»Das interessiert mich jetzt aber doch mal«, konnte Nina es sich nicht verkneifen. »Wie ist denn das Gerücht über die Angelegenheit überhaupt entstanden?«

»Mein Mann sagte, das hätte seine Nachfolgerin aus Frankfurt in Gang gesetzt, weil sie unbedingt seinen Lehrstuhl in Hamburg hätte haben wollen, den sie schließlich ja auch bekommen hat.«

»Und wie, meinen Sie, hat Ihr Mann es geschafft, dass die Studentinnen alle Vorwürfe gegen ihn dementiert haben?«

»Mit Geld von einem geheimen Konto in der Schweiz! Aber Beweise dafür habe ich nicht. Schließlich hatte ich auch keinen Zugang zu seinem Computer. Aber jetzt möchte ich doch mal wissen: Was ist denn mit Arjen Wolthoff passiert? Und vor allem: Gibt es schon Beweise für den Ehebruch meines Mannes?«

»Ja, Frau Bültena, es gibt einen Screenshot aus einem Video. Dieser wurde unter dem Dateinamen gespeichert: ›Jorin Bültena und +katseu+ am Weststrand von Spiekeroog‹. Dazu Datum und Uhrzeit, vom letzten Sonntag gegen acht Uhr. Leider muss ich Ihnen mitteilen, dass Arjen Wolthoff durch Fremdeinwirkung getötet wurde. Die genauen Todesumstände ermitteln wir gerade. Könnte es sein, dass Ihr Mann schon vor seinem Date auf Spiekeroog Kenntnis davon hatte, dass Sie eine Detektei beauftragt hatten?«

»Oh, mein Gott! Und das sagen Sie mir erst jetzt so ganz beiläufig, dass der von mir beauftragte Detektiv getötet wurde?«

»Frau Bültena, es tut mir sehr leid. Aber gerade mit Todesnachrichten müssen wir als Polizeibeamte besonders sensibel umgehen. Das gilt nicht nur bei Angehörigen des Opfers. Normalerweise überbringen wir solche Nachrichten von Angesicht zu Angesicht. Da Sie keine Angehörige von Arjen Wolthoff sind und wir die Umstände so schnell wie möglich aufklären wollen, habe ich mir erlaubt, Sie telefonisch zu informieren. Dafür bitte ich um Verständnis.«

»Sorry, so hab ich das gar nicht gesehen. Aber Sie haben recht. Sein Tod trifft mich zwar nicht persönlich emotional, aber erschüttert mich dennoch. Zumal wenn sein Tod auch noch im Zusammenhang mit seinen Ermittlungen für mich stehen sollte.«

»Das versuchen wir ja gerade herauszufinden. Daher nochmals meine Frage: Hätte Ihr Mann von dem Einsatz des Detektivs mit dem Ziel, ihn des Ehebruchs zu überführen, Kenntnis haben können?«

»Leider muss ich sagen, das kann ich nicht ausschließen.«

»Und wieso können Sie das nicht ausschließen?«

»Es war reiner Zufall, dass ich überhaupt an die E-Mail seiner Geliebten, dieser ›Katseu‹, wie dem E-Mail-Absender zu entnehmen war, gekommen bin.« Dann schilderte Nicole die Umstände, die dazu geführt hatten. Abschließend sagte sie: »An dem Tag, als ich bei meinem Scheidungsanwalt und in der Detektei gewesen war, lag abends meine große Handtasche mit allen Unterlagen drin noch auf unserem Sideboard im Flur, als er nach Hause kam. Ich war gerade auf der Toilette. Als ich wieder im Flur war, meinte ich, dass die Tasche auf einmal andersrum lag als vorher. Ich hatte schon die Befürchtung gehabt, dass er in die Tasche geguckt haben könnte und mich gleich zur Rede stellen würde. Das passierte allerdings nicht. Es ist aber nicht ausgeschlossen, dass er sein Wissen für sich behielt, weil er irgendeine Schweinerei vorhatte.«

»Würden Sie ihm denn sogar einen Mord zutrauen?«, bohrte die Polizistin weiter. »In dem Fall muss ich Sie allerdings gleich darauf hinweisen, dass Sie als Ehefrau nicht verpflichtet sind, gegen Ihren Mann auszusagen.«

»Letzteres ist mir bekannt. Ich sage aber trotzdem, was ich denke! Also, ich würde ihm nicht zutrauen, dass er jemand persönlich ermordet. Aber dass er jemand beauftragt, könnte ich mir inzwischen durchaus vorstellen. Insbesondere, wenn es dabei für ihn selbst um viel Geld geht. Und nach unserem Ehevertrag wäre die Abfindung bei einer Scheidung durch einen Ehebruch sowohl für ihn, allerdings auch für mich finanziell äußerst schmerzhaft. Sein Vater und der Familienanwalt waren diesbezüglich wie bereits gesagt sehr konservative Leute. Der Anwalt war zu dem Zeitpunkt schon fast achtzig Jahre alt und lebte danach auch nicht mehr lange.«

»Frau Bültena, vielen Dank für Ihre offenen Worte! Sie werden sicher Verständnis dafür haben, dass wir diese Informationen noch einmal protokollieren müssen. Deshalb würde ich Sie bitten, dass Sie morgen gegen zehn Uhr zu uns ins Polizeikommissariat nach Wittmund kommen. Vielleicht können wir Ihnen dann auch schon etwas mehr über die Todesumstände sagen.«

»Das werde ich einrichten können. Ich hatte morgen sowieso vorgehabt, wegen einer Besorgung nach Wittmund zu kommen. Also dann bis morgen.«

Nachdem Nina sich auch verabschiedet hatte, sagte sie zu Bert: »Ich hätte ihr vielleicht von vornherein sagen sollen, dass du das Telefonat mit deinem Handy aufzeichnest. Aber ich war mir nicht sicher, wie sie dann reagiert hätte, zumal wir sie überhaupt noch nicht einschätzen konnten. War schon bemerkenswert, wie schonungslos sie am Ende ihren Mann quasi in die Pfanne gehauen hat.«

»Das würde ich aber auch nicht überbewerten. Schließlich dürfte sie einen richtigen Hass auf die Geliebte und ihren Mann haben. Andererseits erhärtet das unsere Überlegungen in Bezug auf ein Mordmotiv des Ehemannes. In jedem Fall werden wir diesbezüglich morgen, sobald wir ein rechtskräftiges Protokoll haben, die Staatsanwaltschaft einschalten.«

In diesem Moment kam die Sekretärin in ihr Büro zurück. Die Augen verrieten, dass der Tod ihres Chefs doch nicht spurlos an ihr vorübergegangen war – auch wenn sie bis vorhin noch einen sehr coolen Eindruck gemacht hatte.

»Frau Saatkamp, geht es wieder besser?«, fragte Nina mitfühlend.

»Ja, muss ja! Sind Sie denn mit unserer Fallakte weitergekommen?«, wollte sie wissen.

»Sind wir, vielen Dank! Besonders interessant war das Video vom Strand beim Spiekerooger Westend, das Ihr Chef Ihnen über WhatsApp am Sonntagmorgen geschickt hatte. Als er am Montag gefunden wurde, hatte er allerdings weder Papiere noch Handy bei sich.«

»Wie Sie schon aus dem Video schließen können, geht der doch nicht ohne seine Ausrüstung in den Einsatz! Dazu gehörte unter anderem auch eine Kamera mit Teleobjektiv. Wie Sie an dem gespeicherten Screenshot aus dem Video sicher schon gesehen haben, ist die Bildqualität des Handyvideos auf die Entfernung nicht die allerbeste. Ich hatte bei Arjen am Sonntagmorgen kurz vor acht über WhatsApp angefragt, ob das Liebespärchen schon am Strand aufgetaucht ist. Daraufhin schickte er mir das Video.«

»So wie es aussieht, war das dann wohl sein letztes Lebenszeichen«, stellte Bert fest. »Aber eine Frage habe ich mir schon gestern beim Tatort auf Spiekeroog gestellt. Mal abgesehen von dem vagen Hinweis der Geliebten in der E-Mail, dass der Vermieter auf Spiekeroog einen Sonnenschirm hat, woher wusste Ihr Chef, welchen Dünenausläufer das Liebespaar am Strand für das Tête-à-Tête auswählen würde? Schließlich gab es davon ja einige, wie wir vom Hubschrauber aus gut hatten sehen können.«

»Es ist schon einige Zeit her, da hatte Arjen einen ähnlichen Auftrag. Nur in dem Fall war der Ehemann sein Auftraggeber. Jedenfalls wollte mein Chef sich diese Akte nochmal genauer anschauen. Wenn Sie wollen, können wir diesen Dateiordner gleich mal aufrufen: ›Westermann, Marten + Westermann, Alischa‹. In diesem Fall war es so, dass Alischas Schwester angeblich mit ihrem Mann in einer Ferienpension am Westend eine Woche gebucht hatte. Ihr Mann konnte den Urlaub aber geschäftlich bedingt nicht antreten. Und da für zwei Personen gebucht und bezahlt war, sprang Alischa ein.«

»Angeblich?! Da hätte Marten Westermann doch nur bei der Schwester seiner Frau nachfragen brauchen?«, wunderte sich Bert.

»Hätte er normalerweise. Aber wie das manchmal vorkommt, hatte sich Marten mit der Schwester seiner Frau und deren Mann fürchterlich verkracht. Da ging es nämlich genau darum, dass Marten den Verdacht hatte, dass Alischa über ihre Schwester einen anderen Mann kennengelernt hatte. Daher war er sich sicher, dass die den Seitensprung von Alischa in jedem Fall gedeckt hätte. Deshalb kam Arjen auf Empfehlung eines Freundes ins Spiel.«

»Gab es da auch eine E-Mail mit der Buchung und dem Hinweis auf den Sonnenschirm der Vermieter?«, wollte Nina wissen.

»Nein, aber Alischa hatte von ihrer Schwester ein paar Bilder vom Strand geschickt bekommen. Angeblich von einem früheren Urlaub. Marten war sich aber sicher, dass nicht die Schwester, sondern der Typ da schon mal Urlaub gemacht hatte und die Bilder von der Schwester nur weitergeleitet worden waren.«

»Stellt sich nur die Frage: Wie ist Alischas Mann an die Bilder gekommen?«, überlegte Bert.

»Das weiß ich nicht. Ich habe ihn jedenfalls, als er hier bei Arjen war, nicht danach gefragt. Aber die Bilder sind gespeichert und wir können sie uns anschauen.«

Das erste Bild vom Weststrand war vom Wasser aus fotografiert und zeigte den gesamten Strand- und Dünenausschnitt, den Nina und Bert bereits auch aus der Luft kannten. Dann folgte ein Bild aus kürzerer Entfernung von mehreren Dünenausläufern. Auf einem stand sehr auffällig kurz vor dem steilen Anstieg der Düne eine große Planke auf zwei Pfählen. Ein drittes Bild zeigte noch näher genau diese Düne. Dabei war nur noch der obere Rand der Planke über einem breiten Strandhaferstreifen zu sehen. Das vierte Bild war unmittelbar vor dem Strandhafer aufgenommen worden, und in weißer Schrift war auf der Planke zu lesen: »Deiche & Dünen schützen die Insel BITTE NICHT BETRETEN«.

»Dieses Schild haben wir gestern gesehen«, entfuhr es Nina. »Und genau hinter dem Strandhafer lag das Pärchen, welches Arjen mit dem Video aufgenommen hatte. Arjen wurde etwas weiter oben gefunden, von wo aus er auch das Video gemacht hatte.«

»Ja, es scheint ganz offensichtlich, dass Arjen aufgrund der Erfahrungen aus seiner früheren Observierung den Platz ausgewählt hat, an dem er gefunden wurde«, sagte Bert. »Er ist sicher von der Überlegung ausgegangen, dass die Vermieter in der Nähe des Westends ihren nahe liegenden Weststrand natürlich kennen, dieser aber den Nachteil hat, dass es da keine Strandkörbe gibt. Gerade relevant, wenn es um Pärchen geht, die eine stille Zweisamkeit suchen. Bis zum Nordstrand mit den Strandkörben sind es von den Ferienunterkünften beim Westend aus geschätzt gute drei Kilometer. Da ist es doch eine wunderbare Alternative, in dem Dünenausläufer mit dem auffälligen Verbotsschild ein intimes Plätzchen für seine Gäste zu haben. Für den Sonnenschutz hat der Vermieter, natürlich rein zufällig, einen geeigneten Sonnenschirm parat.«

»Auch wenn es nichts unmittelbar mit unserem Fall zu tun hat, würde mich doch mal interessieren, was aus diesem Auftrag geworden ist«, war die Kommissarin neugierig. »Vielleicht finden wir ja auch einen Hinweis, um welche Pension es sich dabei gehandelt hat.«

»Arjen hat entsprechende Fotos des Paares gemacht«, antwortete Gesine. »Auch dieses Paar hatte die Gelegenheit genutzt, dass das Plätzchen von Strandspaziergängern nicht eingesehen werden konnte, und dort auch unbekleidet unter dem Sonnenschirm gelegen. Entsprechende Bilder befinden sich auch im Ordner und wurden dem Auftraggeber von Arjen zur Verfügung gestellt. Dieser hat daraufhin die Scheidung eingereicht. Wie Marten schon vermutet hatte, war das Verhältnis seiner Frau von Alischas Schwester und ihrem Mann schon eine ganze Weile gedeckt worden. Es handelte sich bei dem Typen, wie sich dann herausstellte, um einen Freund des Mannes von Alischas Schwester.«

»Und wie ist es mit dem Namen der Pension?«, hakte Nina noch einmal nach.

»Ich glaube, dass Arjen wohl wusste, wo die Pension liegt. Er hatte dazu in der Akte nur vermerkt, dass es wenig Sinn machen würde, zu versuchen, zweifelsfrei kompromittierende Fotos im Umfeld der Pension zu bekommen.«

»Das klingt aber alles nicht so, als wenn sich daraus ein Mordmotiv gegen Ihren Chef herleiten ließe«, stellte Bert fest. »Das muss aber nicht für alle Fälle gelten, die hier in Ihrem Notebook dokumentiert sind. Deswegen wäre es wichtig, dass wir uns mit diesen intensiv beschäftigen.«

»Das ist mein einziges Notebook, sodass ich es sowohl dienstlich als auch privat nutze. Ich weiß, sollte man eigentlich nicht. Aber Arjen hatte nichts dagegen gehabt. Nur, wenn ich Ihnen das jetzt mitgeben würde, hätte ich keinen Zugriff mehr auf meine persönlichen E-Mails und Kontaktdaten sowie die sozialen Medien. Ich weiß, die könnte ich theoretisch auch auf meinem Handy einsehen, wenn ich das dort eingerichtet hätte. Hab und will ich aber nicht. Aber ich habe einen anderen Vorschlag: Wir haben regelmäßig Datensicherung auf externen Festplatten gemacht. Die letzte habe ich noch hier zu Hause. Eigentlich hätte die auch schon im Bankschließfach sein sollen. Aber gestern bin ich nicht zur Bank gekommen. Da ist auch schon der aktuelle Stand von Arjens letztem Auftrag drauf.«

»Das ist eine gute Idee, Frau Saatkamp!«, war der Kommissar einverstanden. »Wenn ich das richtig deute, haben Sie wohl auch eine Bankvollmacht für die Detektei.«

»Ja, die habe ich. Im Schließfach sind nicht nur die Sicherungsmedien der letzten Jahre seit Gründung der Detektei, sondern auch die Sicherungen aus der Zeit, als Arjen noch als Investigativ-Journalist tätig gewesen ist.«

»Wieso hat er denn eigentlich diese Tätigkeit aufgegeben?«, interessierte sich die Kommissarin.

»Als Investigativ-Journalist ist Arjen sicher mancher Person, Firma oder auch kriminellen Organisation auf die Füße getreten. Die Ursache für den Brand seines Elternhauses, bei dem auch seine Eltern umgekommen sind, konnte zum Beispiel auch nicht zweifelsfrei aufgeklärt werden. Schließlich ist man am Ende davon ausgegangen, dass ein Defekt am Gasbrenner zur Explosion geführt hat. Arjen hat das aber bezweifelt. Jedenfalls hat er den Job an den Nagel gehängt und das Versicherungsgeld für den Neubau hier genutzt. Das hat natürlich nicht für dieses große Haus gereicht. Aber er gehörte als Alleinerbe und durch seinen Job nicht zu den Armen, wenn Sie verstehen, was ich meine. Auch mich hat er immer sehr großzügig bezahlt …«, sagte Gesine und konnte in dem Moment ein paar Tränen nicht unterdrücken.

Nachdem sie sich wieder etwas gefasst hatte, sagte Bert: »Frau Saatkamp, die Banken haben noch offen. Dann wäre es sehr wichtig, dass Sie mit uns zu Ihrer Bank fahren und uns auch diese Datensicherungen zur Auswertung übergeben. Denn Sie haben ja schon mitbekommen, dass jemand im Haus Ihres Chefs und auch auf seinem Boot alles durchsucht hat. Wir können daher nicht ausschließen, dass es sich bei Arjens Mord auch um einen Racheakt handeln kann. Zudem war mir diese Vorgeschichte Ihres Chefs nicht bekannt.«

»Das ist kein Wunder, denn seine spezielle journalistische Tätigkeit hat er überwiegend auch im Ausland durchgeführt. Er deutete mal an, dass er deswegen auch keine feste Bindung eingegangen sei, um keine ihm nahestehenden Personen wie eine Ehefrau und Kinder zu gefährden. Möglicherweise hat es dann aber am Ende doch noch seine Eltern getroffen. Über die seinerzeitigen Umstände sprach er nur sehr ungern, und wenn, dann auch nur mit vagen Andeutungen. Aber das müsste der hiesigen Polizei doch eigentlich bekannt sein. Das ging hier zu der Zeit doch auch durch die hiesige Presse.«

»Wann ist das mit seinen Eltern denn passiert?«, fragte Nina nach.

»Das dürfte gut fünfzehn Jahre her sein.«

»Ach du je, da war ich ja noch in Hannover und mein Chef noch in Essen«, sagte die Kommissarin. »Kein Wunder, dass wir davon noch nichts wussten. Und da wir im aktuellen Mordfall noch ganz am Anfang unserer Ermittlungen sind, liegt der Fall auch noch nicht bei der Staatsanwaltschaft, die diese Zusammenhänge mit Sicherheit in den Akten hat und uns sicher bereits informiert hätte. Bis vor wenigen Stunden wussten wir ja noch nicht einmal den Namen des Toten.«

Noch während Nina sprach, rief Bert beim Polizeikommissariat an und sagte zu seiner Mitarbeiterin für den Innendienst: »Silke, informier gleich den Bereitschaftsgruppenführer, wir brauchen hier sofort Personenschutz für die Sekretärin des Mordopfers von Spiekeroog, Gesine Saatkamp. Einzelheiten kommen noch.« Dann gab er die Adresse durch. »Vorher sorg dafür, dass der Streifendienst die Polizeistreife, die hier am nächsten unterwegs ist, sofort hierherschickt. Die soll hier die Sicherung so lange übernehmen, bis der Personenschutz durch die Bereitschaft sichergestellt ist.«

»Herr Linnig, wollen Sie damit sagen, dass es sein könnte, dass auch jemand bei mir auftaucht?«, sorgte sich Gesine, die das Telefonat mitbekommen hatte.

»Frau Saatkamp, nach dem gegenwärtigen Erkenntnisstand und vor allem den für uns neuen Informationen über die Vorgeschichte Ihres Chefs können wir im Moment gar nichts ausschließen. Es ist aber nur eine reine Vorsichtsmaßnahme zu Ihrer Sicherheit. Also bleiben Sie ganz ruhig. Sobald der Streifenwagen da ist, fahren Sie bitte mit uns zu Ihrer Bank. Anschließend fahren wir dann mit Ihnen zum Kommissariat. Dort werden wir das eben mit Ihnen Besprochene protokollieren. Dann würde ich Sie bitten, uns noch in die Datenträger einzuweisen. Danach lasse ich Sie nach Hause bringen. Dort wird ein Polizeifahrzeug mit drei Beamten vor Ihrer Garage platziert. Einer der Beamten wird dann im Wechsel auch um Ihr Haus herum patrouillieren.«

Nachdem die Kollegen der Streife sich bei Bert gemeldet und er diese eingewiesen hatte, fuhren Nina und er mit der Sekretärin zur Hausbank des Detektivs. Während Nina mit Gesine in die Bank zu den Schließfächern ging, rief Bert beim Bereitschaftsgruppenführer an und gab ihm detaillierte Anweisung für den Personenschutz durch.

Anschließend fuhren die beiden Beamten mit Gesine und den Datenträgern zum Kommissariat. Während Nina mit der Sekretärin deren Aussagen von vorhin dokumentierte, ging Bert mit den Datenträgern zu Rita und Oke, die noch bei der Auswertung der Spiekerooger Besucherlisten und der Anmeldungen der Stegwartin waren.

Bert informierte die beiden über das Speichersystem der Detektei. Auf den Speichermedien war auf Klebeetiketten jeweils das Datum der letzten Datensicherung vermerkt. Aus der Zeit, als der Detektiv noch als Investigativ-Journalist tätig gewesen war, gab es nur drei externe Festplatten. Da standen auf den Etiketten nur Jahreszahlen ›von – bis‹, wobei die letzte Jahreszahl fünfzehn Jahre her war. Dann gab Bert seinen Mitarbeitern die letzte externe Festplatte der Detektei, die Gesine noch nicht zur Bank gebracht hatte. Diese enthielt alle neuesten Informationen, auch das letzte Strandvideo vom vergangenen Sonntag.

Oke schloss die Sicherungsfestplatte an seinen PC an. Daraufhin gab Bert eine kurze Systemeinweisung und sagte: »Oke, ihr habt ja die Besucherlisten und die Hafenanmeldungen digital vorliegen. Die

Klientenordner der Detektei haben wir alphabetisch im Explorer. Mich interessiert, ob es Namensübereinstimmungen mit den Besucherlisten und Hafenanmeldungen gibt. Bei Übereinstimmungen stände schon mal fest, dass die jeweilige Person sich zum Tatzeitpunkt auf der Insel aufgehalten hat. Dann müssen wir prüfen, in welchem Zusammenhang die betreffende Person in den gespeicherten Akten der Detektei auftaucht und ob sich daraus Verdachtsmomente ergeben. Es könnte sich schließlich auch um einen reinen Zufall handeln.«

Nina hatte die Aussagen der Sekretärin protokolliert und diese an die Staatsanwaltschaft geschickt. Dann sagte sie: »Frau Saatkamp, es würde uns die Aufklärungsarbeit sehr erleichtern, wenn Sie freiwillig zu einer Abgabe Ihrer Fingerabdrücke und einer DNA-Probe bereit wären.«

»Wofür brauchen Sie die denn? Ich bin doch nicht verdächtig!«

»Die brauchen wir als Referenzwerte, da Ihre Spuren ja in der Detektei überall reichlich vorhanden sein werden. Die Werte Ihres Chefs haben wir schon aus der Rechtsmedizin.«

»Ah, jetzt verstehe ich. Da hätte ich auch selbst draufkommen können. Natürlich bin ich dazu bereit.«

Nach der Erfassung von Gesines Daten gingen die beiden Frauen zu Bert. Dieser war gerade dabei, die jüngste Festplatte aus Arjens Journalisten-Tätigkeit an seinen PC anzuschließen.

Als Gesine das erkannte, sagte sie: »Diese Festplatten sind von mir angelegt worden. Damals hatte Arjen alles noch auf CDs gesichert. Das war aber nicht mehr zeitgemäß. Deshalb habe ich diese Übertragungen auf externe Festplatten gemacht und die jeweils erfassten Zeiträume auf den Etiketten notiert. Bei der Gelegenheit konnte ich auch so einiges an Hintergrundinformationen zu den einen oder anderen in den Medien publik gewordenen Ereignissen erfahren. Das war zum Teil sehr spannend und manches wie ein Krimi zu lesen, was Arjen da alles zusammengetragen hatte.«

»Das glaube ich gern«, sagte Nina. »Aber eine Frage stelle ich mir gerade: Wo Sie von ›zeitgemäß‹ sprachen, warum hat Ihr Chef die Datensicherungen nicht in einer Cloud vorgenommen? Dann hätte er sich doch das Bankschließfach sparen können. Außerdem sollen die Übertragungsgeschwindigkeiten und auch der digitale Zugriff mit anderen Medien, zum Beispiel per Handy, einen erheblichen Vorteil bringen – wobei ich als Polizistin Ihre Antwort schon zu kennen glaube.«

»Mein Chef war als Investigativ-Journalist, wie ich schon sagte, international unterwegs. Er meinte, man kann nie wissen, wie schnell sich manchmal Machtverhältnisse politisch, aber auch in Unternehmen verändern. Egal wie seriös ein Betreiber einer solchen Cloud heute auch erscheinen mag, man hat keine Garantie dafür, dass das auch in aller Zukunft so bleibt. Daher schien ihm das altbekannte Bankschließfach die sicherste Methode für die Aufbewahrung zu sein. Dabei hatten sicher auch nicht zuletzt seine Erfahrungen mit seinem Elternhaus eine Rolle gespielt. Da hätte es auch nichts genützt, wenn er die Datensicherungen in seinem Wandsafe gehabt hätte und diese bei der Explosion in die Luft geflogen wären.«

»Ich hätte es mir schon denken können und Ihre Antwort überrascht mich daher auch nicht«, sagte die Kommissarin. »Aber auch wenn es für unsere Ermittlungen wahrscheinlich unmittelbar keine Relevanz hat, würde mich mal interessieren, wie Sie an den Job bei Ihrem Chef gekommen sind.«

»Bei seinen ersten Aufträgen hat Arjen noch alles allein gemacht. Ich war damals als Bürokauffrau in einer hiesigen Firma beschäftigt, als mein damaliger Chef Arjen als Detektiv engagierte. Als Arjen diesen Auftrag erfolgreich abgeschlossen hatte und eine Sekretärin suchte, sprach er mich an, ob ich keine Lust hätte, für ihn zu arbeiten. Und da ich damals gerade Zoff mit meinem Abteilungsleiter hatte und sein Angebot sehr lukrativ war, habe ich den Job bei ihm angenommen. Allerdings nicht gerade zur Freude meines Mannes.«

»Was hatte Ihr Mann denn dagegen, zumal Sie doch offensichtlich gut verdient haben?«, wollte Bert wissen.

»Mein Mann hätte gerne Kinder gehabt, obwohl ich ihm schon vor unserer Heirat sagte, dass ich es nicht mit Kindern hätte. Ich war ehrgeizig und wollte auch beruflich vorankommen. Daran ist unsere Ehe schließlich auch gescheitert. Aber nicht, dass Sie jetzt denken, dass da etwas mit Arjen gewesen wäre. Als Mann war der nicht mein Typ, aber als Chef war er super! Vor allem, wie der immer den Sachen auf den Grund ging. Das hat mir gefallen und dann habe ich auch gern manche Überstunde für ihn gemacht. Schließlich hat er mir ja auch ein megacooles Gehalt gezahlt. Da hätte mein Abteilungsleiter in der alten Firma, mit dem ich immer wieder Zoff hatte, nicht annähernd mithalten können. Der hatte mich immer wieder ausgebremst, wo er konnte, weil er wohl Angst hatte, dass ich ihm mit meinem Ehrgeiz seinen Posten hätte wegschnappen können.«

»Sowas kommt immer wieder vor«, bestätigte Nina, die in ihrer Zeit bei der Drogenfahndung in Hannover schon ähnliche Erfahrungen gemacht hatte. Bei der Gelegenheit musste sie wieder an die Zeit denken, als Bert durch seine Kopfverletzung, OP und Reha länger ausgefallen und ihr die Leitung des Kommissariats in Wittmund kommissarisch übertragen worden war. Nach Berts Genesung hatte man ihr einen Posten als Erste Kriminalhauptkommissarin in Osnabrück angeboten – eigentlich ihr ursprüngliches Karriereziel in der gehobenen Beamtenlaufbahn. Aber das hätte für Bert und sie eine Wochenendehe bedeutet, mit all den damit verbundenen Problemen und Kosten, sodass sie auf die Beförderung verzichtet hatte.

»Frau Saatkamp, ich wollte gerade mal einen Blick in die jüngste der von Ihnen angelegten Festplatten werfen«, übernahm wieder Bert das Wort und riss damit auch seine Frau aus ihren Gedanken. »Wir haben einen IT-Spezialisten in unserem Team. Da meine Partnerin und Sie mit dem Protokoll schon fertig sind, könnten Sie die Einweisung unseres Teamkollegen doch gleich selbst durchführen. Denn die Auswertung wird er machen und nicht ich.«

Daraufhin gingen die beiden Beamten mit der Sekretärin in das Dienstzimmer, wo immer noch Oke und Rita bei der Auswertung des bisher vorliegenden Materials waren.

Bert übergab die externe Festplatte Oke und stellte Gesine und seine Leute einander vor. Oke fuhr die Daten auf seinem PC hoch, und alle Anwesenden konnten dies auf seinem großen Bildschirm verfolgen. Dann wies Gesine Oke und seine Kollegin in den Aufbau der Speicherungen ein. Anschließend wurde sie von einem Fahrzeug der Bereitschaft nach Hause gefahren.

Das Soko-Team tauschte danach noch die bis dahin gewonnenen Erkenntnisse aus, damit alle den gleichen Sachstand hatten. Zum Schluss schickte Rita noch eine E-Mail an die Adresse von Jorin Bültenas Geliebter mit der Aufforderung, sich im Rahmen einer Mordermittlung umgehend als Zeugin zu melden.

5. Kapitel

In der Pension Westend-Idyll saßen heute Jorin und Kathi nach einem ausgiebigen Frühstück noch allein bei der Zeitungslektüre im Speiseraum. Die Pension lag unweit der Endstation der Museumspferdebahn beim Westend etwas versteckt in den Dünen. Es war Mittwoch, und ein kleiner Tiefausläufer hatte sich zwischen das Azorenhoch gedrängt. Daher waren sie heute Morgen nicht wie in den vergangenen Tagen – außer Montag – schon früh mit Sonnenschirm bewaffnet an den Weststrand gegangen. Am Montag hatte sie eine Polizeiabsperrung daran gehindert. So wie es ausgesehen hatte, fand da wohl gerade eine gemeinsame Übung mit der Feuerwehr statt.

Sie nutzten gern die Morgensonne, bevor diese den beiden dann gegen Mittag trotz Sonnenschirm doch zu heiß wurde. Der dichte Strandhafer schützte sie bei ihrer intimen Zweisamkeit nämlich nicht nur vor unerwünschten Blicken, sondern auch vor dem kühlenden Wind. Das war in der Mittagszeit dann einfach des Guten zu viel. Dafür hatten sie gerne in den vergangenen Tagen am späten Nachmittag und gegen Abend sogar ohne Sonnenschirm nochmal den Weg zur Düne gemacht und wunderschöne malerische Sonnenuntergänge erlebt.

»Schatz, jetzt weiß ich, warum wir am Montag nicht zu unserem Stammplatz am Weststrand konnten. Wir hatten ja schon daran gedacht, dass es daran lag, dass wir am Montag etwas spät dran waren«, sagte Kathi auf einmal.

»Und woran lag das wirklich?«, wollte Jorin wissen. »Steht da etwa, warum die Polizei ausgerechnet unseren Dünenausläufer gesperrt hatte? War es also doch keine Übung, die sie ausgerechnet an unserem Lieblingsplatz mit der Feuerwehr zusammen durchführten, wie wir angenommen haben?«

»Nein, es war ein echter Polizeieinsatz, und das hier auf dieser beschaulichen Insel! Das musst du dir mal vorstellen! Die haben doch tatsächlich etwas weiter oben, wo das Betreten verboten ist, einen Toten gefunden!«

»Das ist ja wirklich ein Ding! Wie kommt denn da ein Toter hin?!«, entfuhr es Jorin. »Und ausgerechnet bei der Düne, zu der unsere Wirtsleute immer ihre Gäste hinschicken. Steht in der Zeitung, was genau passiert ist?«

»Da steht nur, dass ein Feriengast mit seinem Hund einen toten Mann gefunden hat. Allerdings steht da auch, dass der Mann nach erstem Anschein durch Fremdeinwirkung ums Leben gekommen ist. Deshalb wird nach Zeugen gesucht, die irgendetwas Ungewöhnliches beobachtet haben. Die Polizei geht von einem Todeszeitpunkt zwischen sechs Uhr und neun Uhr am Sonntagmorgen aus.«

»In der Zeit waren wir doch genau dort, wo die abgesperrt hatten. Hast du denn am Sonntagmorgen irgendetwas mitbekommen?«

»Schatz, du weißt doch, was wir gemacht haben, nachdem wir es uns hinter dem Strandhafer auf der Decke gemütlich gemacht hatten«, erwiderte Kathi lachend. »Wir hatten reichlich Spaß an der Freud, wie man bei uns im Rheinland sagt. Da hätten uns zehn Spanner zugucken können und ich hätte nix bemerkt.«

»Da hast du recht, ich auch nicht«, stimmte Jorin ihr zu. Dann nahm er sein Handy vom Tisch und öffnete seine Bildergalerie. Nachdem er ein wenig gescrollt hatte, fuhr er fort: »Kathi, wo du ›Spanner‹ sagst. Guck dir mal dieses Bild von unserem lauschigen Plätzchen an. Ich wollte mir mal einen Eindruck verschaffen, was man von dem Weg aus sehen kann, den viele Zelter benutzen, um an den Badestrand im Norden zu gehen.« Dabei hielt er seiner Freundin das Bild hin. Dieses zeigte vom Weststrand aus den besagten Dünenausläufer.

»Von uns kannste da aber hinter dem Strandhafer bestimmt nix sehen«, stellte Kathi fest.

»Nee, vom Weg aus nicht. Aber geh mal ein Stück höher als das Schild, auf dem steht, dass man die Düne nicht betreten soll. Wenn ich an Sonntagmorgen denke, dann hätte von da oben ein Spanner einen echten Pornofilm von uns drehen können.«

»Mensch Jorin, so hab ich das noch gar nicht gesehen. Sollten wir uns nicht doch besser bei der Polizei melden, auch wenn wir nichts bemerkt haben?«

»Wenn die hiesige Polizei meinen Namen erfährt, dann bohren die doch weiter. Überleg mal, die wissen doch genau, wer ich bin. Bültena aus Friedeburg ist doch in Ostfriesland ein Begriff. Dann haben die auch schnell raus, dass ich nicht mit meiner Ehefrau hinter dem Strandhafer Spaß an der Freud hatte, wie du das gerade so schön ausgedrückt hast. Wir haben doch nicht ohne Grund bei der Pension angegeben, dass ich dein Mann wäre. Wie gut, dass die keinen Ausweis sehen wollten.«

»Meinst du, dass die Polizei zu deiner Frau geht und petzt? Die Polizeibeamten unterliegen doch der Schweigepflicht.«

»Ich will dem Kommissariat in Wittmund nichts unterstellen, aber der Teufel ist ein Eichhörnchen. Was mich noch viel mehr besorgt macht, ist die Tatsache, dass der Spanner dann nicht allein da oben war. Irgendwer muss den ja vom Leben zum Tode gebracht haben. Dann stellt sich die Frage, wie? Wenn uns ein Spanner von der ersten Deckung durch die dortigen niedrigen Büsche beobachtet hat, waren das von uns aus gesehen bestimmt keine dreißig Meter. Und wenn es da eine Auseinandersetzung gegeben hätte, dann hätten wir das ganz bestimmt mitbekommen, selbst bei unserem Spaß an der Freud.«

»Vielleicht hat jemand da oben die Leiche nur ablegen oder verstecken wollen«, hatte Kathi eine andere Idee.

»Ich weiß zwar nicht, wie schwer der Tote war. Aber wenn man von einem durchschnittlichen Mann ausgeht, dann könnte der schon siebzig bis achtzig Kilo auf die Waage bringen. Die muss einer erst mal da hochschleppen. Deshalb scheint es mir plausibler zu sein, dass der tote Mann da oben auch dort erschlagen oder erschossen wurde. Aber beides würden wir ja mit Sicherheit trotz unserer Freud gehört haben. Es sei denn, der hätte den schon am Abend vorher oder in der Nacht erschossen oder erschlagen und der Mann hätte noch bis zum Morgen gelebt. Natürlich könnte es auch sein, dass der Tote durch Gift umgekommen ist und nur zufällig gerade zu dem Zeitpunkt, als das Gift wirksam wurde, oben auf der Düne war.«

»Schatz, egal wie. Aber wenn ich mir vorstelle, dass uns jemand beobachtet und vielleicht sogar gefilmt hat, dann wird mir ganz anders. Außerdem frage ich mich dann, ob dieser Film vielleicht sogar schon bei der Polizei ist. Dann könnte es doch sein, dass dich einer von den Beamten erkennt.«

»Könnte zwar sein, aber da ich selbst noch keinen Kontakt zu irgendeinem der dortigen Beamten hatte, glaube ich das eher nicht. Allerdings wird der eine oder andere Beamte meinen Bruder sicher gekannt haben.«

In diesem Moment klingelte in der kleinen Empfangshalle der Pension an der Rezeption das Telefon. Nach mehrmaligem Klingeln nahm schließlich die Küchenhilfe den Hörer ab und meldete sich. Da die Tür zum Flur und Empfangsraum offen stand, hörten Kathi und Jorin, was die Küchenhilfe sagte.

Da sie eine ganze Weile nichts von sich gab, gingen die beiden Gäste davon aus, dass jemand am anderen Ende der Leitung sprach. Dann sagte die Angestellte: »Ein Jorin Bültena ist und war keiner unserer Feriengäste.«

Dann war ein Moment Pause. Wahrscheinlich stellte der Anrufer wieder eine Frage, worauf die Küchenhilfe sagte: »Kommt schon mal vor, dass wir Gästen einen Sonnenschirm mitgeben. Ich hab aber schon länger keinen mehr ausgeliehen. Tut mir leid, dass ich Ihnen da nicht helfen kann.« Dann beendete sie das Telefonat.

In diesem Moment kam wohl gerade die Pensionswirtin zur Haustür herein und fragte: »Hat grad jemand angerufen?«

»Ja, die Polizei aus Wittmund, eine Kommissarin Rita Schneider.«

»Und was wollte die Kommissarin? Hatte das etwas mit dem Toten zu tun, den sie am Westend in den Dünen gefunden haben?«

»Das weiß ich nicht. Jedenfalls hat sie das nicht gesagt. Sie sprach nur davon, dass sie für eine Ermittlung wissen müsste, ob ein Jorin Bültena bei uns einquartiert ist. Ich habe gesagt, weder ist noch war.«

»Jorin Bültena, das ist doch der jetzige Chef von dem Betonwerk in Friedeburg. Seinen Bruder habe ich gekannt«, sagte die Pensionswirtin. »Mit ihm hatte ich aber noch nicht zu tun. Es war zwar seinerzeit auch ein Bild von der Übernahme in unserer Zeitung, aber da waren mehrere Leute mit drauf. Ich könnte also noch nicht einmal sagen, wie der aussieht. Und ich glaube, meinem Mann wird es genauso gehen. Naja, was soll's. Jedenfalls hast du der Polizistin die richtige Auskunft gegeben! Gut, dass du ans Telefon gegangen bist, als ich gerade mal draußen war. Aber jetzt wieder in die Küche, da wirst du für das Mittagessen gebraucht. Später kannst du dann noch den Speiseraum wieder herrichten.«

Dann kam die Wirtin in den Speiseraum und sagte, als sie das Pärchen noch am Frühstückstisch sitzen sah: »Moin, ich hoffe, dass euch das Frühstück geschmeckt hat. Heute werdet ihr wohl mal auf euer Sonnenbad am Weststrand verzichten müssen. Draußen ist Schietweer, wie wir das nennen. Aber morgen soll das schon wieder vorbeigezogen sein.«

»Machen wir mal einen Tag Pause«, sagte Kathi lachend. »Kommen wir endlich mal wieder dazu, in unsere Smartphones zu schauen. Die hatten wir die letzten Tage, wenn wir am Strand waren, nämlich wohlweislich in der Pension gelassen. Hat uns auch mal ganz gutgetan.«

»Ach, da kann ich ja gerade mal fragen«, hatte die Wirtin einen Gedanken. »Juri, ist dein Name so richtig ausgesprochen?«, wollte sie von Jorin wissen.

»Ja«, übernahm Kathi die Antwort. »Die Vorfahren meines Mannes mütterlicherseits kommen aus dem Slawischen. Und Juri ist die slawische Variante von Georg. Aber warum fragst du?«

»Die Polizei in Wittmund wollte von uns wissen, ob ein Jorin Bültena bei uns als Feriengast eingemietet sei. Und da Juri und Jorin sehr ähnlich klingen, dachte ich, ich frage mal nach.«

»Nee, mein Mann heißt mit Nachnamen Seufert und ich damit auch, wie du bei der Anmeldung schon gesehen hast. Dass ich die Anmeldung gemacht habe und nicht er, liegt daran, dass ich mehr Zeit für sowas habe. Juri ist viel unterwegs. Außerdem bin ich schon emanzipiert«, fügte Kathi dann noch schelmisch grinsend hinzu.

»Alles gut, Kathi. Das merkt man bei dir sofort, du bist eine erfrischend taffe Person«, erwiderte die Wirtin lächelnd. »Kann meine Küchenhilfe schon abräumen oder braucht ihr noch was? Der Kaffeeautomat und der Kühlschrank mit den anderen Getränken stehen euch ja jederzeit zur Verfügung.«

»Vielen Dank«, sagte Jorin und war froh, dass seine Partnerin so spontan reagiert hatte. Ihm wäre die Erklärung zu dem Namen Juri nämlich nicht eingefallen. »Wir sind fertig. Es war alles gut wie immer! Ihr könnt gerne abräumen. Kathi und ich werden heute mal einen faulen Tag in unserem Zimmer verbringen. Ist ja vielleicht auch die Gelegenheit, mal eins der Bücher aus eurer kleinen Bibliothek zu lesen.«

Als das Paar die Tür zu seinem Zimmer hinter sich zugemacht hatte, sagte Jorin: »Danke, Liebes! Wie bist du nur auf die Idee mit dem Namen Juri gekommen, mit dem du mich hier ja schon in der Pension vorgestellt hast? Da hatte ich mir vorher noch gar keine Gedanken drüber gemacht. Als Ostfriese hätte ich eigentlich wissen müssen, dass hier überwiegend geduzt wird. Die Kombination von Jorin mit Bültena dürfte sich manchem Einheimischen auf dem Festland und auch manchem Insulaner leicht aufdrängen. Da war es sehr gut, dass du die Frage nach meinem Vornamen bei der Anmeldung mit Juri beantwortet hast.«

»Darüber hatte ich mir schon zu Hause Gedanken gemacht, bevor ich uns hier in der Pension angemeldet habe. Aber ich muss gestehen, auf den ähnlich klingenden Vornamen Juri bin ich gekommen, weil ich mal ein Date und ein bisschen mehr mit einem Juri gehabt habe, der tatsächlich aus dem Slawischen kam. Von ihm habe ich auch den Zusammenhang mit dem Vornamen Georg erfahren.«

»Kathi, ich danke dir für deine Cleverness! Aber es macht mir doch Sorgen, dass die Polizei ausgerechnet zum Todeszeitpunkt, wie er in der Zeitung steht, nach meinem Namen hier auf der Insel fragt. Wie kommt dieser Zusammenhang zustande? Steckt da vielleicht meine Frau dahinter?«

»Ich könnte mir zwar vorstellen, dass sie, auf welchem Weg auch immer, von unserem Date erfahren hat. Aber auch mir fehlt jegliche Vorstellung, was das mit dem Todesfall zu tun haben soll!«

»Kathi, ich glaube, ich sollte mal ganz offen mit dir reden.«

»Jorin, wenn es auch mich betrifft, dann solltest du das wirklich!«

»Damit du das alles auch richtig verstehst und kein Missverständnis entsteht, muss ich ein wenig ausholen. Angefangen hat das nicht erst mit der Heirat meiner Frau. Wie du weißt, ist unser Werk schon von meinem Urgroßvater gegründet und inzwischen schon fast zu einer Dynastie geworden, wie man das früher genannt hätte. Das war zudem mit bestimmten Auflagen für die nachfolgenden Generationen verbunden, die damals sehr konservativ geprägt waren. Jedenfalls galt es unter allen Umständen, die Dynastie als Personengesellschaft zu erhalten. Warum meine Vorfahren diese Unternehmensform gewählt und festgeschrieben haben, entzieht sich meiner Kenntnis. Ob diese Auflagen auch heute rechtlich vollumfänglich überhaupt noch Gültigkeit haben würden, weiß ich nicht. Ich habe Architektur und keine Rechtswissenschaften studiert.«

»Und was haben diese Auflagen mit deiner Heirat zu tun?«

»Es gibt unter anderem einen Ehevertrag zwischen mir und meiner Frau. Es war eine der letzten Amtshandlungen unseres Familienanwalts und Notars, bevor er mit über achtzig das Zeitliche segnete. Jedenfalls kam für meine Ahnen eine Scheidung eigentlich gar nicht infrage. Zumindest überhaupt nicht ohne einen von außen erkennbaren Grund, zum Beispiel nur weil man sich auseinandergelebt und zerstritten hatte. Noch für meinen Vater war das eine Frage der Disziplin und des gegenseitigen Respekts. Er und meine Mutter schliefen schon, solange ich mich erinnern kann, getrennt und schwiegen sich auch bei den gemeinsamen Mahlzeiten zumeist nur an. Was sich hinter verschlossenen Türen zwischen beiden abgespielt hat, haben wir als Kinder nicht mitbekommen. Später war ich aus dem Haus – Internat, Studium, Beruf. Mein zehn Jahre älterer Bruder wird möglicherweise mehr mitbekommen haben, aber gesprochen haben wir darüber nie. Ich war eben nur der kleine Bruder, der alles noch nicht verstand.«

»Aber ich erkenne immer noch nicht, wo das Problem bei einer Scheidung liegt«, gab Kathi keine Ruhe.

»Im Fall einer Scheidung, die ich einreiche oder die durch meinen Ehebruch begründet ist, hat meine Frau Anspruch auf eine Abfindung, die mich finanziell erheblich belasten würde. Da hatte der Ehevertrag zur Abschreckung, kann man sagen, hohe Hürden gesetzt. Da geht es nicht mehr nur um eine hohe sechsstellige Summe. Da wir immer noch eine Personengesellschaft sind, könnte das, wenn es meine dann Ex-Frau wollte, auch das Ende oder den Verkauf des Unternehmens bedeuten.«

»Ist ja dann eigentlich ein Ehevertrag zu deinen Ungunsten, und wenn es ganz dumm läuft, auch für eure Dynastie, um bei diesem Begriff zu bleiben.«

»Umgekehrt gilt für meine Frau für den Fall, dass sie sich einfach nur von mir scheiden lassen will oder sie den Ehebruch begeht, dass sie dann nur eine Minimalabfindung bekäme. Die wäre dann noch nicht einmal sechsstellig. Ich weiß ja nicht, wann welche Auflagen vertraglich festgelegt wurden. Es könnte durchaus sein, dass meine Großmutter diese veranlasst hatte. Nach dem Krieg, in dem sie ihren Mann verlor, hatte sie nochmal geheiratet. Diese Ehe war kinderlos geblieben. Mein Vater war kurz vor Kriegsende noch bei einem Heimaturlaub meines richtigen Großvaters gezeugt worden und hat die Dynastie mit den Auflagen seiner Mutter weitergeführt.«

»Durch so ein juristisches Wirrwarr soll mal ein normal denkender Mensch durchsteigen! Bist du sicher, dass du da noch den richtigen Durchblick hast?«

»Kathi, ganz ehrlich gesagt, ich glaube nicht. Aber ich hatte seit der Firmenübernahme nach dem tödlichen Flugunfall meiner Eltern und meines Bruders andere Prioritäten. Ich war vor allem damit beschäftigt, mich weitgehend ohne Einweisung durch meinen Vater oder Bruder in die Geschäfte der Firma einzuarbeiten.«

»Das kann ich gut verstehen. Aber wenn ich deine Ausführungen zum Thema Scheidung richtig verstanden habe – wie willst du es hinbekommen, dass deine Frau nicht deinen Ehebruch nutzt, um an das dicke Geld zu kommen?«

»Es gibt da jemand, den meine Frau und ich noch aus unserer Hamburger Zeit kennen. Der wohnt und arbeitet inzwischen in Wilhelmshaven. Der hatte schon in Hamburg ein Auge auf sie geworfen, was mich aus verschiedenen Gründen – wie du dir denken kannst – nicht gestört hat, aber dessen Frau. Er ist inzwischen geschieden, allerdings nicht wegen meiner Frau. Aber er hatte vor einiger Zeit wieder Kontakt zu ihr aufgenommen. Als ich mal in Wilhelmshaven zu tun hatte, haben wir uns getroffen und zusammen ein Bier getrunken. Jedenfalls habe ich ihm Mut gemacht, indem ich ihm erzählt habe, dass ich durchaus bereit wäre, mich scheiden zu lassen. Seitdem hat er sie auch schon mal getroffen. Aber das ist bisher nur bei einem Versuch geblieben. Jedenfalls sagte er mir das. Aber er meinte auch: Aufgeschoben ist nicht aufgehoben.«

Dass Jorin in Bezug auf seine Ehe noch ein paar andere Eisen im Feuer hatte, wollte er seiner Freundin an dieser Stelle nicht sagen, um sie nicht zu beunruhigen. Dazu gehörte auch, dass er schon letzte Woche von einer Rechtsanwaltsgehilfin aus einer Kanzlei, die auf Scheidungen spezialisiert war, eine ganz kurze WhatsApp erhalten hatte: ›Deine Frau war hier und hat sich von meinem Chef beraten lassen.‹ Er hatte daraufhin nachgefragt, was sie wollte, und die Antwort bekommen: ›Es ging wohl um den Ehevertrag. Sie wollte sich erstmal an eine Detektei wenden. Mehr konnte ich noch nicht rauskriegen, sonst wäre mein Chef misstrauisch geworden.‹

An dieser Stelle riss Kathi ihn aus seinen Gedanken: »Jorin, und was machen wir jetzt?« Sie sah ihm an, dass er über irgendetwas nachdachte, über das er mit ihr wohl im Moment nicht reden wollte. Sowas kannte sie bei ihm schon. Aber sie gehörte nicht zu den Frauen, die dann meinten, alles aus dem Mann im gleichen Moment auch herauskitzeln zu müssen. Daher wollte sie ihm mit ihrer Frage sozusagen eine Brücke bauen, die er auch sofort nutzte:

»Ich glaube, wir sollten von hier so schnell wie möglich verschwinden. Ich habe auf einmal so ein ganz komisches Gefühl. Wir haben doch der Wirtin gerade gesagt, dass wir heute einen lauen Tag mit unseren Smartphones machen wollen. Wir könnten doch sagen, dass ich eine wichtige E-Mail übersehen hatte, dass ich ganz dringend in meiner Firma gebraucht werde. Bezahlt haben wir ja bis zum Ende der Woche, also haben die Wirtsleute auch keinen Schaden.«

»Das könnten wir natürlich machen. Ich wäre aber sehr enttäuscht! Schließlich habe ich mir extra für die ganze Woche freigenommen.

Und was willst du deiner Frau sagen, wenn du plötzlich von dem Seminar in Frankfurt wieder vorzeitig zu Hause auf der Matte stehst?«

»Kathi, das will ich doch gar nicht. Mein Zimmer in Frankfurt habe ich doch nicht abbestellt, sondern mich nur bei der Seminarleitung krankgemeldet. So habe ich auch das schon für die Woche bezahlte Zimmer als Quasi-Alibi. Ich habe eine Idee, die dir gefallen wird: Wir nehmen die nächste Fähre nach Neuharlingersiel, dann fahren wir mit beiden Autos nach Xanten. Da bringst du dein Auto nach Hause und wir fahren weiter nach Frankfurt. Dort buchen wir im gleichen Hotel für dich ein Zimmer. Wo wir zusammen die Nacht verbringen, ist doch unsere Sache. Wie gesagt, bei der Seminarleitung bin ich abgemeldet. Dann machen wir uns noch zwei schöne Tage in Frankfurt. Von dort aus könnte ich dann auch ein Bild per WhatsApp an meine Frau schicken, sozusagen als weiteren Beweis, dass ich in Frankfurt bin. Was hältst du davon?«

»Wenn ich ehrlich bin, kommt mir das hier auch alles nicht mehr ganz koscher vor. Daher sage ich, sehr gute Idee von dir! Machen wir aus der Not eine Tugend! Du informierst gleich die Wirtsleute hier über dein Pech, wieder zur Arbeit zu müssen. Ich werde derweil ein Zimmer für mich in deinem Hotel in Frankfurt buchen, damit dort gar kein Zusammenhang zwischen deinem und meinem Namen hergestellt werden kann. Dann buche ich noch zwei Plätze für die nächste Fähre, das muss ja auch online bezahlt werden und läuft dann ebenfalls auf meinen Namen. Und am kommenden Wochenende setzt du mich dann wieder in Xanten ab. Danach kannst du dann zu deiner Frau nach Hause fahren und so tun, als sei nix gewesen.«

»Liebes, wir können alles so machen, wie du es gerade vorgeschlagen hast. Aber zu meiner Frau einfach nach Hause fahren und so tun, als sei nix gewesen, das war gestern. Ich kann und will nicht mehr so weitermachen! Ich will die Trennung und ich will dich! Du bist inzwischen meine große Liebe!«

Kathi fiel Jorin um den Hals und hauchte ihm ins Ohr: »Freu dich auf heute Abend im Hotel! Auch du bist inzwischen meine große Liebe. Da bin ich mir nach diesen Tagen der Entschleunigung mit dir hier auf Spiekeroog absolut sicher! Also regel du das mit den Wirtsleuten und ich mache die Buchungen. Dann packen wir und verschwinden hier, bevor uns noch jemand von der Polizei oder sonst wer versucht aufzuhalten.«

Während Jorin zu den Wirtsleuten ging, nahm Kathi ihr Notebook, um die Onlinebuchungen durchzuführen. Nachdem sie dieses hochgefahren hatte, wurde ihr angezeigt, dass E-Mails eingegangen waren. Eigentlich erwartete sie keine wichtigen E-Mails und ging davon aus, dass es sich nur um Werbung handeln konnte. Trotzdem wollte sie kurz einen Blick auf die Eingänge werfen. Dabei sprang ihr sofort eine E-Mail der Polizei aus Wittmund von gestern ins Auge.

Sie öffnete diese und las: »Sehr geehrte/r Adressatin oder Adressat, wir schreiben Ihnen, da Sie mit Ihrer E-Mail an Jorin Bültena beigefügte Bestätigungen einer einwöchigen Urlaubsbuchung auf Spiekeroog sowie einer Fährüberfahrt von Neuharlingersiel geschickt haben. Im Zuge einer Mordermittlung werden Sie und Jorin Bültena dringend als Zeugen gesucht. Wir bitten Sie daher, sich umgehend über die nachstehenden Telefonnummern oder per Antwort-Mail an mich, POK Rita Schneider, zu wenden! Mit freundlichen Grüßen …«

Als Jorin von den Wirtsleuten zurückkam, überfiel ihn Kathi geradezu mit der Nachricht über die E-Mail der Polizei. Nachdem Jorin das gelesen hatte, sagte er: »Mein Gefühl hat mich doch nicht getrogen. Wir sollten ganz schnell von hier verschwinden, je eher, je besser! Hast du schon die Hotelunterkunft und die Fähre gebucht?«

»Beim Hotel bin ich gerade dabei. Ich muss nur noch die Bezahlung abschließen.«

»Das ist gut! Dann holen wir uns die Tickets für die Überfahrt im Hafen am Automaten mit Barzahlung. Dann ist auch nicht nachverfolgbar, wann wir die Insel verlassen haben. Nicht, dass jemand von der Polizei bei der Fährgesellschaft anruft, ob wir eine Überfahrt gebucht haben, und sie uns dann schon in Neuharlingersiel am Hafen in Empfang nehmen. Wenn wir uns beeilen, schaffen wir gerade noch die Schnellfähre um neun Uhr vierzig.«

Während die beiden schon beim Packen ihrer Koffer waren, sagte Jorin: »Gut, dass wir kein großes Gepäck mitgenommen haben. Sonst kämen wir mit der Schnellfähre gar nicht weg.«

»Die bisherigen Vor- und Nachmittage sowie Abende mit Sonnenuntergängen haben wir mit Kleidung ja sehr sparen können«, feixte Kathi. »Und wenn ich ehrlich bin, ich könnt schon wieder Spaß an der Freud haben. Jorin, du bist einer der besten Lover, die ich bisher hatte! Das muss ich dir mal sagen! Warst ja wohl auch immer fleißig in Übung, wenn ich das aus deinen Reden richtig interpretiert habe. Wenn auch nicht grad bei deiner Frau.«

»Danke für die Blumen, Liebes! Das Kompliment gebe ich gerne zurück. In meiner frühen Jugend war ich eine Zeitlang bei einer Pfadfindergruppe. Da galt der alte Pfadfinderspruch: Allzeit bereit! Und ich glaube, der könnte heute noch für uns beide gelten!«

Es dauerte nicht lange und dann waren Kathi und Jorin zu Fuß mit einem Bollerwagen unterwegs zum Hafen. Dort zogen sie am Automaten die Tickets, die sie bar bezahlten. Kurz darauf saßen sie bereits in der Schnellfähre, die sie schon nach einer knappen halben Stunde in Neuharlingersiel wieder verließen. Kathi hatte ihren Wagen auf dem Parkplatz direkt beim Fähranleger stehen, während sich Jorins Auto in der Parkgarage befand, die ein paar Hundert Meter östlich vom Hafen für die Feriengäste auf Spiekeroog eingerichtet worden war.

Nachdem Kathi ihren Freund zu seinem Auto gebracht hatte, machten sich die beiden mit ihren Fahrzeugen auf den Weg nach Xanten. Ohne sich dort lange aufzuhalten, fuhren sie dann mit Jorins Wagen weiter nach Frankfurt. Nachdem sie im Hotel getrennt eingecheckt hatten, trafen sie sich wieder und gingen zu dem nicht weit entfernten Frankfurter Rathausplatz, dem Römerberg. Dort hatte Jorin in einem Nobelrestaurant einen Tisch reservieren lassen. Bevor sie zu Tisch gingen, machte Jorin am Rathaus ein Selfie und schickte das seiner Frau mit einem lieben Gruß aus Frankfurt.

6. Kapitel

Nach dem gestrigen Schietweer-Tag ließ heute schon am frühen Morgen ein wolkenloser Himmel die Sonne wieder ungehindert herunterstrahlen. Dabei sollten die Temperaturen heute aber nicht wieder den hohen Stand der letzten Woche und von Anfang dieser Woche erreichen. Deshalb hatten Nina und Bert sich entschieden, mal wieder mit dem Rad zum Dienst zu fahren. Es war immer wieder ein toller Blick auf die wabernden Nebelschwaden über den Äckern und Weiden. Heute, nach dem Regentag gestern, war dies in den frühen Morgenstunden besonders ausgeprägt.

Wie überall in Ostfriesland war das Radwegenetz gut ausgebaut. Hierbei wurden die beiden Kommissare einerseits durch die B 436 und andererseits eine lange Strecke durch die Harle begleitet. In früheren Zeiten verkehrte noch der Raddampfer Concordia I auf der Harle zwischen Wittmund und Carolinensiel. Die Tradition des Raddampfers auf der Harle hatte inzwischen seit vielen Jahren die Concordia II dieselbetrieben übernommen. Sie befuhr die Harle jetzt, zur Freude unzähliger Urlauber, zwischen dem Museumshafen Carolinensiel und dem Yachthafen Harlesiel.

Pünktlich um acht saß das Wittmunder Soko-Team, verstärkt durch den Leiter der Forensik und den Bereitschaftsgruppenführer, im Meetingraum des Kommissariats, um die neuesten Erkenntnisse zusammenzutragen. Bert eröffnete das Meeting und wollte als Erstes wissen: »Oke und Rita, seid ihr ihn Bezug auf die Suche nach Jorin Bültena auf der Insel fündig geworden?«

»Wir konnten seinen Namen weder in den Daten der Kurverwaltung noch der Stegwartin finden. Auch bei den Zeltern tauchte sein Name nicht auf«, antwortete Oke.

»Ich habe alle Pensionen und Ferienunterkünfte in der Nähe des Weststrandes angerufen und nachgefragt, ob der Gesuchte dort in der fraglichen Zeit abgestiegen ist. Fehlanzeige!«, meldete sich Rita zu Wort. »Bei allen Pensionen habe ich auch gleich nach der Ausleihe eines Sonnenschirmes gefragt. Ein paar sagten, es käme schon mal vor, dass Feriengäste danach gefragt hätten, weil es am Weststrand keine Strandkörbe gäbe. Aber in der fraglichen Zeit war bei keiner Ferienunterkunft ein Sonnenschirm ausgeliehen worden.«

»Merkwürdig!«, wunderte sich der Soko-Leiter. »Wie das Video des Ermordeten eindeutig beweist, war Jorin Bültena am Sonntagmorgen gegen acht Uhr mit einer weiblichen Begleitung und Sonnenschirm auf einem Dünenausläufer. Nach den vorliegenden Belegen müsste es sich bei der Frau um die Inhaberin des E-Mail-Accounts mit dem Namen ›katseu‹ handeln. Hat diese sich auf die E-Mail von uns gemeldet?«

»Bei mir nicht! Wenn bei den anderen in der E-Mail angegebenen Telefonnummern kein Anruf eingegangen ist, dann Nein!«, antwortete Rita, worauf ein Kopfschütteln der Anwesenden folgte.

Daraufhin fuhr sie fort: »Ich habe sogar extra gestern nochmal bei der Fährgesellschaft nachgefragt, ob seit Montag noch eine Rückfahrt von Spiekeroog nach Neuharlingersiel auf den Namen Bültena gebucht worden war. Oke und ich haben bei der Auswertung auch darauf geachtet, ob vielleicht bei den Namen ›kat‹ im Vornamen und ›seu‹ beim Nachnamen oder umgekehrt auftaucht. Aber auch hier Fehlanzeige! Allerdings hat mich die Gesellschaft noch darauf aufmerksam gemacht, dass bei Barzahlung am Schalter oder Automaten keine namentliche Erfassung erfolgt. Und da gab es in der fraglichen Zeit an jedem Tag einige Fahrgäste, die bar am Schalter und auch am Automaten bezahlt haben.«

»Okay, nach dem jetzigen Stand unserer Ermittlungen sind die Verdachtsmomente gegen Jorin Bültena noch zu vage, um richterliche Freigaben zu bekommen«, stellte Bert fest. »Sollten sich auf anderem Wege diese allerdings noch erhärten, müssten wir bei dem E-Mail-Provider nach der Person forschen, die sich hinter der ›katseu‹-E-Mail verbirgt. Rita und Oke, konntet ihr bei den Altfällen der Detektei Namen finden, die auch in den Buchungslisten der Kurverwaltung auftauchten?«

»Ja, wir sind tatsächlich bei drei Namen fündig geworden. Einer davon tauchte in der Buchungsliste der Ferienanlage ›Sturmeck‹ auf, die unmittelbar neben der Tatort-Düne liegt. Die anderen beiden Namen fanden wir in zwei unterschiedlichen Pensionen. Eine auch an dem Betonweg ›Westend‹ gelegen, aber etwa einen Kilometer vom Weststrand entfernt. Die andere befindet sich am westlichen Rand des Ortszentrums.«

»Was konntet ihr denn im ersten Fall bereits herausfinden?«, hakte Bert nach.

»Es handelt sich um eine Ermittlung der Detektei im Bereich der Wirtschaftskriminalität«, antwortete Oke. »Es ging da um einen Buchhalter, der regelmäßig Firmengeld mit fingierten Rechnungen einer Scheinfirma auf ein eigenes Konto unter einem anderen Namen überwiesen hatte. Der Fall liegt jetzt etwa sechs Jahre zurück. Der Schaden für seinen Firmenchef belief sich inzwischen auf über zweieinhalb Millionen Euro. Der Mann war zu sechs Jahren Haft verurteilt worden. Davon wurde ein Jahr zur Bewährung ausgesetzt, sodass die Strafe gerade abgesessen sein dürfte.«

»Dafür hätte er auch neun Jahre ohne Bewährung bekommen können«, meldete sich Nina zu Wort.

»Ich habe inzwischen die Akte aus dem Zentralarchiv heruntergeladen«, erläuterte Oke. »Danach war er wohl geständig, hatte Reue gezeigt und das Geld, was noch auf dem Betrugskonto verblieben war, an den Firmenchef zurückgezahlt.«

»Verstehe ich aber trotzdem nicht ganz«, war Nina noch nicht mit der Antwort zufrieden. »Das wäre doch eigentlich ein Fall für unsere Abteilung für Wirtschaftskriminalität in Aurich gewesen, aber doch nicht für einen Privatdetektiv!«

»In der Akte der Detektei steht, dass der Firmenchef zwar einen Verdacht hatte, aber nicht gleich Anzeige erstatten wollte«, präzisierte Oke seine Ausführungen. »Deshalb hat er sich zunächst an einen Privatdetektiv gewandt. Arjen Wolthoff hat damals aufgedeckt, dass an dem Anfangsverdacht des Firmenchefs was dran sein könnte. Nach außen hin machte sein Angestellter einen eher biederen Eindruck und lebte in einem kleinen Eigenheim unscheinbar und angepasst. Auffällig waren allerdings seine Flugbuchungen, überwiegend nach Übersee, wie der Detektiv herausfand. Arjen deckte dann auf, dass der Buchhalter in seinen Urlauben mit seiner Frau nur in teuersten Hotels abstieg und mit Mietwagen der Nobelklasse umherfuhr. Auch sonst führte er sich wie ein Millionär auf. Mit diesen Informationen und Nachweisen des Detektivs erstattete der Firmenchef dann Anzeige.«

»Da würde mich mal interessieren, ob die Frau des Angestellten nicht zumindest der Mittäterschaft angeklagt wurde«, konnte der Forensik-Leiter nicht an sich halten. »Die muss doch bemerkt haben, dass da etwas bei ihrem Mann nicht stimmen konnte. Übrigens, geht es da um einen Janno Feldmann? Dazu habe ich nachher auch noch etwas zu sagen.«

»Genau um den. Und tatsächlich hat unsere Abteilung für Wirtschaftskriminalität in Aurich auch gegen die Frau ermittelt«, erwiderte Oke. »Allerdings konnte seine Frau vor Gericht glaubhaft machen, dass nach ihrem seinerzeitigen Wissen ihr Mann eine stille Beteiligung an der Firma seines Arbeitgebers gehabt habe und am Gewinn beteiligt gewesen wäre. Seinen bescheidenen Lebensstil zu Hause hätte er ihr gegenüber so begründet, dass er die Freunde und die Nachbarschaft nicht verprellen wollte. Das konnte ihr nicht widerlegt werden. Darüber hinaus hätte die Ehefrau ohnehin nicht gegen ihren Mann aussagen müssen.«

»Konntet ihr sonst noch etwas über diesen Mann herausfinden?«, wollte Bert wissen.

»Ja«, übernahm wieder Rita. »Ich habe gestern in der Ferienanlage angerufen. Da wurde mir gesagt, dass der Mann und seine Frau am Montagmorgen Hals über Kopf ausgecheckt hätten, um noch die Schnellfähre um neun Uhr vierzig zu erreichen – obwohl sie noch bis Ende dieser Woche bezahlt hatten. Ihren großen Koffer hatten sie dann später vom Vermieter zur großen Fähre bringen lassen, da sie diesen mit der Schnellfähre nicht hätten mitnehmen können.«

»Und warum auf einmal diese Eile?«, wunderte sich Nina.

»Sie hatten das mit einem schlimmen Krankheitsfall in der Familie begründet«, erwiderte Rita. »Oke und ich hatten schon gedacht, dass die etwas von eurem Polizeieinsatz am Weststrand mitbekommen haben könnten. Denn der Mann wäre zwar auch am Montag wie jeden Morgen gegen acht Uhr joggen gegangen, aber an diesem Tag bereits nach wenigen Minuten zurück gewesen. Dann hätte das Paar sofort gepackt und darum gebeten, ihren großen Koffer zur großen Fähre zu bringen, die um fünfzehn Uhr zwanzig ging. Das Ehepaar selbst wollte dann die Express-Fähre um neun Uhr vierzig nehmen.«

»Das ist in der Tat sehr verdächtig«, bestätigte der Soko-Leiter. »Und ihr könntet mit eurer Vermutung durchaus recht haben. Siegi, der Inselsheriff, hatte nämlich, als wir mit dem Hubschrauber landeten, bereits den gesamten unteren Dünenbereich mit dem blauweißen Band und der Aufschrift POLIZEIABSPERRUNG abgesperrt. Das wird er unmittelbar nach seiner Ankunft am Weststrand als Erstes gemacht haben, um Neugierige fernzuhalten. Da wäre es schon denkbar, dass das den Jogger veranlasst hat, fluchtartig die Insel zu verlassen. Ich gehe mal davon aus, dass Arjen aktuelle Adressdaten zu dem Mann in seiner Akte hat.«

»Die Telefonnummer stimmt schon mal nicht mehr. Naja, die Daten des Detektivs sind ja auch schon gut sechs Jahre alt«, sagte Rita. »Sorry, aber ich konnte es mir nicht verkneifen. Ich wollte einfach wissen, was hinter seiner merkwürdigen Abreise steckte, sonst hätte ich den Anruf euch überlassen.«

»Und auch ich konnte es mir nicht verkneifen, gestern Abend noch seine Akte aus der Zentraldatei hochzuladen«, merkte Oke schelmisch grinsend an. »Aus der ging dann auch hervor, dass er schon seit gut einem Jahr auf Bewährung draußen ist und eine neue Wohnadresse in Leerhafe hat. Vor seiner Inhaftierung wohnte er in Esens. Es handelt sich um den bereits erwähnten Janno Feldmann, und seine Frau heißt Enna.«

»Den Fall müssen wir genauso im Auge behalten wie den Fall Bültena«, entschied der Soko-Leiter. »Und wie war es bei den anderen beiden Fällen?«

»Wahrscheinlich eher Zufälle, denn die sind beide noch auf der Insel«, sagte Oke. »Was allerdings auf der anderen Seite auch nicht bedeuten muss, dass sie nicht als Täter in Betracht kämen.«

»Und wieso könnten sie eventuell doch als Täter in Betracht kommen?«, wollte Nina wissen.

»Der eine hat sich mit seinem Bruder für eine Woche in einer Pension eingemietet, die etwa einen Kilometer vom Tatort entfernt in den Dünen liegt, wie ich vorhin schon sagte«, antwortete Oke.

»Beide waren auch jeden Morgen auf einer Joggingrunde unterwegs«, ergänzte Rita. »Gebucht hatte in diesem Fall auch nicht der Betroffene selbst, sondern sein Bruder. Ich habe auch nur wegen der Gleichheit des Nachnamens, die heißen beide Behrens, in der Pension angerufen. Dort erfuhr ich den Vornamen des Bruders, nämlich Hasso, und dieser stimmte mit dem Eintrag auf unserer Liste überein.«

»Wegen was hatte Arjen gegen den ermittelt?«, wollte Bert es jetzt genau wissen.

»Das ist eine etwas merkwürdige Geschichte«, sagte Oke. »Seine Ermittlung liegt schon etwa acht Jahre zurück. Auslöser war ein Mann, der in Emden aus dem achten Stock in den Tod gesprungen ist. Jedenfalls nahmen die Kollegen in Emden Suizid an, nachdem sie im Wohnzimmerschrank des Mannes einen entsprechenden Abschiedsbrief gefunden hatten. Eine Schwester des Mannes war eine Bekannte von Arjen Wolthoff. Sie erzählte dem Privatdetektiv, dass ihr Bruder tatsächlich nach dem frühen Krebstod seiner Frau unter Depressionen gelitten hätte. Von dem Abschiedsbrief hatte sie aber keine Kenntnis gehabt. Da darauf kein Datum vermerkt war, konnte es durchaus auch sein, dass ihr Bruder den schon früher mal geschrieben und in seinem Schrank aufbewahrt hatte. Jedenfalls bezweifelte sie, dass ihr Bruder Selbstmord begangen hatte.«

»Und wieso zweifelte sie daran?«, hakte Nina ein. »Wenn die Kollegen in Emden von Suizid ausgingen, werden die doch sicher ihre Gründe dafür gehabt haben.«

»An dem Suizid schien der Privatdetektiv Zweifel zu haben, wie es der Akte zu entnehmen ist«, erwiderte Oke. »Jedenfalls hat er angefangen zu recherchieren. Seine Bekannte hatte ihm nämlich berichtet, dass sie sehr erfreut darüber gewesen sei, als ihr Bruder ihr von einer neuen großen Liebe erzählte.«

»Und was hat unser Privatdetektiv herausgefunden?«, bohrte Nina weiter.

»Es hat tatsächlich eine neue große Liebe gegeben. Das war die Ehefrau des Mannes, den wir in den Akten als Zielobjekt gefunden hatten«, antwortete Rita. »Kurz zusammengefasst hat Arjen ergänzend Folgendes ermittelt: Dessen Ehe stand auf der Kippe und seine Frau hatte ein Verhältnis angefangen. Als unser Mann aus der Akte den Nebenbuhler in dessen Wohnung in Emden zur Rede stellen wollte, kam es auf dem Laubengang zu einer Handgreiflichkeit, in deren Folge der Nebenbuhler über die Brüstung in den Tod stürzte.«

»Wie kam denn unser Detektiv auf die Schlussfolgerung?«, hatte Bert Zweifel.

»Manchmal ist wie in unseren Fällen auch Kommissar Zufall im Spiel«, übernahm Oke die Antwort. »Arjen hatte in Emden einen Kollegen. Bei einem Treffen erfuhr er, dass dieser genau in der fraglichen Zeit dort in einem eigenen Fall ermittelt und eine Videoaufnahme gemacht hatte, die er Arjen dann zeigte. Damals waren zwei Hochhäuser zu einem sozialen Brennpunkt geworden. Die Videoaufnahme zeigte, dass zwei Männer in der achten Etage auf dem Laubengang vor den Wohnungen in eine Schlägerei verwickelt waren. Da dies für Arjens Kollegen nicht im Zusammenhang mit seinen eigenen Ermittlungen stand, hat er das nicht weiter beachtet und dann bis zu den Parkplätzen weitergefilmt.«

»Dann hätte er doch aber irgendetwas von dem Sturz des Mannes mitbekommen müssen«, meinte Silke.

»Darauf hat ihn Arjen auch angesprochen«, fuhr Oke fort. »Der Detektiv aus Emden hat darauf gesagt, dass er durch etwas, was zu seinen Ermittlungen gehört hat, abgelenkt gewesen wäre. Dass es sich bei dem Kontrahenten des bis dahin mutmaßlichen Selbstmörders um dessen Mörder gehandelt haben könnte, deckte Arjen anhand des weiteren Verlaufs des Videos seines Kollegen auf. Er erkannte die Autonummer des Kontrahenten. Es war der gehörnte Ehemann, Hasso Behrens.«

»Und wie ging die Geschichte aus?«, konnte Nina ihre Neugier nicht zurückhalten.

»Arjen übergab seine Ermittlungen den Kollegen in Emden. Diese haben dann den Rest ermittelt. Schließlich wurde unser Mann, der jetzt mit seinem Bruder auf Spiekeroog Urlaub macht, wegen Totschlags im Affekt zu sieben Jahren Haft ohne Bewährung verurteilt«, antwortete Oke.

»Also hat er auf jeden Fall ein Motiv! Rita und Oke, ihr seid mit dem Fall Hasso Behrens am besten vertraut. Versucht mal durch Telefonate mit eventuellen Zeugen herauszufinden, ob sich Anzeichen für einen Anfangsverdacht erkennen lassen. Lasst euch dazu gegebenenfalls auch vor Ort durch den Inselsheriff unterstützen. Ich werde ihm dazu gleich eine WhatsApp schicken«, stellte der Soko-Leiter fest. »Und was ist jetzt mit dem dritten Fall aus eurer Liste?«

»Der macht mit einer neuen Partnerin in einer Pension am westlichen Rand des Spiekerooger Ortszentrums, wie Oke schon sagte, noch bis Ende der nächsten Woche Urlaub«, führte Rita aus. »Aber auch er ist ein regelmäßiger Jogger bis zum Weststrand und zurück, wie ich in der Pension erfahren habe. Als Fremdgänger mit daraus folgender Scheidung könnte Arjens Zielobjekt allerdings auch ein Motiv haben. Ihm kam die Scheidung durch die Höhe der Abfindung seiner Ex teuer zu stehen. Allerdings scheint er sich mit seiner Neuen gut arrangiert zu haben. Im Zusammenhang mit meiner prophylaktischen Frage nach der Ausleihe eines Sonnenschirms durch ihn wurde ich von der Pensionswirtin gefragt: ›Wozu?‹ Als ich sagte: ›Für den Weststrand‹, da lachte die Frau am Telefon. Dann sagte sie mir: ›Der hat für die Zeit seines Aufenthalts bei uns einen Strandkorb am Nordstrand gemietet. Also, was sollte der mit einem Sonnenschirm?‹«

»Ich glaube, den können wir von der Liste unserer Verdächtigen streichen«, hielt der Soko-Leiter fest. »Bei den anderen beiden sollten wir mal abwarten, was unsere Forensik inzwischen ermittelt hat. Sören, du hast das Wort!«

»Vorab möchte ich noch etwas zu unseren Ergebnissen im Büro des toten Privatdetektivs sagen, dazu kamen wir ja noch gar nicht. Alles, was wir an forensischen Beweisen im Haus des Toten sicherstellen konnten, zum Beispiel Fingerabdrücke und DNA-Spuren, stammt entweder von ihm selbst, seiner Sekretärin oder fand in unserer Zentraldatei keine Treffer.«

»Soll das etwa heißen, dass diejenigen, die das Büro und das Boot durchsucht und auch PC und so weiter mitgenommen haben, keine Vorbestraften sind?«, konnte Nina es kaum glauben.

»Das ist nicht gesagt. Es könnte auch sein, dass der oder die Handschuhe getragen und keine DNA-Spuren hinterlassen haben. Da wir an manchen Gegenständen Talkumspuren fanden, wie es bei manchen Haushaltshandschuhen verwendet wird, ist davon auszugehen, dass Handschuhe im Einsatz waren.«

»Eigentlich hätte ich mir von eurer Aktion etwas mehr an Ergebnissen erhofft«, zeigte sich der Soko-Leiter enttäuscht.

»Ich bin ja noch nicht fertig, Bert. Das Beste kommt ja noch. Wir haben mit einem Tracking-Tool nach Wanzen gesucht und tatsächlich welche gefunden, und nicht nur das, sondern auch noch einige Kameras. Überwiegend im Büro, aber auch in der Garage. Die Geräte schalteten sich nur bei Bewegungen oder Ton ein. Meine Fachleute gehen davon aus, dass der Empfänger sich innerhalb eines Kilometerradius befunden haben muss.«

»Gibt es dazu denn schon Verdächtige?«, wollte Oke wissen.

»Dazu komme ich noch. Erstmal bleibe ich jetzt bei unserer Reihenfolge der Verdächtigen. Vom Tatort und in Bezug auf den Toten liegen uns derzeit keine neuen Erkenntnisse vor. Ich komme also zu unserem ersten Verdächtigen, Jorin Bültena: Bert, ich teile deine Einschätzung, dass es sich hier zumindest um ein fragwürdiges Verhalten handelt. Unabhängig davon hat eine neue Mitarbeiterin von mir im Übereifer ohne richterliche Freigabe eine Anfrage nach dem Inhaber der besagten E-Mail-Adresse an den Provider rausgeschickt. Wahrscheinlich hat der Provider geantwortet, weil meine Mitarbeiterin ausdrücklich nicht nach einem Beschuldigten, sondern nur nach einem wichtigen Zeugen in einer Mordermittlung gefragt hat. Jedenfalls wissen wir jetzt, dass es um eine Frau namens Katharina Seufert aus Xanten geht. Wir haben auch eine Telefonnummer. Den Anruf wollten wir zuständigkeitshalber aber euch überlassen. Die Info müsstet ihr schon in eurem Messenger haben.«

»Danke, Sören, ist schon da«, sagte Nina nach einem Blick auf ihr Tablet. »Wir kümmern uns gleich nach unserem Meeting darum.«

»Kommen wir zu unserem zweiten Verdächtigen, Janno Feldmann, zu dem wir ja auch bereits Erkenntnisse haben«, fuhr Sören in seinem Vortrag fort. »Wir sind auf dem Boot des Toten, unabhängig von euren Verdachtsmomenten, fündig geworden. Im Abfalleimer auf dem Boot haben wir ein Papiertaschentuch mit einer DNA gefunden, die nicht dem Bootseigner gehört. Eine Abfrage im Zentralregister ergab einen Treffer. Es handelt sich um den vorbestraften Buchhalter Janno Feldmann! Merkwürdig war allerdings, dass das gleiche Papiertaschentuch auch eine DNA des Bootseigners enthielt.«

»Das Papiertaschentuch habt ihr im Abfalleimer des Bootes gefunden, sagtest du?«, vergewisserte sich Nina.

»Ja, wir haben uns schon gefragt, wie blöd der Feldmann sein muss, dass er ein von ihm benutztes Taschentuch im Abfalleimer des Bootes entsorgt«, sagte Sören. »Der hätte das doch nur außenbords schmeißen brauchen und wäre fein raus gewesen.«

»Ich glaube gar nicht, dass der das Taschentuch in den Mülleimer geworfen hat«, überlegte Nina. »Das wird ihm an Deck aus der Tasche gerutscht sein, nachdem er es benutzt hatte. Vielleicht war der ja schon am Samstagnachmittag auf dem Boot, als Arjen womöglich gerade bei der Stegwartin war. Eventuell wollte er den ja nur wegen irgendetwas zur Rede stellen. Als Arjen dann wieder auf sein Boot zurückkam und das Taschentuch an Deck liegen sah, dachte er möglicherweise, dass es sein eigenes war, hat selbst nochmal reingeschnieft und es dann in den Mülleimer geworfen.«

»Nina, das könnte wirklich eine Erklärung sein. Aber das macht Feldmann noch nicht weniger verdächtig.«

»Sören, haben wir diese Information zu der DNA schon in unserem Messenger?«, unterbrach Bert seinen Kollegen.

»Könnte sein. Ich habe die Information erst unmittelbar, bevor ich zum Meeting ging, bekommen. Wie ihr wisst, dauern die DNA-Auswertungen immer etwas länger.«

»Ist auch schon da«, meldete Nina.

»Dann sollten wir das Meeting für eine kurze Pause unterbrechen«, entschied der Soko-Leiter. »Nina, dann beantrage doch mit den vorliegenden Erkenntnissen beim Staatsanwalt einen Durchsuchungsbeschluss mit Haftbefehl gegen Janno Feldmann.«

»Bert, wir haben noch was: Es gibt auch einen Fingerabdruck von Janno Feldmann, allerdings nur von außen an der rückwärtigen Garagentür des Toten. Dieses Trefferergebnis lag uns bereits gestern vor. Da dieser Abdruck aber nicht vom Inneren des Hauses war, haben wir den Treffer erst mal auf die Seite gelegt, bis wir heute Morgen durch das Ergebnis des DNA-Abgleichs erkennen mussten, dass Feldmann auf dem Boot des Toten gewesen ist. Also können wir nicht ausschließen, dass er auch für den Einbruch im Haus des Toten verantwortlich ist. Auch diese Info habt ihr inzwischen vorliegen.«

Nachdem Nina die bisherigen Erkenntnisse mit dem Antrag auf entsprechende richterliche Beschlüsse über den internen Messenger an die Staatsanwaltschaft abgeschickt hatte, kamen alle wieder, mit frischem Kaffee versorgt, zum Meeting zusammen.

»Ich habe gerade mit unserm Staatsanwalt telefoniert, während Nina die Formalien erledigt hat. Wir sind uns darin einig, dass wir für eine Verhaftung keine SEK-Unterstützung benötigen. Feldmann hat zwar als Buchhalter Millionen unterschlagen, aber zur organisierten Kriminalität gehörte er nicht. Deshalb werden wir nachher nur mit unserem Stammteam, begleitet von unserer Spurensicherung, ausrücken. Silke übernimmt die Zentrale hier im Haus. Aber bis dahin ist Sören noch mit seinem Beitrag dran. Anschließend kommt unser Kollege der Bereitschaft bezüglich seines Personenschutzes noch zu Wort.«

»Über den dritten Verdächtigen auf eurer Liste haben sich keine forensischen Erkenntnisse ergeben«, schloss der Leiter der Forensik seinen Vortrag.

»Für mich war wichtig, mal die ganzen Hintergründe zu unserer Personenschutzaktion zu kennen«, sagte der Bereitschaftsgruppenführer. »Es ist ja schon ein etwas beruhigenderes Gefühl, zu wissen, dass wir es wohl nicht mit der organisierten Kriminalität zu tun haben. Was aber nicht bedeuten soll, dass meine Leute sich in Sicherheit wiegen können. Bislang ist beim Haus der Sekretärin alles ruhig geblieben. Wenn sich jemand dem Haus näherte, dann waren das die Post, der Zeitungsbote und eine Nachbarin. Ansonsten wurden mir von meinen Leuten keine Beobachtungen gemeldet.«

»Vielen Dank!«, sagte der Soko-Leiter. »Dann ist hiermit unser Meeting beendet. Ich wünsche allen noch einen erfolgreichen Tag. Mein Soko-Team sowie ein Team der Spurensicherung und ich warten in Bezug auf Feldmann dann auf die richterliche Entscheidung. Rita und Oke, ich denke, ihr seid mit euren Auswertungen der Sicherungsplatten noch nicht durch. Ihr könnt daran weiterarbeiten, bis ich euch abrufe.«

Auf dem Weg zu ihren Büroräumen sagte Nina zu ihrem Mann: »Was hältst du davon, wenn ich mal bei Arjens Auftraggeberin Nicole Bültena anrufe? Vielleicht weiß sie ja, wo sich ihr Mann mit Katharina Seufert zurzeit aufhält. Dann werde ich die Dame auch gleich noch in Xanten anrufen. Mal sehen, was die uns zu erzählen hat.«

»Nina, sehr gute Idee! Bültena ist für mich auch noch nicht von der Verdächtigenliste gestrichen. Den werden wir, sobald er wieder greifbar ist, vorladen. Das kannst du seiner Frau schon mal sagen. Ich werde gleich bei der Staatsanwaltschaft nach dem aktuellen Stand in der Angelegenheit Feldmann fragen.«

Schon nach zweimaligem Klingeln meldete sich Nicole Bültena am Telefon. Nachdem auch Nina sich gemeldet hatte, sagte sie: »Frau Bültena, Sie wissen ja, dass sich Ihr Mann zum Zeitpunkt des Todes Ihres Privatdetektivs in Tatortnähe aufgehalten hat. Wir müssen ihn daher dringend sprechen. Wissen Sie inzwischen, wo er sich zurzeit aufhalten könnte?«

»Sie haben Glück, Frau Jürgens. Gestern Abend hat mir mein Mann per WhatsApp ein Selfie beim Frankfurter Rathaus geschickt. Angeblich war er mit seinen Seminarkollegen zum Essen in einem Nobelrestaurant am Rathausplatz.«

»Und am Sonntagmorgen war er noch am Weststrand von Spiekeroog, wie das Video Ihres Privatdetektivs eindeutig beweist«, stellte die Kommissarin fest.

»Deshalb kam mir das Foto gestern so komisch vor. Ich dachte schon, dass er mir vielleicht ein älteres Foto per WhatsApp geschickt hat, sozusagen als Alibi, und sich noch mit der anderen Frau auf der Insel befindet. Deshalb habe ich heute Morgen mal in mehreren Hotels in Frankfurt angerufen, wo er schon zu ähnlichen Seminaren war. Und ich bin fündig geworden. Das Seminar lief noch, und ich konnte später mit einer Mitarbeiterin der Seminarleitung sprechen. Tatsächlich hatte mein Mann sich aus gesundheitlichen Gründen vom gesamten Seminar abgemeldet. In welchem Hotel er ein Zimmer reserviert hatte, konnte man mir nicht sagen. Ich weiß jetzt auch nicht, was ich davon halten soll.«

»Ob Ihr Mann Ihnen ein älteres Foto geschickt hat, können Sie an den Metadaten erkennen«, sagte Nina. »Es bleibt in jedem Fall dabei, dass wir ihn und seine Begleitung dringend sprechen müssen. Ich habe ja seine E-Mail-Adresse in den Unterlagen. Ich werde ihm und der Person, die sich hinter ›katseu‹ verbirgt, eine schriftliche Vorladung als Zeugen in einer Mordermittlung schicken!« Den Namen Katharina Seufert und die Telefonnummer in Xanten erwähnte die Kommissarin in diesem Telefonat nicht.

Dann versuchte sie Katharina Seufert auf ihrem Telefon in Xanten zu erreichen, aber vergeblich. Nachdem Nina die beiden Vorladungen per E-Mail rausgeschickt hatte, ging sie zu ihrem Mann, um zu sehen, ob die richterlichen Beschlüsse schon vorlagen.

Als sie Berts Büro betrat, winkte er sie zu sich, zeigte auf seinen Bildschirm und sagte: »Haftbefehl und Durchsuchungsbeschluss sind gerade eingegangen. Wir können also los. Bis nach Leerhafe, wo Feldmann und seine Frau wohnen, ist es ja von unserem Kommissariat aus nur ein Katzensprung. Wir ziehen Schutzwesten unter unserem Zivil an. Das müsste reichen. Sagst du bitte unseren Leuten Bescheid? Ich rufe Sören an.«

»Den Anruf kannst du dir sparen, Bert«, sagte Sören, als er durch die offen stehende Tür das Büro seines Kollegen betrat. »Bin schon da, wie du siehst, und meine Leute sind schon abmarschbereit. Wir haben die Beschlüsse auch bekommen.«

Nachdem Nina das Team zusammengeholt hatte, schauten sie sich auf Berts großem Monitor auf Google Maps Streetview die Örtlichkeit an. Es handelte sich um ein kleines Mietshaus. Bert gab Anweisungen, welches Fahrzeug wo abgestellt werden sollte, und beschrieb die danach folgende Vorgehensweise.

Wenige Minuten später war eine kleine Kolonne mit Blaulicht, aber ohne Martinshörner auf dem Weg zu dem keine fünf Kilometer entfernten Leerhafe. Es dauerte nicht lange, dann erreichten sie das kleine Mietshaus der Feldmanns, das vorher als Ferienhäuschen vermietet worden war.

Kaum dass Bert seinen zivilen Dienstwagen abgestellt hatte und ausgestiegen war, wurde die Haustür geöffnet und Janno Feldmann stand bereits in der Tür. »Moin, ich hatte es schon befürchtet, dass das Rollkommando bei mir auftauchen wird. Kommen Sie rein. Meine Frau und ich haben nichts zu verbergen, aber auch nichts mehr zu verlieren.«

Bert und Nina gingen mit ins Haus, während die anderen draußen noch vor der offenen Tür auf weitere Anweisungen des Soko-Leiters warteten.

Drinnen verlas Bert den Haftbefehl für Janno Feldmann und übergab den Durchsuchungsbeschluss. Aus dem Haftbefehl ging hervor, dass Feldmann sich verdächtig gemacht hatte, da DNA-Spuren von ihm auf Arjens Boot gefunden worden waren.

Das Ehepaar zeigte sich absolut kooperativ und bot sogar an, dass beide mit zum Kommissariat kommen würden. Sie stiegen zu Rita und Oke in den Kleinbus, während Sören mit seinen Leuten der Spurensicherung ins Haus ging. Das Soko-Team fuhr mit dem Ehepaar zurück zum Kommissariat.

»Nina, das war eine unserer unspektakulärsten Festnahmen«, stellte Bert auf der Rückfahrt fest.

»Das war schon so unspektakulär, Bert, dass es schon fast wieder verdächtig wirkt«, antwortete Nina. »Nach außen hin total kooperativ, um irgendwas zu verbergen. Wäre nicht das erste Mal, dass uns sowas begegnet. Bin mal gespannt, wie unsere Vernehmung ablaufen wird. Gemäß Gerichtsurteil hat Feldmann fast zweieinhalb Millionen unterschlagen und über scheinbar reguläre Buchungen auf ein fingiertes Konto überwiesen. Das kann kein Dummer sein.«

»Sehe ich genauso«, stimmte Bert seiner Frau zu. »Lassen wir uns mal überraschen.« Dann hatten sie auch schon das Kommissariat erreicht, wo Silke die erkennungsdienstliche Erfassung übernahm. Die Ehefrau, die nicht verhaftet worden, aber freiwillig mitgekommen war, setzte Silke in eins der leerstehenden Ersatzbüros. Janno Feldmann brachte sie nach der Erfassung in den Verhörraum, wo er unter Aufsicht eines Kollegen der Bereitschaft war.

Nina und Bert hatten sich ihrer schusssicheren Westen entledigt und wollten gerade zum Verhörraum gehen, als Sören anrief: »Gut, dass ich euch noch erreiche. Das heißt, ihr seid noch nicht im Verhör. Ich habe noch etwas ganz Wichtiges für euch. Auf dem Tisch im Esszimmer stand ein aufgeschlagenes Notebook. Es war auch nicht passwortgesichert. Es enthielt auf den ersten Blick meines Spezialisten, den ich schon vorsorglich mitgenommen hatte, nichts, was uns auch nur einen Schritt weiterbringen würde. Da es aber wie für uns hingestellt aussah, haben meine Leute mal nach Hinweisen auf ein Versteck für ein zweites Notebook gesucht.«

»… und sind fündig geworden, korrekt?«, unterbrach Bert seinen Kollegen.

»Du sagst es. Einer meiner Kollegen kannte das Haus. Das wurde normalerweise voll möbliert als Ferienhaus genutzt. Er hatte da schon Besucher untergebracht. Ihm fielen die Kratzspuren auf dem Laminatboden beim Wohnzimmerschrank auf. Er zog den Schrank ein wenig von der Wand ab und da war ein Notebook dahinter versteckt.«

»Wow, Respekt, dickes Lob an deine Leute!«, sagte der Soko-Leiter. »Aber lass mich nochmal raten. Passwortgeschützt, richtig?«

»Richtig! Aber dafür hatte ich eben vorsorglich meinen Spezialisten mitgebracht. Der hatte auf seinem Notebook aus Hannover ein Tool des Kriminaltechnischen Instituts, mit dem er das nicht besonders komplizierte Passwort im Nu knackte. Aber jetzt kommt's. Wir hatten ja schon Fingerabdrücke von Feldmann außen an der rückseitigen Garagentür gefunden. Jetzt wissen wir auch warum. Offensichtlich war er es, der das Büro und die Garage des Privatdetektivs verwanzt und mit Minikameras bestückt hatte. So hat er wohl zunächst das Tastenfeld für die Alarmanlage mit einer Kamera überwacht, wodurch er offensichtlich das Passwort zum Ausschalten der Alarmanlage für das Betreten des Hauses kannte. Dann konnte er die anderen Kameras und Abhörwanzen im Büro unterbringen.«

»Und die Aufzeichnungen liefen dann wahrscheinlich ausgelöst durch Bewegung und Ton?«, vermutete Nina.

»Stimmt. Mein Spezialist sitzt immer noch beim Schnelldurchlauf. Aber er sagte schon, dass Feldmann daher wohl gewusst hat, wo er den Detektiv auf Spiekeroog finden würde. Auf dessen Boot ist er jedenfalls schon gewesen. Sollten wir bei ihm hier vielleicht noch in irgendeinem Versteck eine Waffe finden, dann hätten wir wahrscheinlich Arjens Mörder.«

»Sören, sollten sich bei euch noch wichtige neue Erkenntnisse ergeben – ich bleibe mit meinem Handy auch im Verhörraum auf Empfang«, sagte Bert.

7. Kapitel

Nina und Bert wollten sich gerade auf den Weg zum Verhörraum machen, als Silke das Büro betrat und meldete: »Janno Feldmann ist im Verhörraum. Ich gehe mal davon aus, dass ihr die beiden einzeln verhören wollt. Deshalb habe ich seine Frau Enna in eins unserer Ersatzbüros gesetzt, nachdem sie sich freiwillig von mir hat erkennungsdienstlich erfassen lassen. Falls ihr sie doch mit zum Verhör nehmen wollt, sie sitzt im Büro links vor der Treppe.«

»Vielen Dank, Silke, hast du gut gemacht«, lobte ihr Chef. »Ehrlich gesagt, habe ich mir darüber noch gar keine Gedanken gemacht, ob wir das Ehepaar erst getrennt oder zusammen vernehmen wollen.«

»Also, wenn ich die beiden so sehe, könnte ich mir gar nicht vorstellen, dass Janno schon mehrere Jahre in der JVA verbracht hat«, sagte Silke. »Die beiden wirken so sympathisch und erinnern mich an eine meiner Cousinen und ihren Bruder. Die beiden könnten auch Bruder und Schwester sein, wenn man sie so sieht.«

»Das Gleiche habe ich auch schon gedacht«, stimmte Nina der Kollegin zu. »Silke, du warst ja nicht dabei, aber das hättest du sehen müssen. Als Janno bei unserem Aufmarsch in der Haustür erschien, dachte ich, da werden wir als Nachbarn oder Freunde freudig zu einem schönen gemeinsamen Abendessen begrüßt. Und man könnte wirklich meinen, die beiden wären Bruder und Schwester. Beide ein bisschen pummelig, blond, blauäugig und mit dem gleichen kurzen Haarschnitt.«

»Sind sie aber definitiv nicht«, warf Silke ein. »Ich habe ja die Ausweise der beiden erfasst. Sie ist eine geborene Venema und stammt aus dem Rheiderland. Übrigens, da kommt auch der Name Bültena her. Janno Feldmann wurde in Esens geboren, wo seine Frau auch noch bis zu seiner Haftentlassung gewohnt hat. Warum die dann nach Leerhafe gezogen sind, habe ich sie nicht gefragt. Das werdet ihr sicherlich noch herausfinden.«

Als Silke das Büro verlassen hatte, sagte Nina: »Also, mein Bauchgefühl sagt mir, wir sollten uns die erst mal zusammen anhören. Wir können bei der Belehrung gleich zu Beginn ihn als Beschuldigten und sie als Zeugin vernehmen. Auf einen Anwalt hat er ja schon ausdrücklich verzichtet und seine uneingeschränkte Kooperationsbereitschaft erklärt. Wobei wir sie dann gleich darauf hinweisen, dass sie nicht verpflichtet ist, gegen ihren Mann auszusagen.«

»Nina, mit deinem Bauchgefühl sind wir bisher immer gut gefahren. Deshalb werden wir es so machen. Komm, dann nehmen wir Enna Feldmann gleich mit zum Verhörraum.«

Kurz darauf saßen sich zwei Ehepaare im Verhörraum gegenüber. Auf der einen Seite das Kriminalistenpaar und auf der anderen Seite, auch wenn es optisch und körpersprachlich nicht so wirkte und faktisch nur den Mann betraf, das Kriminellenpaar. Die Aufzeichnung war eingeschaltet und die Belehrung, wie Nina sie vorgeschlagen hatte, bereits vollzogen.

Bert begann mit dem Verhör: »Herr Feldmann, ich weiß, eigentlich sind das Kamellen von gestern, für die Sie Ihre Zeit in der JVA schon abgesessen haben. Aber mich würde mal interessieren, wie sind Sie überhaupt auf die schiefe Bahn geraten? Sie machen so einen sympathischen Eindruck, signalisieren volle Kooperationsbereitschaft und dann diese Unterschlagung in Millionenhöhe. Für mich passt das einfach nicht so richtig zusammen.«

»Ehrlich gesagt, danach hat mich bei der Vernehmung durch Ihre Vorgänger und auch vor Gericht damals keiner gefragt. Warum auch? Die Fakten lagen ja alle bereits auf dem Tisch, dafür hatte Arjen Wolthoff gründlich gesorgt. Dazu mussten Ihre Kollegen von der Wirtschaftskriminalität in Aurich nicht mehr viel beitragen. Zudem haben auch damals bereits meine Frau und ich voll kooperiert. Aber ich habe schon zu der Zeit ausgesagt, dass ich das technische Überweisungssystem von meinem damaligen Vorgänger kurz vor dessen Tod übernommen hatte.«

»Wie muss man das denn verstehen?«, wollte Nina es genau wissen.

»Er hatte die Diagnose Hirntumor und nur noch kurze Zeit zu leben. Er war ledig und lebte allein, flog aber, wann immer er es einrichten konnte, manchmal nur für eine Woche, nach Thailand. In der Firma wurde hinter seinem Rücken immer gemunkelt, dass er da seine sexuellen Gelüste ausleben würde. Kurz bevor er in das Hospiz wechseln sollte, wollte er noch ein letztes Mal nach Thailand fliegen und bat mich ihn allein zu begleiten. Andere Freunde hatte er nicht, wie er sagte. Er ist dann mit mir zu seiner dortigen Bank. Wir haben dort für mich ein Konto eingerichtet, auf das er mir fast zwei Millionen überwies. Meine Kontenauszüge lagen dem Gericht vor. Von ihm waren keine verfügbar. Er hatte mal Informatik studiert und in der Firma als Abteilungsleiter die Buchhaltung übernommen. Um die Spezialbuchungen musste ich mich nicht kümmern, dazu hätte mir auch das Knowhow gefehlt. Im Grunde landete nach seiner Umstellung alles auf von ihm vorbestimmten Wegen am Ende auf meinem Konto in Bangkok.«

»Dann war der eigentliche Täter doch Ihr Vorgänger. Wieso wurde das denn nicht strafmildernd für Sie berücksichtigt?«, konnte Nina ihre soziale Ader nicht verbergen.

»Der Richter war der Meinung: Dadurch, dass ich das hochkriminelle System meines Vorgängers uneingeschränkt weiter – und ab dessen Tod zu meinem persönlichen Vorteil – genutzt habe, anstatt es zu beenden, müsste mich auch die volle Härte des Gesetzes treffen.«

»Ich bin kein Jurist, aber ich finde, das hat eine gewisse Logik«, meinte Bert. Dabei konnte er nicht ahnen, dass die freundliche Miene seines Gegenübers eine von Kindheit an entwickelte Fassade war und was diesem in Nanosekunden alles durch den Kopf ging. Janno war als Nesthäkchen mit mehreren Geschwistern aufgewachsen. Wenn irgendetwas angestellt worden war, dann doch ganz sicher nicht von dem unschuldig blickenden kleinen Janno.

Noch viel weniger konnten die Kommissare ahnen, dass Janno schon kurz nach dem Tod seines Vorgängers während eines Urlaubs in Bangkok ein Konto bei einer anderen Bank eingerichtet hatte, auf das er bei jedem Urlaub größere Bargeldbeträge einzahlte, die er von dem anderen Konto abgehoben hatte. Dadurch wollte er verhindern, dass der Geldfluss bankentechnisch belegbar war. Wie gut diese Entscheidung gewesen war, zeigte sich nach seiner Verhaftung und Verurteilung.

Auf dem neuen Konto hatte sich so im Verlauf der ganzen Urlaube in Thailand vor seiner Inhaftierung über eine Million angesammelt.

Bei der Auflösung des Betrugskontos hatten die Ermittler und die Staatsanwaltschaft auch vermutet, dass es noch weitere Konten des Inhaftierten geben müsste. Janno und seine Frau bestritten dies und begründeten das verloren gegangene Geld mit ihrem enormen Urlaubskonsum in Nobelhotels, und das nicht nur in Thailand. Von dort aus waren sie nämlich auch in ganz Asien unterwegs gewesen. Der verschwenderische Konsum der Eheleute war durch Recherchen des Privatdetektivs sogar noch belegt. Und da keine weiteren Beweise vorgelegen hatten, war man dem Verdacht auf weitere Konten dann nicht mehr gefolgt.

Es war auch nirgendwo in der Akte vermerkt – Stichwort Datenschutz –, dass Enna in den Jahren der Haft ihres Mannes weiterhin allein in Thailand Urlaub gemacht und auch immer wieder mal die erlaubten zehntausend Euro mit nach Deutschland gebracht hatte. Mit ihrem Job an der Kasse eines Lebensmitteldiscounters hatte sie zwar ihr Auskommen, aber eben nur das.

Dass dies auch mit ein Grund für den Umzug in das Ferienhäuschen gewesen war, konnten die Kommissare natürlich auch nicht wissen. Aber in der neuen Nachbarschaft fiel es wenigstens nicht auf, dass Janno auch nach seiner Haftentlassung schon wieder mit seiner Frau in Thailand im Urlaub gewesen war, obwohl er jetzt keinen gut bezahlten Buchhalterjob mehr hatte.

»Frau Feldmann, wie haben Sie denn die ganze Zeit der Haft Ihres Mannes durchgestanden?«, wollte die Kommissarin wissen.

»Mehr schlecht als recht, wenn man plötzlich so auseinandergerissen wird. Ich hab meinen Mann, sooft es ging, in der JVA besucht und weiterhin meinen Job bei einem Esenser Lebensmittelhändler an der Kasse gemacht.«

»Das muss doch auch gerade für Sie als Frau nicht einfach gewesen sein, sich plötzlich keinen Luxus wie bei den Urlauben in Thailand mehr leisten zu können«, hakte die Kommissarin weiter nach.

»Natürlich hat mir das gefehlt, aber vor allem habe ich meinen Mann vermisst …«

Man sah der Frau an, dass sie das emotional sehr berührte und sie mit den Tränen zu kämpfen hatte. Sie brauchte eine Weile, bis sie fortfuhr: »Wenn ich ehrlich bin, habe ich mir jedes Jahr ein paar Euros auf die Seite gelegt und mir davon einen Flug nach Thailand gegönnt. Dazu hatte mir mein Mann auch bei meinen Besuchen immer wieder geraten, damit ich mal raus und auf andere Gedanken komme.«

»Ich habe mal gelesen, dass Urlaube in Thailand auch mit niedrigem Budget möglich sind«, sagte Nina. »Aber das muss doch auch nicht einfach für Sie gewesen sein – mit Ihrem Mann immer in der Fünf-Sterne-Kategorie und dann auf einmal nur noch ganz bescheiden.«

»Ja, in Thailand war es ohne ihn noch nicht einmal halb so schön. Aber mit Bescheidenheit im Konsum hatten wir ja Erfahrung. Mein Mann sagte damals immer sinngemäß: ›Wenn unsere Nachbarschaft in Esens wüsste, dass ich Teilhaber in unserer Firma bin und wie viel

Geld wir in Thailand auf dem Konto haben, dann würden die uns schon aus reinem Neid die Freundschaft kündigen.‹ Daher war ich diesen Konsumwechsel gewöhnt. Dass mein Mann gar kein Teilhaber war, habe ich ja erst durch die Vernehmungen und bei der Gerichtsverhandlung mitbekommen.«

»Hatte Ihr Umzug in das Ferienhaus nach Leerhafe auch etwas damit zu tun?«, hakte der Kommissar ein. »Und was haben Sie eigentlich mit Ihren Möbeln gemacht, denn das Ferienhaus war ja möbliert.«

»Ja, das hatte was damit zu tun. Als mein Mann aus der Haft entlassen war, eigentlich schon seit seiner Verurteilung, hatte ich nur noch wenig Kontakt zu unserer Nachbarschaft in Esens. Ich spürte einfach, dass ich nicht mehr willkommen war. Außerdem konnte ich das Gefühl nicht loswerden, dass ich unter Beobachtung stand. Zum Beispiel, wenn ich wieder aus dem Urlaub in Thailand zurückkam und sich die Gardinen vor dem Fenster der Nachbarin bewegten. Es ist für meinen Mann auch schwer, wieder einen Job in seinem Beruf zu finden. Daher macht er zurzeit Gelegenheitsarbeiten im Straßenbau.« Seine Schwarzarbeit als Gärtner für Arjen Wolthoffs Nachbarn verschwieg sie an dieser Stelle und fuhr dann fort: »Da wir noch nicht wissen, wie es beruflich bei Janno weitergeht, haben wir unsere Möbel erst einmal in einem Storage eingelagert.«

»Es tut mir leid, dann brauchen wir auch die Adresse und den Zugang zu Ihren eingelagerten Möbeln«, hakte Bert erneut ein.

Janno sagte ihm, wo die Zugangsdaten bei ihm in dem Ferienhaus zu finden seien. Bert unterbrach daraufhin die Anhörung und ging vor die Tür, um die von Janno gemachten Angaben an Sören weiterzugeben. Dann rief er über Handy Silke zu sich und ging mit ihr in den Verhörraum zurück.

Dort sagte er: »Wir werden jetzt die Anhörungen mit Ihnen beiden getrennt fortsetzen. Frau Feldmann, meine Kollegin wird Sie gleich in das Ersatzbüro zurückbringen, wo Sie bitte warten, bis wir Sie wieder abrufen.«

Nachdem Silke mit der Frau den Verhörraum verlassen hatte, setzte Bert seine Vernehmung fort: »Herr Feldmann, da Sie auf einen Rechtsbeistand ausdrücklich verzichtet und uneingeschränkte Kooperation zugesagt haben, will auch ich ganz offen mit Ihnen sprechen. Meine Kollegen haben Ihr Notebook hinter dem Wohnzimmerschrank Ihrer Ferienwohnung in Leerhafe gefunden. Einer unserer

Spezialisten hat auch bereits Ihr Passwort geknackt. Was das bedeutet, können Sie sich denken. Wir wissen also schon, dass Sie Arjen Wolthoff mit Wanzen und Minikameras ausgespäht und abgehört haben. Das ist ein Straftatbestand durch Verletzung der Vertraulichkeit des Wortes! Dies kann mit einer Freiheitsstrafe von bis zu drei Jahren geahndet werden! Erschwerend kommt hinzu, dass Sie sich unberechtigt Zugang verschafft haben. Sie sind bereits vorbestraft, das heißt, mit mildernden Umständen dürften Sie wohl kaum rechnen. Was hat Sie denn dazu getrieben, dass Sie ein solches Risiko einer neuen Inhaftierung eingegangen sind?«

Für einen Moment schien es dem Mann die Sprache verschlagen zu haben. Auch seine freundliche Mimik war für Sekunden einem hochroten Kopf wie bei einem Wutanfall gewichen. Doch dann entspannte sich seine Mimik wieder und er sagte nur ein Wort: »Angst!«

»Wovor hatten Sie denn Angst?«

»Herr Kommissar, ich muss gestehen, meine liebe Frau hat vorhin nicht die ganze Wahrheit gesagt, als sie darüber sprach, was ich jetzt beruflich mache. Es stimmt, ich mache Aushilfsjobs im Straßenbau und bin von der Firma auch beim Finanzamt und den Sozialkassen angemeldet. Aber durch Zufall suchte ein Nachbar des Privatdetektivs einen neuen Gärtner. Er hat mich dann probehalber arbeiten lassen und war sehr zufrieden. Daher bin ich seitdem einmal die Woche in seinem großen Garten tätig, aber ohne offizielle Anmeldungen. Einmal sah mich der Schnüffler und fragte mich scheinheilig, ob ich das schwarz machen würde. Seitdem hatte ich Angst, dass der das meldet, zumal zu der Zeit meine Bewährungsfrist noch nicht abgelaufen war.«

»Herr Feldmann, was ist das denn für eine Logik?«, hakte die Kommissarin ein. »Sie haben Angst, dass Sie wegen Schwarzarbeit angezeigt werden könnten, und begehen eine neue viel schwerer wiegende Straftat, indem Sie bei Arjen Wolthoff unberechtigt eindringen, um ihn auszuspähen? Dass er inzwischen tot ist, wird Ihnen sicher nicht entgangen sein. Könnte es nicht vielmehr darum gegangen sein, herauszufinden, wo Sie dem Privatdetektiv auflauern und sich an ihm rächen könnten? Immerhin hatte er ja nicht unmaßgeblichen Anteil an Ihrer Verhaftung und Verurteilung zu sechs Jahren Haft.«

»Frau Kommissarin, darüber habe ich mir in dem Moment gar keine Gedanken gemacht. Dass er tot ist, höre ich jetzt von Ihnen zum ersten Mal. Allerdings muss ich zugeben: Diese Nachricht löst bei mir alles, aber keine Trauer aus.«

»Das lassen wir mal so im Raum stehen«, unterbrach Nina seine Rede. »Das beantwortet aber nicht meine Frage!«

»Ob Sie's glauben oder nicht, ich hatte einfach panische Angst, dass ich meine Bewährung verlieren könnte und wieder in den Knast müsste! Und dann habe ich mir die notwendigen Sachen, Wanzen, Minikameras und Minisender, gleich im Internet bestellt. Und bevor Sie mich jetzt danach fragen, wie ich auf die Idee und auch die entsprechenden Links im Internet gekommen bin, will ich Ihnen das auch gleich sagen: Über solche Themen wurde im Knast unter den Kumpels immer wieder mal gesprochen. Ich hatte mir dazu in meiner Zelle einiges aufgeschrieben. Aber nur mit dem Hintergedanken, dass man ja manchmal nicht wissen kann, wofür man irgendwelche Informationen nochmal braucht.«

»Na gut, lassen wir auch das erst einmal so im Raum stehen«, sagte Nina. »Aber eins will ich Ihnen offen sagen: Fakt ist, dass Arjen Wolthoff auf Spiekeroog am Westend getötet wurde – und das zu einem Zeitpunkt, als Sie sich mit Ihrer Frau nachweislich nur wenige Hundert Meter entfernt davon aufgehalten haben! Ferner haben wir auf seinem Boot Ihre DNA gefunden. Das heißt, Sie sind zu der Zeit auch auf seinem Boot in der Steganlage des Spiekerooger Segelclubs gewesen. Wollen Sie das vielleicht auch leugnen? Oder was haben Sie dazu für eine Erklärung?«

»Sie sagen, dass der Schnüffler auf Spiekeroog am Westend getötet wurde? Wann soll das denn gewesen sein?«

»Am vergangenen Sonntagmorgen zwischen sechs und neun Uhr«, erwiderte die Kommissarin.

»Ja, ich hatte zufällig ab Freitagnachmittag mit meiner Frau in der Ferienwohnanlage beim Westend für eine Woche ein Doppelzimmer gebucht. Am Samstagnachmittag war es meiner Frau für einen Spaziergang in das Ortszentrum zu warm. Deshalb bin ich allein los. Als ich das Rathaus erreichte, kam ich auf die Idee, mal einen kleinen Abstecher zum Hafen zu machen. Da war ich auch auf der Steganlage des SSC, um mir die schönen Boote anzuschauen. Und da fiel mir plötzlich das Motorboot des Schnüfflers auf.«

»Woher wussten Sie denn, welches sein Boot war?«, wollte der Kommissar wissen.

»Er hatte davon ein Bild in seinem Büro hängen. Das hab ich gesehen, als ich die Anlagen bei ihm installiert habe. Ich weiß gar nicht, was mich da geritten hatte, dass ich auf sein Boot gestiegen bin. Eigentlich hatte ich ihm nur sagen wollen, dass er sich von mir fernhalten sollte und sein Nachbar mich bei der Steuer und den Sozialkassen nachmelden würde. Zudem war ja inzwischen auch meine Bewährung ausgelaufen.«

»Sind Sie sich ganz sicher, dass es nicht in der Nacht von Sonntag auf Montag gewesen ist, als Sie auf dem Boot an Bord gingen? Und Sie haben auch nicht die Kajütentür aufgebrochen?«, bohrte auch die Kommissarin nochmal nach.

»Ich bin absolut sicher, dass es am Samstagnachmittag war! Ich hab mich noch mit der Stegwartin, Nina heißt die, glaub ich, kurz unterhalten. Jedenfalls die Kajütentür war abgeschlossen und ich hätte die doch nicht am helllichten Tag aufgebrochen! Ich war doch nicht allein am Steg. Da sind mir auch noch ein paar andere Skipper begegnet. Daher bin ich dann wieder gegangen. Im Ort habe ich noch ein Eis gegessen und bin dann wieder zu meiner Frau zurück.«

»Und warum haben Sie dann am Montagfrüh Ihr Jogging abgebrochen und sofort gepackt, wie uns das Personal der Ferienanlage sagte?«, hakte auch Bert nochmal ein. »Dann hätten Sie die Unterkunft fast fluchtartig mit Ihrer Frau verlassen, um die letzte Schnellfähre an diesem Vormittag noch zu erwischen. Ihr großer Koffer musste sogar noch vom Personal am frühen Nachmittag zur normalen Fähre gebracht werden. Ist doch alles etwas sehr merkwürdig!«

»Als ich am Montagmorgen zum Weststrand kam, rief mich einer meiner Brüder an und sagte mir, dass mein ältester Bruder einen Unfall gehabt hätte und wohl nicht überleben würde. Daraufhin bin ich gleich umgekehrt. Außerdem war einer der Dünenausläufer durch die Polizei abgesperrt. Aber das hätte ich umlaufen können. Ich wäre sonst über den Nordstrand und von dort über den Tranpad und den Betonweg Westend zurück zur Unterkunft gelaufen.«

»Wie geht es denn Ihrem Bruder jetzt?«, fragte die Kommissarin, um gegebenenfalls zu kondolieren.

»Das war ganz blöd. Es war gar nicht mein Bruder gewesen, der mich angerufen hatte, wie sich dann zu Hause rausstellte. Es muss wohl einer aus meinem früheren Schützenverein oder der Nachbarschaft gewesen sein, dessen Bruder ich wahrscheinlich auch gekannt habe. Eigentlich hätte ich die Handynummer noch zurückrufen wollen, aber wie das manchmal so passiert. Beim Einsteigen in die Express-Fähre hatte ich mein Prepaidhandy gerade in der Hand, als ich von einem Fahrgast angestoßen wurde, der seinem Kind nachlief.«

»Sie waren mal in einem Schützenverein?«, griff Bert diesen Hinweis auf und dachte daran, dass der Ermordete wahrscheinlich mit einer Pistole mit Schalldämpfer aus etwa zwanzig Metern Entfernung erschossen worden war.

»Ja, war ich bis zu meiner Verurteilung. Ich war sogar einer der besten Schützen mit der freien Pistole und habe manchen Pokal für unseren Verein geholt«, antwortete Janno mit stolz geschwellter Brust.

»Mit Ihrer Verurteilung hat Ihr Waffenschein aber seine Gültigkeit verloren«, stellte der Kommissar fest. »Was haben Sie denn mit der Waffe gemacht?«

»Die hat einer meiner Brüder übernommen, der auch heute noch Mitglied im Verein ist. Mich haben sie damals rausgeschmissen.« Dass ihm sein Bruder die Pistole nach seiner Haftentlassung wieder zurückgegeben hatte und er diese noch in Neuharlingersiel am Montag nach dem Verlassen der Schnellfähre dem Hafenbecken übergeben hatte, verschwieg er hier an dieser Stelle.

In dem Moment meldete sich Berts Handy, weshalb der Kommissar die Vernehmung unterbrach und in den Flur ging. Es war Sören: »Ich hab noch ein paar ergänzende Informationen für eure Vernehmung«, sagte er. »Ich bin inzwischen wieder im Kommissariat und habe mein Team mit Ausnahme des IT-Spezialisten zum Storage geschickt. Mein Spezialist hat noch ein paar Ergänzungen aus dem Notebook für euch. Also, die Aufzeichnungen in Verbindung mit der Abhöraktion beginnen zwei Wochen vor Arjens Ermordung.«

»Ist ja interessant, uns wollte er glauben machen, dass er die Abhöraktion aus Angst vor dem Schnüffler gestartet hätte, weil der ihn zufällig bei der Gartenschwarzarbeit bei dessen Nachbarn erwischt hatte. Er hat die Aktion in seiner Aussage zwar nicht genau terminiert, aber den Eindruck erwecken wollen, dass dies noch während seiner Bewährungszeit gewesen wäre. Da müssen wir die Termine nochmal abgleichen. Übrigens war Feldmann bis zu seiner Inhaftierung mit der freien Pistole in seinem Verein häufiger Pokalgewinner. Angeblich hat die Pistole heute einer seiner Brüder.«

»Wer's glaubt, wird selig«, kommentierte Sören. »Wir haben allerdings keine Waffe im Ferienhaus gefunden. Dafür haben wir aber noch was. Mein Spezialist hatte bei der Auswertung der Videoaufzeichnungen beim Start begonnen. Die letzten Aufzeichnungen waren unser Einsatz der Tracking-App für Wanzen und unsere Entdeckung und Abschaltung des Senders. Er wusste also, was auf ihn zukommen würde, als wir bei dem Ferienhaus in Leerhafe bei ihm auf den Hof fuhren. Er hatte ja in den Aufzeichnungen unseren Einsatz im Haus des Ermordeten gesehen. Das wird auch der Grund gewesen sein, warum er sein Notebook hinter dem Schrank versteckt hat.«

»Dass unser Einsatz von ihm bereits erwartet worden war, davon sind wir auch ausgegangen. Aber was habt ihr noch für uns?«, wollte Bert wissen.

»Ebenfalls etwas aus Feldmanns Aufzeichnungen. In der Nacht von Montag auf Dienstag hatte die Detektei Besuch von zwei Männern. Bekleidet waren die beiden mit Anzügen wie unsere Tatortanzüge mit Kapuze. Ihre Gesichter waren nicht zu erkennen, da sie abgetönte Schutzbrillen trugen. Jetzt wundert uns nicht mehr, dass wir weder Fingerabdrücke noch DNA-Spuren fanden. Dass es sich um zwei Männer handelte, ist eine Annahme, die noch der Bestätigung bedürfte. Allerdings, von der Größe und Figur kommt Feldmann als einer von beiden eher nicht in Betracht.«

»Na, mal sehen, was er dazu zu sagen hat«, bemerkte Bert. »Gibt es sonst noch weitere Informationen?«

»Ja, der Minisender hatte keine große Reichweite. Das Empfangsgerät muss sich also in einem Radius von zwei Kilometern befunden haben. So, Bert, in Bezug auf die Ausspähungsaktion von Janno Feldmann war es das erst einmal. Aber wir haben noch was, das auch Enna Feldmann betrifft. Wir haben in ihren Handtaschen unterschiedliche Geldbeträge gefunden. In der Summe über zehntausend Euro. Das ist aber noch nicht alles. Einer meiner Mitarbeiter hat über eine Zugtreppe auf dem Kriechboden im Giebel des Hauses nachgeschaut. Dort fiel ihm in einer Ecke ein loses Endstück der Bodenbretter auf. Er nahm dieses heraus und fand unter der Dämmglaswolle einen Beutel mit Geldscheinen von fünf Euro bis fünfhundert Euro. Insgesamt noch einmal über zwanzigtausend Euro. So, das war es jetzt. Ich denke, da gibt es noch einigen Klärungsbedarf«, schloss der Leiter der Forensik seinen Bericht.

»Davon ist auszugehen. Erst einmal vielen Dank für eure tolle Arbeit, Sören!«, sagte der Soko-Leiter, beendete das Telefonat und ging in den Verhörraum zurück.

Silke hatte inzwischen von Nina veranlasst für Nachschub an Kaffee und Wasser gesorgt. Nachdem sie den Raum verlassen hatte, aktivierte Bert die Aufzeichnung des Verhörs wieder und wollte wissen, wann Feldmann die Installation der Geräte in der Detektei vorgenommen hatte.

Dieser schien einen Moment zu überlegen. Dann sagte er: »Das genaue Datum weiß ich nicht mehr. Es könnte jetzt etwa drei Wochen her sein.«

»Da war doch Ihre Bewährungszeit schon abgelaufen«, stellte der Kommissar fest. »Da brauchten Sie doch gar keine Angst mehr zu haben, dass eine Anzeige wegen Schwarzarbeit Sie wieder ins Gefängnis hätte bringen können! Trotzdem sind Sie unberechtigt in das Haus des Detektivs eingedrungen und haben widerrechtlich die Abhörgeräte installiert, womit Sie sich jetzt erneut strafbar gemacht haben. Die Beweise dazu haben Sie in diesem Fall sogar selbst frei Haus geliefert, kann man sagen.«

Feldmann machte ein nachdenkliches Gesicht und kratzte sich mehrfach den Hinterkopf. Dann sagte er: »Hhmm …« Dann wieder Pause und Kopfkratzen. Schließlich sagte er mit ziemlich säuerlicher Miene: »Irgendwo muss ich mich total verrannt haben! Ich war durch meine Angst wahrscheinlich geistig total blockiert und zu keinem vernünftigen Gedanken mehr fähig! Klar, es war ja einige Zeit ins Land gegangen, bis ich die Geräte im Internet gefunden, die geeigneten ausgewählt und bestellt hatte. Dann kam ich auch noch nicht gleich dazu, die zu installieren. Ich musste ja erst noch eine Möglichkeit finden, zumindest in die Garage zu kommen – bis ich auf die Idee kam, mal neben der Tür an der Rückseite der Garage nach einem Zweitschlüssel zu suchen. Das machen ja nicht wenige Hausbesitzer, dass sie einen Ersatzschlüssel zum Beispiel unter einen Blumentopf legen. Hier war es kein Blumentopf, sondern ein Haken hinter einer Regentonne.«

»Na gut, lassen wir auch diese Aussage mal so im Raum stehen. Letztlich hat diesbezüglich ohnehin der Haftrichter das Wort, dem wir die Aufzeichnung dieser Vernehmung über die Staatsanwaltschaft vorlegen werden«, sagte der Kommissar. »Fakt ist, dass es sich bei Ihrer Aktion um eine Straftat handelt, die mit Freiheitsentzug geahndet werden kann – selbst wenn Sie dazu keine Gewalt anwenden mussten, weil Sie einen Ersatzschlüssel gefunden hatten.«

»Unabhängig davon steht noch die Frage im Raum: Haben Sie etwas mit der Tötung von Arjen Wolthoff auf Spiekeroog zu tun?«, meldete sich die Kommissarin zu Wort. »Schließlich waren Sie zur Tatzeit zumindest in Tatortnähe, wie durch Zeugenaussagen belegt ist. Von Ihrer DNA auf dem Boot des Toten ganz zu schweigen. Ihre diesbezüglichen Einlassungen können wir glauben oder auch nicht. Jedenfalls stellen Ihre Aussagen keine faktischen Gegenbeweise dar. Allerdings will ich dabei nicht außer Acht lassen: Das müssen sie formaljuristisch auch nicht. Nach unserer Verfassung müssen wir Ihnen Ihre Schuld nachweisen.«

»Tut mir leid, Frau Kommissarin. Aber ich bemühe mich ja nur, mit meinen Erklärungsversuchen kooperativ zu sein.«

»Herr Feldmann, das wollen wir auch gar nicht infrage stellen«, übernahm wieder der Soko-Leiter das Wort. »Aber es gibt noch weitere Ungereimtheiten, die der Aufklärung bedürfen.«

»Und was, um Gottes willen, soll das sein?«, wollte der Verdächtige wissen.

»In den Handtaschen Ihrer Frau wurden durch unsere Spurensicherung insgesamt über zehntausend Euro sichergestellt. Wo kommt das Geld her?«

»Da müssen Sie meine Frau fragen. Auch als Ehemann habe ich nach unserer von Ihrer Kollegin zitierten Verfassung kein Kontrollrecht!«

»Okay, Ihre Frau holen wir gleich noch zur Anhörung«, sagte Bert und wollte dann wissen: »Und was ist mit den über zwanzigtausend Euro auf dem Kriechboden unter dem Giebel des von Ihnen bewohnten Ferienhauses in Leerhafe?«

»Auch dazu kann Ihnen meine Frau was sagen. Ich weiß nur, dass sie Schmuck einer Erbtante aus dem Rheiderland hatte. Dazu hat sie ein Testament, das Sie gerne einsehen können. Das war aber während der Zeit, als ich noch in der JVA war. Da die Schmuckstücke alle schon veraltet waren, hat sich meine Frau immer wieder bemüht, diese an Juweliere zu verkaufen. Die letzten Teile ist sie kurz vor meiner Entlassung losgeworden. Dafür hatte sie insgesamt wohl etwa zwanzigtausend Euro bekommen. Sie hat das da oben im Haus nicht vor Ihnen versteckt, sondern vor den Vermietern, die ja auch noch immer einen Schlüssel zum Haus haben. Und jetzt werden Sie wahrscheinlich wissen wollen, warum meine Frau das Geld nicht auf unser Konto eingezahlt hat. Weil wir Angst hatten, dass meine alte Firma es im Rahmen einer zivilen Schadensersatzklage vielleicht doch noch schafft, dass unsere Konten gepfändet werden. Das dürfte auch der Grund dafür sein, dass meine Frau die zehntausend auf ihre Taschen verteilt hat.«

»Gut, wir haben das in unserer Aufzeichnung für die Staatsanwaltschaft dokumentiert«, sagte Bert. »Zum Schluss noch eine ganz andere Frage. Der Minisender für Ihre Ausspähaktion hat keine große Reichweite, wie unsere Techniker festgestellt haben. Leerhafe wäre aber für den Empfang der Audio- und Videoübertragungen zu weit entfernt. Wie haben Sie denn die Aufzeichnungen sichergestellt?«

»Ich sprach doch schon von dem Grundstücksnachbarn, bei dem ich Gartenarbeiten mache. Ich habe einen Schlüssel für sein Gartenhaus, um auch in seiner Abwesenheit an die Gartengeräte zu kommen. Er ist nämlich Handelsvertreter und unter der Woche in ganz Niedersachsen unterwegs, zudem wohnt er allein.«

»Dann brauche ich dessen Namen, Anschrift und Telefonnummer, denn das Gartenhaus muss unsere Spurensicherung auch untersuchen. Sie sagten, dass er unter der Woche nicht da ist, daher wäre die Handynummer gut, damit wir einen Termin mit ihm vereinbaren können.«

»Name und Anschrift kann ich Ihnen gleich aufschreiben. Die Telefonnummer hätte ich in meinem Handy, das aber jetzt im Fährhafen liegt. Aber ich denke, dass er als Handelsvertreter auch im Telefonbuch steht. Außerdem hat er diese Woche Urlaub und ist zu Hause. Er hatte nicht vor in Urlaub zu fahren, weil er seine Steuer machen wollte.«

Während Bert die Vernehmung formell beendete, ging Nina auf den Gang hinaus. Von dort rief sie Oke auf dem Handy an: »Oke, wir sind mit der Vernehmung von Janno Feldmann fertig. Holst du den bitte ab und bringst ihn in eine Zelle? Anschließend hol dann seine Frau zum Verhör. Wir wollen vermeiden, dass die beiden noch miteinander Blicke oder geheime Zeichen tauschen können. Das würde ich beiden inzwischen zutrauen. Denn die sagen uns nicht die volle Wahrheit! Da bin ich mir ganz sicher.«

Danach rief Nina bei Rita an und gab die Adressdaten des Handelsvertreters durch. Ergänzend sagte sie: »Ermittle bitte seine Telefonnummer und mach einen Termin mit ihm aus, wann Bert und ich mit ihm sprechen können und wann die Spusi sein Gartenhaus durchsuchen kann. Sollte er freiwillig mit der Durchsuchung einverstanden sein, dann versuche noch für heute Nachmittag einen Termin zu bekommen. Du kannst mir den dann über meinen Messenger in den Verhörraum schicken. Ich bin online.«

Als Nina wieder in den Verhörraum kam, hörte sie gerade noch, als Feldmann sagte: »Ich denke, Sie bringen mich jetzt in eine Ihrer Zellen. Da hatten mich schon mal Ihre Vorgänger vor einigen Jahren reingesteckt. Anschließend ging es dann für mich in die U-Haft der JVA und ich habe meine Frau eine ganze Zeit überhaupt nicht mehr gesehen. Wäre es zu viel verlangt, wenn ich mich vorsichtshalber noch von meiner Frau persönlich verabschieden könnte? Schließlich bin ich doch vollumfänglich geständig und kooperativ. Und mit dem Mord an dem Privatdetektiv habe ich wirklich nichts zu tun! Das ist wirklich die volle Wahrheit!«

»Herr Feldmann, Ihren Wunsch können wir gut verstehen«, übernahm Nina die Antwort. »Ein Kollege wird Sie tatsächlich gleich in eine unserer Zellen bringen. Machen Sie sich aber keine Sorgen. Sollten Sie später tatsächlich in die U-Haft gehen – das entscheidet der Haftrichter –, dann werde ich persönlich sicherstellen, dass Sie sich vorher von Ihrer Frau verabschieden können.«

Noch während Nina sprach, betrat Oke den Raum, um den Häftling abzuholen. Bereits nach einigen Schritten auf dem Flur sagte dieser zu dem jungen Beamten: »Wäre es möglich, dass wir mal eben bei dem Raum vorbeigehen, in dem meine Frau auf ihr Verhör wartet, damit ich ihr wenigstens Tschüss sagen kann.«

»Sie können sich auf das verlassen, was meine Kollegin vorhin sagte. Also machen Sie sich keine Sorgen«, erwiderte Oke und musste innerlich grinsen. Deshalb konnte er sich auch nicht verkneifen, wenn auch nicht ganz ernst gemeint, zu sagen: »Und kommen Sie gleich nicht mit der Idee, auf die Toilette zu müssen. In Ihrer Zelle ist eine und wir sind gleich da.«

Janno wusste ganz genau, was der Polizist damit meinte. Gegen den gut zwei Meter großen Hünen hätte er ohnehin wenig Chancen gehabt – er als gerade mal mittelgroßer Bleistifthalter, wie seine älteren Brüder ihn immer bezeichnet hatten, nachdem er sich für die Buchhaltung entschieden hatte. Und dann erreichten sie auch schon den Zellentrakt.

Danach brachte Oke die Frau des Häftlings in den Verhörraum. Dort machte Bert, nachdem er die Aufnahme gestartet hatte, nochmal die Belehrung zur Vernehmung eines Zeugen. An dieser Stelle fügte er ausdrücklich hinzu: »Frau Feldmann, für Sie bedeutet das: Wenn Sie als Zeugin aussagen, sind Sie zur Wahrheit verpflichtet. Andernfalls machen Sie sich strafbar. Allerdings müssen Sie als Ehefrau nicht gegen Ihren Mann aussagen und können somit die Aussage verweigern.«

»Mein Mann und ich haben nichts mehr zu verlieren und uns daher entschlossen umfassend zu kooperieren. Wenn ich jetzt dann doch an irgendeiner Stelle die Aussage verweigere, hätte mein Mann schon automatisch ein Problem. Zumindest würden Sie sich bemühen, in diesem Punkt nach Beweisen zu suchen«, meinte Enna lächelnd.

»Das war zwar von uns keine geplante Strategie, Frau Feldmann, aber das ist eine interessante Sichtweise«, erwiderte Nina und fügte dann ebenfalls lächelnd noch hinzu: »Bert, jetzt wissen wir, worauf wir achten müssen.«

»Frau Feldmann, wir haben das Notebook Ihres Mannes in Ihrem Ferienhaus hinter dem Wohnzimmerschrank gefunden. Wissen Sie, warum er es da versteckt hat?«, begann der Soko-Leiter mit seiner Zeugenbefragung.

»Ich wusste gar nicht, dass er es dort versteckt hat. Hab mich nur gewundert, dass er mit meinem Notebook statt mit seinem eigenen, kurz bevor Sie kamen, ins Internet wollte.« Bert ging davon aus, dass die Frau an dieser Stelle nicht die Wahrheit gesagt hatte, ließ das aber unkommentiert so im Raum stehen.

»Wissen Sie, wie Ihr Mann an den Gärtnerjob bei einem Handelsvertreter gekommen ist?«, wechselte er das Thema.

»Ja, mein Mann kam nach Hause und sagte: ›Ich hab vielleicht noch einen Nebenjob, sogar brutto für netto.‹ Als ich ihn fragte, was das denn für ein Job wäre, antwortete er: ›Rasen mähen, Unkraut jäten und so, bei einem Handelsvertreter, der unter der Woche nie da ist.‹«

»Hat er denn auch gesagt, wie er an diesen Job gekommen ist?«, hakte die Kommissarin ein.

»Ja, er hatte irgendwo in der Stadt einen Bekannten von früher getroffen und mit dem ein Bier getrunken. Der kannte den Vertreter und wusste, dass dessen Gärtner ausgefallen war und dass der Ersatz suchte. Ich glaube, die sind dann zusammen zu dem hin. Jedenfalls bekam Janno eine Chance, die er ja wohl auch gut genutzt hat. Schon nach kurzer Zeit bekam er den Schlüssel für das Gartenhaus und den Auftrag, einmal die Woche, je nach Witterung, nach dem Rechten zu schauen. An Wochenenden wollte der Vertreter seine Ruhe haben und nicht durch den eigenen Rasenmäher gestört werden, wie Janno mir erzählte.«

»Da wurde doch sicher nur bar bezahlt. Wie lief das ab, wenn Ihr Mann nur an Wochentagen und der Vertreter nur an Wochenenden zu Hause war?«, wollte der Kommissar wissen.

»Ganz einfach, mein Mann bekam pauschal die gleiche Bezahlung für den Monat wie sein Vorgänger. Das Geld lag dann am Monatsende immer in einem Umschlag in dem Schuppen, zu dem mein Mann einen Schlüssel hatte.«

»Gab es da bei dem Handelsvertreter in der Nähe noch jemand in der Nachbarschaft, den Ihr Mann kannte?«, wechselte Bert erneut das Thema. Die Aussagen der Ehefrau bezüglich des Gärtnerjobs ihres Mannes erschienen ihm plausibel.

»Nicht, dass ich wüsste. Jedenfalls hat er darüber nie etwas erzählt. Wie kommen Sie auf diese Frage?«

»Nur so«, antwortete Bert. »Ganz andere Frage: Wissen Sie, was sich Ihr Mann vor Kurzem aus dem Internet bestellt hat?«

»Was er genau bestellt hat, weiß ich nicht. Hat mich auch nicht wirklich interessiert, weil er sagte, dass er was für den Garten des Vertreters brauchte. Die Sachen kamen auch nicht zu uns nach Hause, sondern an eine Packstation. Und die Sachen hat mein Mann dann auch direkt zum Schuppen des Vertreters gebracht. Dazu hätten Sie vorhin meinen Mann befragen müssen, aber nicht mich.«

»Kann es sein, dass Ihr Mann in der letzten Zeit auch mal über Nacht weg war?«, wollte Nina wissen.

»Ja, wo Sie danach fragen. Da muss ich gestehen: Seine Erklärung dazu hat mir fast ein wenig Angst gemacht …« Erst nach einer kurzen Weile fuhr sie fort: »Ich musste jetzt gerade überlegen, ob ich nicht doch besser die Aussage verweigere. Jedenfalls sagte er wörtlich: ›Vertrau mir, Schatz, ich tue nichts Unrechtes! Aber es ist besser, wenn du nichts über diesen kleinen Nebenjob von heute Nacht weißt.‹ Jedenfalls, als am nächsten Morgen mein Wecker klingelte, lag er tief schlafend neben mir im Bett. Mehr kann ich dazu nicht sagen.«

»Wir unterbrechen einen kurzen Moment«, sagte der Soko-Leiter und ging dann mit seiner Partnerin in den Flur. Dort sagte er: »Was meinst du, wäre es denkbar, dass Janno Feldmann seine Frau tatsächlich nicht in seine Ausspähaktionen und seine Absichten eingeweiht hat?«

»Bert, wir erleben es ja immer wieder, letztlich kannst du keinem Menschen hinter die Stirn gucken. Was sie sagt, klingt in diesem Fall plausibel. Wir können aber auch nicht ausschließen, dass dies eine zwischen den Eheleuten abgesprochene Strategie ist.«

»Dafür könnte sogar sprechen, dass Feldmann vorhin unbedingt mit seiner Frau reden wollte. Vielleicht wollte er ihr ein Zeichen geben, dass er mit seiner Aktion aufgeflogen war. In dem Fall hätten wir mit unserer Frage nach dem Notebook hinter dem Schrank sein Signal quasi ersetzt. Ärgerlich, aber nicht zu ändern«, stellte der Soko-Leiter fest.

»Ich bin mir fast sicher, Bert, die sind ein absolut eingespieltes Team. Und es würde mich auch nicht wundern, wenn es da in Thailand doch noch ein Konto gäbe, auf dem die Eheleute für den Fall des Falles Geld aus den Unterschlagungen versteckt haben.«

»Und genau dieser Fall des Falles ist ja durch die Observierung des Privatdetektivs eingetreten«, merkte Bert zustimmend an. »Zumindest konnte noch ein ziemlich großer Teil der Schadenssumme an den Eigentümer zurückgezahlt werden. Aber zu vermuten, dass da Geld auf ein anderes Konto abgezweigt wurde, ist eine Sache, Beweise zu finden eine andere. Und genau das ist auch jetzt unser Problem. Machen wir weiter, aber ich bin mir jetzt schon sicher, dass die Frau die Aussagen ihres Mannes bezüglich der Bargeldbestände in Leerhafe bestätigen wird.«

Wie Bert es schon vermutet hatte, bestätigte Enna die Aussagen ihres Mannes. Wobei für die Kommissare die Begründung, dass bei einer Kontenpfändung die dreißigtausend weg gewesen wären, nicht von der Hand zu weisen war. Bezüglich des geerbten Schmucks bot Enna an, das besagte Testament, in dem sie ausdrücklich als Erbin des gesamten Schmucks ihrer Tante genannt wurde, dem Beamten mitzugeben, der sie später nach Hause bringen würde. Belege für den Verkauf an verschiedenste Juweliere hätte sie leider nicht. Nach ihrer Aussage gehöre sie nicht zu den Hausfrauen, die jeden Kassenbon aufheben.

Was die Kommissare aber nicht wussten, war die Tatsache, dass Enna zwar von ihrer Tante alten Schmuck geerbt hatte, dieser aber in Wirklichkeit gerade mal etwa fünftausend Euro wert gewesen war. Zu den Belegen hatte die Vernommene sich schon geäußert. Aber noch etwas war auch der Spurensicherung entgangen. Im Storage lagen in einer Kommode in einer Schublade mit doppeltem Boden noch einmal etwa dreißigtausend Euro. Diesen Betrag hatte Enna nach und nach aus ihren Solo-Urlauben, jeweils bis zur Grenze der erlaubten zehntausend Euro, mit nach Deutschland gebracht.

Nach der Zeugenanhörung wurde Enna von einem Streifenwagen wieder nach Hause gefahren. Vorher hatte Nina dafür gesorgt, dass sie sich von ihrem Mann in der Zelle verabschieden konnte.

Als Nina kurz darauf in das Dienstzimmer ihres Mannes kam, war der gerade dabei, seine Joggingschuhe anzuziehen. »Nina, zieh dich um, wir müssen mal drei Runden durch den Schlosspark drehen. Wir brauchen etwas frischen Wind um die Nase«, sagte Bert.

Kurz darauf waren die beiden Beamten auf der Rückseite des Kommissariats auf einem Weg des Schlossparks unterwegs. Mehrere kleine verschlungene Wege führten im Park an Wasserflächen entlang und luden zum Spazierengehen oder Joggen ein. Spaziergänger konnten auf Bänken verweilen, unterschiedliche Wasservogelarten beobachten und die Natur genießen.

Dafür hatten die Eheleute bei ihren Joggingrunden aber keinen Blick. Sie folgten einer schon vielfach erprobten Laufstrecke durch das etwas labyrinthartige Wegesystem des kleinen Parks. Dabei machten sie drei Runden und hatten dann etwa drei Kilometer Laufstrecke absolviert.

Für interessierte Besucher gaben Informationstafeln Auskunft über die wichtigsten Geschichtsereignisse des ehemaligen Wittmunder Schlosses. Das 1461 erbaute Schloss mit Burgcharakter stand innerhalb der bis heute gut erhaltenen Wallanlage. Es diente auch als Festung zum nahe gelegenen Jeverland.

Oft fragten Feriengäste: »Wo ist denn nun hier das Schloss?«, worauf der als Jan Schüpp verkleidete Stadtführer in der Regel antwortete: »Gegen Ende des 18. Jahrhunderts fiel die Grafschaft Ostfriesland und damit auch Wittmund an die Preußen. Friedrich der Große ließ einige Zeit danach die gesamte Befestigungsanlage samt Schloss schleifen, sodass davon heute nur noch Reste des Walles erhalten sind.«

Als Nina und Bert von ihrer Joggingrunde durch den Park zurückkamen, meldete Silke: »Der Kollege, der Enna Feldmann nach Leerhafe gefahren hat, hat gerade das Originaltestament bei mir abgegeben. Darin steht, dass Enna den gesamten Schmuck ihrer Tante erben soll.«

»Na, dann ist ihre Aussage damit ja bestätigt«, sagte Nina. »Was sie dafür von den Juwelieren wirklich bekommen hat, wissen wir damit natürlich nicht. Danke, Silke, wir springen nur mal schnell unter die Dusche. Bis gleich.«

8. Kapitel

Als Nina und Bert frisch geduscht zu ihren Dienstzimmern kamen, wurden sie bereits von Rita und Oke auf dem Gang erwartet. »Ihr könnt euch gleich mit Sörens Leuten auf den Weg zu dem Handelsvertreter machen«, sagte Rita. »Er war sofort mit der Durchsuchung seines Schuppens einverstanden, als ich ihm sagte, dass sein Gärtner vorläufig festgenommen wurde. Aber er wollte natürlich auch gleich Einzelheiten wissen.«

»Und was hast du ihm gesagt?«, fragte Nina die Kollegin.

»Ich habe ihm gesagt, dass es sich nur um eine vorläufige Festnahme handelt. Und dass sich im Moment noch nicht absehen lässt, ob die Verdachtsmomente sich überhaupt erhärten. Ferner habe ich ihn ausdrücklich darauf hingewiesen, dass unsere Ermittlungen nichts mit der Tätigkeit seines Gärtners als solches oder mit ihm persönlich zu tun haben, sondern dass es nur darum ginge, ob Feldmann irgendetwas Verdächtiges in seinem Schuppen versteckt hätte. Dann habe ich beiläufig gefragt, wie er denn an Feldmann als Gärtner gekommen wäre. Ansonsten habe ich auf das Gespräch mit euch verwiesen.«

»Und was hat er da gesagt?«, wollte Bert wissen.

»Das wäre ein spontaner Tipp eines Cousins von ihm gewesen, dem er erzählt hatte, dass sein alter Gärtner ausgefallen und er auf der Suche nach einem Ersatz gewesen wäre.«

»Ich habe auch noch etwas für euch«, meldete sich Oke zu Wort. »Rita und ich hatten ja neben Feldmann noch weitere Verdächtige auf der Liste …«

»Oke, an dieser Stelle möchte ich gleich anmerken: Bültena und der von dir gerade Genannte sind für mich zurzeit unsere Hauptverdächtigen«, unterbrach Nina ihren Kollegen. »Nicht nur, weil ihre Ferienunterkünfte dem Tatort am nächsten liegen. Vor allem auch deswegen, weil sich beide gemäß Zeugenaussagen zur Tatzeit in unmittelbarer Nähe aufgehalten haben! Und beide sind unter fragwürdigen Umständen bereits am Montag vorzeitig von der Insel wieder abgereist. Wahrscheinlich sogar mit der gleichen Fähre. Aber das war wohl eher ein Zufall. Wie sieht es jetzt mit dem Nächsten auf deiner Liste aus?«

»Das ist Hasso Behrens, der acht Jahre wegen des Sturzes seines Nebenbuhlers aus einem Hochhaus in Emden gesessen hat. Siegi hat mit seiner Pensionswirtin gesprochen. Sein Bruder hatte am vergangenen Sonntag Geburtstag. Das war der Tag, an dem Arjen ermordet wurde. Die Pensionswirtin hat mit unserem Verdächtigen an dem Morgen ein Überraschungsfrühstück vorbereitet. Das heißt, Hasso Behrens hat ein Alibi. Das Protokoll hat Siegi vorhin schon über den Messenger geschickt.«

»Das heißt, im Moment haben wir damit nur zwei echte Verdachtsfälle«, stellte der Soko-Leiter fest. »Denn den Letzten auf deiner Liste hatte ich ja bereits ausgeschlossen. Jorin Bültena scheint sich mit seiner Affäre, Katharina Seufert, im Moment in Frankfurt aufzuhalten, wie seine Ehefrau vermutete. Wir haben beiden eine Vorladung per E-Mail geschickt.«

»Eine Antwort haben wir noch nicht erhalten«, sagte Silke, die gerade zu dem Flurgespräch dazugekommen war.

»Na gut, dann werden Nina und ich jetzt dem Handelsvertreter einen Besuch abstatten.«

»Ein Fahrzeug unserer Spusi wartet unten schon auf euch«, sagte Rita.

Es dauerte keine zehn Minuten Fahrzeit, dann erreichten die beiden Zivilfahrzeuge der Polizei das Haus des Handelsvertreters. Nachdem sie sich gegenseitig begrüßt und vorgestellt hatten, übergab der Hausherr den Beamten der Spurensicherung den Schlüssel für das Gartenhaus und führte sie dorthin.

Als sie das schmucke kleine Häuschen sahen, sagte Bert: »Unter einem Schuppen, wie uns gesagt wurde, hätte ich mir eigentlich etwas anderes vorgestellt.«

»Ja, das schon. Aber inzwischen haben wir dort meine Gartengeräte untergebracht. Früher, als meine Frau noch da war, fand dort manche Grillparty statt. Den Geräteschuppen habe ich dann irgendwann abgerissen, seitdem befinden sich im Gartenhaus auch die Gartengeräte und ich bezeichne das seither als Schuppen.«

Am Ende des Gartens war eine hohe dichte Buschreihe zu sehen, über die aber ein Gebäude im modernen Bauhausstil lugte.

»Das ist doch das Haus von Arjen Wolthoff«, sagte Nina.

»Ja, woher wissen Sie das?«, wollte der Hausherr wissen.

»Wir ermitteln in seinem Mordfall«, sagte Bert. »Gibt es dahinten zwischen dem Buschwerk einen Durchgang?«

»Nicht offiziell. Aber Sie sagen Mordfall? Arjen ist tot?«

»Ja, leider. Deswegen sind wir hier.«

»Wollen Sie etwa damit sagen, dass mein Gärtner etwas damit zu tun haben könnte?«

»Wir können es leider nicht ausschließen«, erwiderte die Kommissarin. »Wir können aber genauso wenig ausschließen, dass die vorliegenden Indizien reiner Zufall sind. Deshalb sollten wir jede Art von Vorverurteilung vermeiden. Solange keine schlüssigen Beweise vorliegen, gilt auch gegenüber Ihrem Gärtner die Unschuldsvermutung! Aber wir danken Ihnen, dass Sie uns bei unseren Ermittlungen so unbürokratisch unterstützen!«

»Überbordenden Bürokratismus haben wir in unserem Land schon genug, wie ich gerade auch als Handelsvertreter immer wieder feststellen muss. Daher war ich auch nach dem Anruf Ihrer Kollegin gleich damit einverstanden, dass Sie mein Gartenhaus durchsuchen dürfen.«

»Auch von meiner Seite aus nochmals vielen Dank dafür!«, übernahm wieder Bert das Wort. »Könnten wir uns die Buschreihe an Ihrem Grundstücksende mal genauer anschauen?«

»Natürlich. Sie werden sich sicher wundern, dass wir dahinten keinen Zaun haben. Ursprünglich waren ab der Buschreihe alles Weiden und Felder, bis die Stadt diese Flächen zu Bauland umwidmete. Zu der Zeit stand hinter der Buschreihe noch das alte Haus von Arjens Eltern, die meine Frau und ich noch gekannt haben, bis dann vor etwa fünfzehn Jahren deren Haus in die Luft flog. Meine Frau, das war vor unserer Scheidung, und mich warf der Knall buchstäblich aus den Betten. Obwohl wir sofort die Feuerwehr alarmiert hatten und die auch schnell da war, hatte die Explosion von Arjens Eltern nicht mehr viel übriggelassen.«

»Davon haben wir schon gehört, schrecklich!«, sagte Nina.

»Wie Sie sehen, reicht die Buschreihe in der Länge über meins und das Grundstück des Nachbarn, und wir haben beide nach hintenraus auf einen Zaun verzichtet. Stattdessen haben wir an unserer Grundstücksgrenze ein paar Rhododendren gepflanzt. Arjens Eltern hatten immer im Herbst einen Gärtner kommen lassen, der die Büsche beschnitt. Dazu hatte der sich einen auf Anhieb nicht erkennbaren Durchgang in der Buschreihe gelassen. Arjen hat als alleiniger Erbe den Vertrag seiner Eltern mit dem Gärtner fortgesetzt. Eigentlich hätte ich den auch gerne übernommen, als meiner ausfiel. Aber der war mit Terminen schon voll. Und da kam mir mein Cousin mit seinem Kumpel gerade recht. Und da Janno Feldmann einen guten

Eindruck machte und auch sehr zuverlässig war, habe ich ihn sozusagen fest angestellt.«

»Gut nachvollziehbar«, sagte der Kommissar. »Können Sie uns den Durchgang mal zeigen?«

»Raffiniert gemacht«, stellte Bert kurz darauf fest. »Selbst von Nahem kaum zu erkennen, wenn man es nicht weiß.«

»Wusste Herr Feldmann auch von diesem Durchgang?«, wollte Nina wissen.

»Wahrscheinlich. Er mähte ja auch hinter meinen Rhododendren, obwohl das eigentlich schon zu Arjens Grundstück gehörte. Aber das haben mein Nachbar und ich automatisch immer mit gemäht, denn dort kam der Gärtner ja nur einmal im Jahr, und wir wollten da keinen Wildwuchs haben. Arjens Eltern wussten das und er auch. Da lag dann schon mal eine Flasche Korn mit einem kleinen Dankeskärtchen im Gras.«

»Schön, wenn man sich unter Nachbarn so arrangiert«, sagte die Kommissarin. »Können wir mal da durchgehen?«

»Von mir aus schon. Und Arjen kann sich ja wohl nicht mehr äußern. Ich kann es immer noch nicht fassen. War ein sehr netter Kerl wie seine Eltern auch! Aber da fällt mir ein, vor fünfzehn Jahren haben Ihre Vorgänger hier auch ermittelt. Mit denen habe ich damals auch hier gestanden. Die haben untersucht, ob die Explosion auf Fremdverschulden zurückzuführen wäre. Dafür haben sich dann aber wohl keine Beweise finden lassen. Meinen Sie, dass Arjens Tod auch etwas mit seinem Beruf zu tun hat?«

»Das untersuchen wir gerade«, sagte der Kommissar und nutzte den Durchgang. Das Bild von Garage, Haus mit Terrasse, Pool und Garten kannten die Beamten schon von den Fotos der Spurensicherung. Nachdem sie einen kurzen Blick durch die Fenster in die Garage und auch in die Büros geworfen hatten, gingen sie wieder mit dem Vertreter zurück zu seinem Haus.

Als sie dort ankamen, stand ein Mann im Garten und schien auf den Hausherrn zu warten. »Moin«, sagte er. »Hast du unsere Verabredung vergessen?«, sprach er den Hausherrn an. »Du scheinst ja einen großen Bahnhof hier in deinem Garten zu haben, wenn ich die Leute in Tatortanzügen der Polizei in deinem Schuppen sehe. Wurde bei dir eingebrochen?«

»Nein, aber Arjen ist ermordet worden.«

»Arjen, der tut doch keiner Seele was zuleide … Es sei denn, die Seele hätte was zu verbergen«, schob er dann noch mit einem versteckten Grinsen nach.

»Das ist mein Cousin, Paul Freesmann, er hat mir Janno als Gärtner empfohlen.«

»Sind Sie zusammen zur Schule gegangen oder woher kannten Sie sich?«, wollte der Kommissar wissen und stellte dann sich und seine Kollegin als die ermittelnden Beamten vor, da sie beide Zivil trugen.

»Wenn Sie von der Polizei sind, dann werden Sie schneller rausfinden, als ich es aussprechen kann, wo Janno und ich uns kennengelernt haben. Wir haben leider eins gemeinsam. Wir haben beide mal in den Schietpott gelangt und dafür unsere Zeit in gesiebter Luft abgesessen. Janno noch um einiges länger als ich.«

»Wir können gerne ins Haus gehen«, sagte der Hausherr. »Drinnen kann ich Ihnen auch Kaffee oder Tee anbieten.«

»Ihr könnt schon mal reingehen«, sagte Nina. »Ich komm gleich nach. Ich will nur mal kurz nach den Kollegen schauen.«

Dann ging sie in Richtung Gartenhaus. Unterwegs telefonierte sie mit ihrem Handy. Sie rief bei Oke an und fragte ihn, ob er in einer seiner Listen auch einen Paul Freesmann hatte.

Oke brauchte nicht lange, dann sagte er: »Nina, du hattest mal wieder den richtigen Gedanken. Ja, der war auch durch eine Ermittlung von Arjen Wolthoff der Polizei ins Netz gegangen, wenn auch nicht so spektakulär wie Feldmann. Die Einbrüche konnte man ihm nicht direkt nachweisen, aber es reichte zumindest für eine Verurteilung als Hehler.«

»Gab es da noch irgendetwas außer der Haftstrafe, das man als offene Rechnung ansehen könnte?«, hakte Nina nach.

»Freesmann hatte eine Haftstrafe mit Bewährung. Im Bericht seines Bewährungshelfers steht, dass er besonders darunter gelitten hätte, dass sich seine Frau während seiner Haftstrafe mit einem anderen Mann einließ, bei dem sie nach der Scheidung auch einzog.«

Nachdem Nina auch den Weg in die obligatorisch große ostfriesische Küche gefunden hatte, indem sie nur dem Kaffeeduft gefolgt war, sagte sie zum Hausherrn: »Könnte ich mit Ihrem Cousin mal ganz kurz unter vier Augen sprechen?«

»Natürlich, wenn Sie meinen, dass das notwendig ist, können Sie gern mein Wohnzimmer nutzen. Paul weiß, wo das ist. Aber unabhängig davon, haben mein Cousin und ich eigentlich keine Geheimnisse. Auch wenn ich nicht wusste, dass Paul den Janno aus dem Knast kannte. Aber von Janno habe ich mir selbst ein Bild gemacht.«

»Trotzdem würde ich gern mit ihm unter vier Augen sprechen«, blieb die Kommissarin hartnäckig.

Als Nina mit dem Mann allein im Wohnzimmer stand, sagte sie zu ihm: »Herr Freesmann, ich will mit Ihnen keine ermittlungstaktischen Spielchen treiben, daher sage ich Ihnen ganz offen: Ich weiß, dass Sie Arjen Wolthoff kannten. Und Sie werden wahrscheinlich sogar inzwischen wissen, dass wir gegen Ihren Bekannten aus der JVA im Zusammenhang mit der Ermordung des Privatdetektivs ermitteln. Sie haben ihn nicht nur Ihrem Cousin als Gärtner vermittelt, sondern ihn sogar sehr empfohlen, wie wir erfahren haben. Daher müssen Sie höllisch aufpassen, dass Sie nicht als Mitwisser oder sogar als Mittäter in unsere Mordermittlungen hineingezogen werden! Wobei ich nicht verschweigen will, dass auch für Ihren Bekannten die Unschuldsvermutung gilt, solange wir noch keine rechtskräftigen Beweise gegen ihn haben.«

Nachdem der Angesprochene einen Augenblick nachgedacht hatte, sagte er: »Ja, ich kannte den Schnüffler. Ihm hatte ich es letztlich zu verdanken, dass mir meine Frau von der Fahne gegangen ist. Und ja, ich habe Janno den Job bei meinem Cousin nicht nur vermittelt, sondern ihn sogar wärmstens empfohlen. Von mir wusste er auch, wer der Gartennachbar meines Cousins war. Aber das war wirklich reiner Zufall. Was Janno daraus gemacht hat, weiß ich nicht und will ich auch nicht wissen. Aber ich verstehe Ihren Verdacht. Daher meine Frage an Sie: Wie komme ich aus dieser Nummer wieder raus?«

»Am besten, indem Sie nachher freiwillig mit uns zum Polizeikommissariat fahren und da offen aussagen, was Sie wissen.«

»Dann mache ich das. Denn was Janno auch immer getan haben mag, daran bin ich weder als Mitwisser, geschweige denn als Mittäter beteiligt. Das schwöre ich Ihnen! Obwohl ich Arjen Wolthoff, wie ich eingestehen muss, alles wünsche, aber nichts Gutes!«

Kurz darauf waren die beiden Kommissare mit Paul Freesmann unterwegs zum Polizeikommissariat. Um seine uneingeschränkte Kooperationsbereitschaft zu unterstreichen, hatte er sogar einer aktualisierten erkennungsdienstlichen Erfassung zugestimmt. Auf einen Anwalt hatte er ausdrücklich verzichtet. Noch während der Fahrt ging ihm durch den Kopf, wie die Gespräche mit Janno tatsächlich abgelaufen waren. Er musste sich genau überlegen, was er sagen und offiziell wissen durfte und was nicht, damit er sich nicht selbst noch am Ende als Mitwisser reinritt.

Tatsächlich war es wirklich Zufall gewesen, dass Pauls Cousin, der Handelsvertreter, ein Gartennachbar des Schnüfflers war. Darüber würde er auch ohne Probleme sprechen können. Dass er den aber auch dafür verantwortlich machte, dass seine Ehe in die Brüche gegangen war, sollte er hingegen besser nicht zu sehr thematisieren. Auch, dass er Feldmann das ganz bewusst erzählt und deswegen die Verbindung zu seinem Cousin hergestellt hatte, behielt er besser für sich. Zumal er aus den damaligen Knastgesprächen genau wusste, welche Wut Janno auf den Schnüffler hatte. Und dann kamen sie wieder die Gedanken, als würde es gerade passieren:

Janno hatte es mit seinem biederen Auftreten und seinem Fleiß in kurzer Zeit geschafft, sich das Vertrauen von Pauls Cousin zu erarbeiten, sodass ihm dieser sogar den Schlüssel für das Gartenhaus anvertraute. Neben den Gartengeräten – mit Ausnahme des Aufsitz-Rasenmähers, für den es einen Unterstand neben dem Gartenhaus gab – waren noch Tisch, Stühle und Grill aus früheren Zeiten vorhanden.

Damals war sein Cousin noch verheiratet gewesen und es hatte in der Gartenhütte mit der Nachbarschaft in dem neu erschlossenen Baugebiet manche Grillparty gegeben. Aber seinem Cousin war es durch seine beruflich bedingten Abwesenheiten ähnlich ergangen wie ihm. Plötzlich hatte seine Frau einen anderen. Seitdem war auch der Kontakt zu den Nachbarn weniger geworden.

Und so nutzten Janno und Paul die Abwesenheit seines Cousins unter der Woche im Sommer gelegentlich für einen gemütlichen Abend unter der Überdachung des Gartenhauses. Dabei war auch immer wieder der Schnüffler aus der Nachbarschaft Hauptgesprächsthema. So auch heute. Sie hatten gerade den ersten Schluck Bier getrunken, als Janno sagte: »Paul, dass ich einen Durchgang durch die Büsche dahinten gefunden habe, hatte ich dir schon am Telefon gesagt. Letzte Woche war ich testweise drüben. Es war schon dämmerig, und ich sah, dass niemand im Haus war. Im Gegensatz zu sonst, nirgendwo Licht. Aber es war noch hell genug, um zu sehen, dass zumindest äußerlich erkennbar hinten keine Kameras installiert sind.«

»Und wie sieht es vorne aus?«, wollte Paul wissen. »Ich bin da bisher noch nie gewesen. Hab doch keine Lust, dem Schnüffler zu begegnen.«

»Ich ja auch nicht. Deswegen habe ich mit meinem Auto unauffällig in der Nähe geparkt und gewartet, bis ich gesehen hatte, dass sowohl der Schnüffler als auch seine Mitarbeiterin das Grundstück verlassen hatten.«

»Wow, und wie viel Anläufe hast du gebraucht?«

»Gar nicht so viel, beim zweiten Mal hat es schon geklappt. Ich bin dann zu Fuß hin. Aber schon von der Einfahrt aus, zwischen zwei Buschreihen hindurch, konnte ich zwei Kameras mit Bewegungsmeldern ausmachen. Damit war mir klar, über diesen Weg kommt man nicht unbemerkt zum Haus. Aber ich habe mit dem Smartphone ein paar Fotos gemacht. Dabei habe ich darauf geachtet, nicht das Grundstück zu betreten. Keine Ahnung, wie weit die Bewegungsmelder der Kameras reichen.«

»Aber das war auf der Rückseite anders, wie du schon sagtest.«

»Stimmt, daher habe ich gleich die Gelegenheit zur Inspizierung der Hausrückseite genutzt. Dabei bin ich über den Garten deines Cousins durch den schon erkundeten Durchgang in der großen Buschreihe gegangen. Hinten befindet sich an der Garage eine Tür mit normalem Sicherheitsschloss für den Zugang zum Garten-, Terrassen- und Poolbereich. Neben der Tür kann man durch ein relativ großes Fenster in die Garage sehen. Ich hab mit einer starken LED-Taschenlampe reingeleuchtet und Fotos gemacht, die zeige ich dir gleich. Rechter Hand führt eine Tür mit Türklinke ins Haus. Offensichtlich nur durch die Alarmanlage gesichert. Denn eine grüne LED zeigte über einer Tastatur an, dass diese wohl scharf geschaltet war.«

»Kommt darauf an, welche Art verwendet wurde«, merkte Paul an, der sich mit sowas auskannte.

»Ja, dann habe ich noch durch die bodentiefe Fensterfront Fotos von zwei geräumigen Büroräumen gemacht.«

»Dann zeig mir die Bilder doch endlich mal, anstatt nur davon zu erzählen!«

»Das ist die Tastatur der Alarmanlage in der Garage«, sagte Janno und gab seinem Kumpel das entsprechende Bild.

»Nicht gerade die neuste Technik. Die hat der wahrscheinlich beim Bau des Hauses vor fünfzehn Jahren einbauen lassen und seitdem nicht mehr auf den neuesten Stand gebracht. Du hast Glück. Das wird eine deiner leichtesten Übungen. Ich will übrigens gar nicht wissen, was du vorhast. Was ich nicht weiß, macht mich auch nicht zum Mitwisser. Aber vor einem muss ich dich jetzt schon warnen. Ich weiß aus meiner Gerichtsverhandlung, bei der das nur beiläufig zur Sprache kam, dass der Fuzzi eine geladene Pistole in seinem Safe liegen hat.«

»Heißt das, dass er bei seinen Einsätzen auch immer eine Waffe bei sich trägt?«, wollte Janno wissen.

»Das war auch die Frage des Strafverteidigers. Darauf hat der Schnüffler geantwortet, dass er die nie zu seinen Einsätzen mitnimmt, sondern nur zu Hause in seinem Büro unter Verschluss hat. Weiter wurde das dann aber nicht diskutiert.«

»Okay, was meine Frau und ich vorhaben, werde ich dir auch nicht sagen, um dich nicht, wie du schon sagtest, zum Mitwisser zu machen. Aber ich muss wissen, was der Schnüffler aktuell über uns weiß, wo er sich wann aufhält und was er plant. Vielleicht kannst du mir mal entsprechende Technik im Internet zeigen.«

»Zeige ich dir. Kein Problem. Aber egal, was du in der Richtung machst, es könnte dich wieder in den Knast bringen! Darüber musst du dir im Klaren sein!«

»Paul, nichts ist ohne Risiko. Aber so viel kann ich dir sagen, wir haben schon seit damals Freunde in Thailand. Die hatten zu der Zeit schon immer wieder zu uns gesagt, dass wir uns in Deutschland doch einfach dünne machen sollten, da Auslieferungsverfahren in Thailand äußerst selten vorkommen. Aber unabhängig davon wäre es das Allerbeste, wenn der Schnüffler nicht mehr schnüffeln könnte.«

»Janno, schon im Knast hab mich gewundert, warum ihr nicht längst abgehauen seid und wieso du gewartet hast, bis sie dir auf die Schliche kamen. Aber damals wolltest du nicht so richtig mit der Sprache raus.«

»Stimmt, inzwischen weiß ich aber von meinem Bewährungshelfer, dass die Unterschlagungsgeschichte mit der Abbüßung meiner Haftstrafe abgegolten ist. Daher kann ich es dir heute ruhig sagen, ohne dass du damit zu einem Mitwisser wirst. Ich habe von meinem Vorgänger in der Buchhaltung, der keine Erben hatte und den ein Hirntumor sehr schnell unter die Erde brachte, über zwei Millionen auf einem Konto in Thailand quasi geerbt. Die dazugehörigen Buchungswege und Verfahren waren von ihm programmiert und liefen automatisch. Er hatte mal Informatik studiert.«

»Na, dann hättest du doch gleich nach seinem Ableben mit deiner Frau dableiben können und kein Huhn und kein Hahn hätte danach gekräht. Aber mehr als zwei Millionen zu unterschlagen, das hätte doch in der Firma eigentlich schon zur Zeit deines Vorgängers längst auffallen müssen.«

»Mein Chef hatte ein mittelständisches Unternehmen als Autozulieferer gegründet, das rasend schnell expandierte. Da wurden auch Teile aus Asien eingekauft. Sicher weißt du auch noch, dass gegenüber den Löhnen der Autoindustrie in Bayern und Baden-Württemberg Ostfriesland geradezu Niedriglohnland war – wovon mein Chef mit seinen Gewinnen nicht unerheblich profitierte. Da gehörten zwei Millionen, wie sie mein Vorgänger abgezweigt hatte, in die Kategorie Portokasse.«

»Mensch Janno, zwei Millionen! Da hättest du dich in Thailand doch wirklich sofort mit zur Ruhe setzen können.«

»Paul, hätte, hätte, Fahrradkette! Aber wenn du mal in die Fünf-Sterne-Gastronomie reingeschnuppert hast … Und ich bin mit Enna während unserer Urlaube ja nicht nur in Thailand geblieben. Wir haben uns jedes Mal richtig was gegönnt. Jedenfalls hatte mir mein Vorgänger schon gesagt: ›Wenn du dich zur Ruhe setzen und dein Leben genießen willst, dann sind drei Millionen auf dem Konto ein besseres Ruhekissen als nur zwei.‹ Ich wollte also die Sache noch so lange laufen lassen. Stattdessen kamen wir eines Tages aus dem Urlaub zurück, und dann klickten bei mir noch im Flughafen die Handschellen. Die kannten unsere Flugbuchungen.«

»Weniger wäre da wohl mehr gewesen! Ihr konntet also den Hals nicht voll genug kriegen. Ich sage nochmal: zwei Millionen!«

»Naja, das System war doch von meinem Vorgänger schon vor Jahren eingeführt worden. Was sollte da passieren? Das Problem war nur der Schnüffler, der uns schon eine ganze Zeit bei unseren Urlauben gefolgt war, ohne dass wir das mitbekommen haben. Wir haben erst bei der Gerichtsverhandlung gemerkt, was der alles über uns wusste. Es wurde uns von der Staatsanwaltschaft sogar unterstellt, dass wir noch ein geheimes Versteck irgendwo haben könnten, da der Betrag, den wir noch auf dem ›geerbten‹ Konto hatten, ja nicht annähernd reichte, um den Schaden der Firma auszugleichen.«

»Aber mit eurer Entschuldigung, Reue und zumindest der Teilrückzahlung hat es ja wohl für eine Aussetzung deiner Reststrafe auf Bewährung gereicht. Da hast du wohl beim Richter mit einer kleinen Zusatzzahlung aus einem Geheimkonto etwas nachgeholfen oder sehe ich das falsch?«

»Das siehst du falsch. Das würde so gar nicht gehen. Selbst wenn wir ein solches Konto hätten, dann kämen wir nur vor Ort, also in Thailand, da ran. Klar haben wir auch an sowas mal gedacht. In dem Fall hatte man uns dazu geraten, keine Verbindung zwischen einem solchen Konto und Deutschland aufzubauen, weil das heutzutage nachverfolgt werden könnte. Die Bewährung habe ich bekommen, weil ich geständig war und glaubwürdig machen konnte, dass meine Frau und ich das fehlende Geld ausgegeben hatten. Die Bilder, die der Fuzzi von uns gemacht hatte, schienen letztlich unsere Aussage sogar noch glaubwürdiger zu machen. Das konnte man uns jedenfalls nicht widerlegen. Schließlich hatten wir in unseren Urlauben kein Buch über unsere Ausgaben geführt.«

»Aber wenn die Staatsanwaltschaft Konteneinsicht hatte, dann hätten die doch auch herausfinden können, dass ihr in Übersee, natürlich nur hypothetisch, unregelmäßig Geld auf ein anderes Konto abgezweigt habt.«

»Dafür hätten wir, wenn wir noch dazu die Gelegenheit gehabt hätten, sicher eine Lösung gefunden. Denn blöd sind wir nicht und schließlich bin ich nicht umsonst Buchhalter.«

»Und wie hättest du das lösen wollen?«

»Ganz einfach: Wir hätten immer wieder Bargeld abgehoben und bei einer anderen Bank auf den Namen meiner Frau wieder eingezahlt. Aber wie ich schon sagte, hätte, hätte, Fahrradkette. Wir hatten unsere Bargeldabhebungen schon durch unsere tollen Urlaube verjubelt, wie wir dem Gericht gegenüber glaubhaft machen konnten und wie zum Teil ja sogar die Schnüffler-Fotos bewiesen.«

»Janno, du bist cleverer, als ich dachte. Na egal.«

In dem Moment wurde Paul aus seinen Gedanken gerissen, als die Kommissarin sagte: »Herr Freesmann, wir sind da. Unsere Kollegin, Kommissarin Jansen, wird Sie gleich übernehmen und mit Ihnen die Aktualisierung Ihrer erkennungsdienstlichen Erfassung durchführen. Anschließend werden Sie von ihr zu uns in den Verhörraum gebracht.«

Einige Zeit später saß er Bert und Nina im Verhörraum gegenüber. Die Aufzeichnung lief und die üblichen Belehrungen waren abgeschlossen. Die Kommissarin begann noch einmal mit ihren Ausführungen, die der zu Vernehmende bereits im Wohnzimmer seines Cousins von ihr gehört hatte. Auch seine Antworten fielen sinngemäß identisch aus.

»Herr Freesmann, Fakt ist, dass Janno Feldmann in das Haus des Privatdetektivs unberechtigt eingedrungen ist. Was wissen Sie darüber?«, wollte der Kommissar wissen und fügte noch hinzu: »Ich mache Sie an dieser Stelle nochmal ausdrücklich darauf aufmerksam, dass Sie zur Wahrheit verpflichtet sind. Nur in dem Fall, dass Sie sich selbst belasten würden, können Sie sich auf Ihr Aussageverweigerungsrecht berufen!«

»Ist mir bekannt, Herr Kommissar. Zu Ihrer Frage, was ich über Jannos unberechtigtes Eindringen in das Haus des Schnüfflers weiß, kann ich Ihnen mit gutem Gewissen sagen: Nichts! Bis gerade eben wusste ich noch nicht einmal, dass er da eingebrochen ist.«

Von Einbruch hatte Bert gar nicht gesprochen, denn Feldmann hatte einen Ersatzschlüssel benutzt. Für den Kommissar stellte sich daher die Frage: Wusste Freesmann es bis gerade eben wirklich nicht oder war es mit der Bezeichnung Einbruch eine clever gewählte Formulierung von ihm?

Er ließ diese Aussage unkommentiert und fragte weiter: »Was können Sie uns zum Thema Abhörelektronik sagen?«

»Es ist schon eine Weile her, da hat mich Janno mal danach gefragt, ob ich mich damit auskenne. Ich habe ihn diesbezüglich auf Suchmaschinen des Internets verwiesen. Wo hat er denn sowas eingesetzt? Etwa bei dem Schnüffler? Ich lach mich kaputt. Dann hätte er den Schnüffler ja mit seinen eigenen Waffen geschlagen. Hahaha, dann hat es ja mal den Richtigen getroffen. Sorry, ich habe gerade nicht daran gedacht, dass der ja ums Leben gekommen ist und dass man über sowas nicht lachen darf.«

»In Feldmanns Gerichtsverhandlung war der Verdacht aufgekommen, dass es da in Thailand noch ein geheimes Konto geben könnte«, setzte Nina die Anhörung fort. »Hat Ihr damaliger Mitgefangener sich zu der Zeit oder aktuell mal dazu geäußert?«

»Damals nicht, aber als wir uns vor noch gar nicht langer Zeit im Gartenhaus meines Cousins ein gemeinsames Bier gegönnt haben, hat er mal davon gesprochen, dass die Staatsanwaltschaft versucht hatte, ihm das zu unterstellen.«

In diesem Moment dachte der Kommissar daran, dass es ein zusätzliches Mordmotiv darstellen könnte, wenn es tatsächlich ein solches Konto in Thailand geben sollte. Schon allein, um zu verhindern, dass der Privatdetektiv Feldmann erneut nachstellen könnte.

»Letztlich könnten neue Erkenntnisse bezüglich eines geheimen Kontos in Thailand auch zu neuen strafrechtlichen Einschätzungen und damit zu einem neuen Verfahren gegen Feldmann führen«, sagte Bert.

»Darüber hat er in der Tat sogar ganz offen mit mir gesprochen. Er hat sogar genau beschrieben, wie man ein solches Konto einrichten und befüllen könnte, ohne dass die Ermittlungsbehörden die Geldflüsse nachverfolgen könnten.«

»Und wie soll das funktionieren?«, wurde die Kommissarin neugierig.

»Indem er die Beträge in Thailand von einem Konto in kleineren Tranchen abhebt und diese zum Beispiel auf ein Konto seiner Frau einzahlt.«

»Hat er Ihnen das tatsächlich so gesagt?«, konnte Bert es fast nicht glauben.

»Das hat er wohl. Allerdings alles nur rein hypothetisch, wie er sich wörtlich ausdrückte. Das wäre ein Gedankenansatz von thailändischen Freunden gewesen. Mehr kann ich Ihnen dazu leider nicht sagen.«

»Hat er denn mal Rachegedanken gegenüber dem Privatdetektiv geäußert?«, hakte die Kommissarin noch einmal nach.

»Damals in der JVA hätte der den am liebsten umgebracht. Bei unseren Gesprächen im Garten meines Cousins hatte er nur Angst davor, dass der ihn immer noch auf dem Kieker haben könnte. Jedenfalls habe ich das so verstanden.«

Für die Kommissare stand fest, dass Freesmanns Aussagen nicht dazu reichen würden, um ihm selbst eine Mitwisserschaft, geschweige denn eine Mittäterschaft nachweisen zu können. Selbst die Aussagen über Feldmanns Äußerungen gaben nicht viel her außer unbewiesenen Spekulationen. Nina veranlasste daraufhin, dass Paul Freesmann nach Hause gebracht wurde.

Als die beiden Kommissare nach dem Verhör Berts Büro betraten, läutete sein Telefon. Es war der Staatsanwalt, der sagte: »Trotz der noch nicht beantworteten Fragen in Bezug auf Feldmanns Tatortnähe zum Tatzeitpunkt hat der Haftrichter keine U-Haft angeordnet. Er wertete die Kooperationsbereitschaft Feldmanns und sein Eingeständnis der Ausspähaktion zu seinen Gunsten. Die Tatsache, dass Feldmann sich im fraglichen Zeitraum am Westend aufgehalten hatte, erschien dem Haftrichter allein am Ende doch für eine U-Haft zu dünn. Zumal sich auch bei der Hausdurchsuchung keine unmittelbaren Beweise dafür hatten finden lassen. Sie können Feldmann also nach Hause schicken. Aber er soll sich verfügbar halten!«

Bert informierte den Staatsanwalt noch über die Zeugenanhörung von Paul Freesmann, die im Grunde auch keine neuen Argumente für eine Aufrechterhaltung von Feldmanns U-Haft gebracht hatte.

9. Kapitel

Nina, die Stegwartin des SSC, machte am Samstagmorgen ihren üblichen Rundgang. Sie befand sich auf dem rechten Steg, dessen Ende nicht weit von der Hafeneinfahrt entfernt war. Gerade kam sie an Arjens Boot vorbei, das immer noch, allerdings polizeilich versiegelt, am gleichen Platz lag. Sie musste einen Moment stehen bleiben und sich die Augen trockenreiben.

Einige Plätze weiter kam sie zu dem Skipper, der sich kurz vorher bei ihr auf ihrer Brücke abgemeldet hatte und sich fertig machte zum Auslaufen. Der Platz hinter ihm war frei, worüber Nina sich wunderte, denn da hätte eigentlich noch die *Friedenstaube* liegen müssen. Der etwas ungewöhnliche Name war ihr im Gedächtnis geblieben, obwohl es diese Woche etliche Wechsel bei den Gastliegern gegeben hatte. Sie erinnerte sich auch noch an den jungen Mann mit den langen schwarzen gelockten Haaren und dass er den Gastliegeplatz seit Freitag der vorigen Woche noch bis heute bezahlt hatte. Dann fiel ihr ein, dass sie an dem Sonntagmorgen, als Arjen sein Leben verlor, früh auch ihren üblichen Rundgang gemacht hatte. Da war ihr ein gelöstes Haltetau bei der *Friedenstaube* aufgefallen. Sie wollte noch den Skipper darauf aufmerksam machen, aber es war niemand an Bord gewesen. Dann hatte sie das Tau schließlich selbst wieder vertäut. Jedenfalls war sie sich auch ganz sicher, dass der junge Mann sich nicht bei ihr abgemeldet hatte, wie die meisten es taten.

Deshalb fragte sie den Skipper, der gleich auslaufen wollte: »Weißt du, ob die *Friedenstaube* nochmal wiederkommt?«

»Glaub ich nicht. Das waren ja wohl Vater und Sohn, auch wenn die nicht viel Ähnlichkeit miteinander hatten. Die sind bereits Sonntagnacht bei Hochwasser gegen drei Uhr dreißig ausgelaufen und seitdem auch nicht mehr an ihren Platz zurückgekommen.«

»Hast du auf die Uhr geschaut, weil du das so genau weißt?«, fragte Nina lachend.

»Habe ich. Das war ohnehin eine etwas unruhige Nacht. Ich hatte mit einem Bekannten am Sonntagabend einige Bierflaschen leer gemacht. Er war schon auf seinem Boot und ich hatte mich auch in die Koje gehauen. Dann drückte irgendwann mein Bläschen. Nina, sieh es mir nach, ich hab keine Toilette an Bord und der Weg bis zum Sanitärhaus war mir zu weit. Da hab ich an der Reling dem kleinen

Mann die große Welt gezeigt, wenn du weißt, was ich damit sagen will.«

»Kann's mir schon denken«, antwortete die Angesprochene lachend. »Der Umweltschutz lässt grüßen. Aber ich glaube nicht, dass das Hafenbecken ernsthaft Schaden genommen hat.«

»Na, dann bin ich ja beruhigt«, erwiderte der Skipper ebenfalls lachend. »Aber ich war wohl nicht der Einzige, der in der Nacht noch aktiv war und raus musste. Jedenfalls war auf dem Boot, das die Polizei jetzt versiegelt hat, in der Nacht auch noch Licht. Das hätte ich der Polizei eigentlich noch sagen wollen, denn das gehörte doch dem Skipper, den sie tot in den Dünen gefunden haben. Aber als ich am Montag von meinem Turn zurückkam, war die Polizei schon weg und alles versiegelt. Sorry, vorhin, als ich bei dir auf deiner Brücke war, hab ich nicht mehr daran gedacht, sonst hätte ich es dir gesagt, für den Fall, dass die Polizei nochmal danach fragt.«

»Das könnte sogar sehr wichtig sein!«, sagte Nina jetzt mit ernster Miene. »Ich werde es nachher weitergeben. Aber es klang gerade so, als wenn in der Nacht nochmal was gewesen wäre.«

»Stimmt. Ich hatte mich nach meiner Erleichterung wieder hingelegt und war gerade beim Einschlafen, als die beiden Männer von der *Friedenstaube* zu ihrem Boot zurückkamen. Obwohl sie eigentlich nicht besonders laut waren, aber wenn man gerade beim Einschlafen ist, dann ist man auch schnell wieder wach. Jedenfalls haben die kurz darauf, ich war wieder kurz vorm Einschlafen, ihren Motor angelassen und sind ausgelaufen. Weil ich jetzt wieder richtig wach war, habe ich auf die Uhr geschaut. Seitdem habe ich die *Friedenstaube* auch nicht mehr gesehen.«

»Mensch, auf dem versiegelten Boot wurde doch in der Nacht, als du da Licht gesehen hast, eingebrochen«, entfuhr es Nina. »So wie du das erzählst, könnte es doch sein, dass die beiden das gewesen sind. Das könnte doch auch der Grund sein, dass die mitten in der Nacht nach Wilhelmshaven abgehauen sind. Konntest du denn hören, über was die sich unterhalten haben? Deren Boot lag ja gleich neben deinem.«

»Die haben sich unterhalten, aber ganz leise«, antwortete der Skipper. »Ich nehme an, die wollten niemand stören. Aber warte mal, etwas habe ich doch verstanden, wusste damit aber nichts anzufangen. Die müssen schon an Bord gewesen sein, da sagte einer etwas lauter: ›Das Zeug kommt mir nicht an Bord!‹ Der andere sagte dann: ›Und was mach ich damit?‹ ›Über Bord, was sonst!?‹, gab der Erste zur Antwort. Und dann fiel irgendwas ins Wasser. Aber wieso meinst du, dass die nach Wilhelmshaven abgehauen sind?«

»Weil mir der junge Mann mit den langen schwarzen Haaren Wilhelmshaven als Heimathafen genannt hatte«, antwortete Nina.

»Also, der Bootsname *Friedenstaube* ist ja nicht so häufig und das Boot selbst mit seiner bunten Bemalung auch nicht gerade unauffällig«, bemerkte der Skipper. »Ich war mal vor gar nicht langer Zeit als Gastlieger in Neßmersiel. Da fiel mir das Boot auch schon auf. Und da es gerade seinen Platz am Steg freigemacht hatte, um auszulaufen, habe ich mein Boot gleich an dem freien Platz festgemacht. Als ich mich dann beim Hafenmeister meldete, sagte der mir: ›Tut mir leid, du musst den Platz wieder frei machen. Das ist ein Platz für die Stammlieger.‹«

»Das heißt, der junge Mann kommt aus Neßmersiel«, hakte Nina ein.

»Das glaub ich gar nicht mal. Es war schon ein bisschen merkwürdig. Da war noch ein anderer Skipper beim Hafenmeister, der sprach davon, dass die *Friedenstaube* jetzt einem Julian gehört. Aber der sollte da wohl gar nicht mehr wohnen und auch kein Mitglied im Verein sein.«

»Und was sagte dann der Hafenmeister?«, hakte die Stegwartin nach.

»Der meinte, dass Julians Vater, dem das Boot vorher gehörte, doch noch Mitglied im Verein wäre. Jedenfalls habe ich dann mein Boot entsprechend umgesetzt.«

»Warte mal«, sagte Nina und zog ihr Handy aus der Tasche. »Ich glaube, das sollten wir mal sofort der Polizei melden. Ich habe die Handynummer einer Kommissarin, die auch Nina heißt.«

»Am Wochenende?! Glaubst du, dass da jemand von der Polizei vom Festland herkommt? Also, ich kann nicht so lange warten, sonst ist meine Verabredung weg!«

»Schauen wir mal«, erwiderte die Stegwartin.

Im gleichen Augenblick meldete sich die Nina von der Polizei auf dem Handy: »Moin Nina, du rufst auf meinem Handy an, dann muss es wichtig sein! Was gibt's?«

Die Stegwartin schilderte in kurzen Worten, was der Skipper ihr gerade mitgeteilt hatte, worauf die Kommissarin sagte: »Vielen Dank, Nina! Ich glaube, die Information könnte sogar sehr wichtig sein! Zum einen die Beobachtungen des Skippers, aber zum anderen die falsche Angabe des Heimathafens durch dessen Bootsnachbar. Und dann haben der Alte und der Junge auch noch was über Bord gehen lassen. Ich könnte mir schon fast denken, was das war. Es fehlt nur noch, dass die beiden Männer der *Friedenstaube* auch zum Tatzeitpunkt auf Spiekeroog waren.«

»So viel kann ich dir schon sagen: An dem Sonntagmorgen, als Arjen umgebracht wurde, war das Boot im Hafen. Aber weder der Skipper noch sein Mitfahrer waren an Bord. Das weiß ich deshalb so genau, weil ich deswegen ein gelöstes Halteseil selbst wieder festgemacht hatte. Aber ob das Boot dann auch noch den ganzen Tag im Hafen war, da frage ich mal nach«, sagte die Stegwartin und fragte dann den Skipper: »Weißt du, ob die *Friedenstaube* auch am Samstag und Sonntag die ganze Zeit im Hafen gewesen ist?«

»Das weiß ich sogar sehr genau. Ich sagte ja schon, dass ich Besuch hatte. Mein Bekannter war übers Wochenende auch mit seinem Boot hier im Hafen und Samstagabend haben wir zusammen gegrillt. Am Sonntagabend waren wir zusammen kurz essen und haben anschließend, wie ich dir schon sagte, noch ein paar Bier zusammen getrunken, bevor er dann auf seinem Boot in die Koje ging.«

»Nina, ich habe es schon mitgehört«, sagte die Kommissarin. »Bitte informier doch sofort Siegi, euren Inselsheriff, er soll mit dem Zeugen ein Protokoll aufnehmen und mir sofort schicken!«

»Der Skipper hat aber eine Verabredung und wollte eigentlich gleich auslaufen«, sagte die Stegwartin.

»Nina, wir sind mitten in unseren Ermittlungen und verfolgen nicht nur eine Spur, wie du dir denken kannst. Aber das sind manchmal so Informationen, die dann plötzlich zu einer ganz heißen Spur werden. Kann dein Skipper mithören?«

»Ja, ich hatte auf laut gestellt und vergessen es dir zu sagen.«

»Ist schon okay. Dann bitte ich ihn, zumindest so lange mit seinem Auslaufen zu warten, bis Siegi das Protokoll mit ihm gemacht hat. Es gibt ja Handys, dann wird dein Skipper seine Verabredung sicher informieren können, dass er eine halbe Stunde später kommt.«

»Klar, mache ich«, warf der Skipper ein. »Ich hatte ja selbst schon daran gedacht, Ihre Kollegen am Montag zu informieren. Aber die waren schon weg, als ich von meinem Turn zurückkam, und dann habe ich es vergessen, bis Nina mich vorhin nach der *Friedenstaube* fragte.«

»Alles gut, dann will ich Sie nicht so lange aufhalten. Übrigens, mein Mann hatte auch mitgehört und hat gerade schon über sein Handy mit Siegi telefoniert. Der müsste eigentlich gleich schon bei euch im Hafen ankommen.«

»Ich seh ihn schon«, unterbrach die Stegwartin.

»Dann sage ihm, dass er auch gleich deine Aussagen dazu aufnehmen soll! Vielen Dank an dich und den Skipper!«, sagte die Kommissarin und beendete das Telefonat.

Es dauerte keine Stunde, dann hatte Nina die beiden Zeugenaussagen in ihrem Messenger. Sie war inzwischen mit Bert zur Dienststelle gefahren und hatte auch Oke und den Leiter der Forensik alarmiert. Sören bekam von ihr auch die Protokolle auf seinen Messenger geschickt.

Als Sören in Berts Dienstzimmer ankam und sie sich begrüßt hatten, sagte er: »Wir haben Riesenglück! Einer unserer Taucher ist mit einem Küstenschnellboot von Wilhelmshaven auf dem Weg nach Langeoog zu einem Einsatz. Das habe ich erfahren, als ich beim Küstenschutz einen Taucher anfordern wollte. Der hat sich über Funk inzwischen gemeldet. Das Schnellboot befindet sich gerade kurz vor Spiekeroog. Der schiebt diesen Einsatz dazwischen. Wenn es das ist, was ihr und ich vermuten, dann wird er mit seinem Metalldetektor das Notebook des Privatdetektivs da im Hafen bei der Steganlage finden.«

Inzwischen war auch Oke im Kommissariat eingetroffen und hatte sich bei Bert gemeldet. Dieser gab ihm den Auftrag, in seinen digitalen Datenspeicherungen nach dem Namen Julian zu suchen. Auf der Liste der Stegwartin fand Oke den Namen Julian Harmsen. Und dieser stand tatsächlich auch auf einer Vorbestraften-Liste der Zentraldatei. In Arjens Dateiverzeichnis der Detektei-Aufträge tauchte der Name allerdings nicht auf. In den älteren Dateien auf den Festplatten aus Arjens Zeit als Investigativ-Journalist brauchte Oke nicht zu suchen. Dafür war Julian noch zu jung.

Aus Okes Liste der Vorbestraften war ersichtlich, dass der junge Mann wegen Betrügereien im Darknet zu fünf Jahren Haft verurteilt worden war. Nachdem Oke die Akte vorliegen hatte, stellte er fest, dass Julian studierter Informatiker war und sich im Auftrag von Betrügern als Hacker betätigt hatte. Sein Job bestand darin, sich Zugang zu den Computern der Opfer zu verschaffen. Diesen Zugang nutzten dann seine Auftraggeber für ihre krummen Geschäfte. Was diese genau machten, interessierte ihn dann nicht mehr. Hauptsache, er bekam sein Geld für seine Dienstleistung in Form von Kryptowährungen, damit keine Verbindung zu seinen Bankdaten und damit zu ihm hergestellt werden konnte.

Wodurch Julian Harmsen der Justiz ins Netz gegangen war, konnte Oke bei einer Schnelldurchsicht der Akte nicht erkennen. Da er aber wusste, dass inzwischen die Spezialabteilungen der Kriminaltechnischen Institute in den Bundesländern digital aufgerüstet hatten, nahm er an, dass das KTI dem Hacker auf die Spur gekommen war. Jedenfalls hatte er eine fünfjährige Haftstrafe in der JVA Oldenburg abgesessen.

Oke wollte die Akte schon schließen und Nina und Bert das Ergebnis bringen, als er einer plötzlichen Eingebung folgend nochmal im Explorer den Gesamt-Ordner mit Arjens Auftragsdateien öffnete. Dann gab er den Suchnamen ›Julian Harmsen‹ ein. Im gleichen Moment wurde ihm eine Auftragsdatei angezeigt, in der es um einen Betrugsfall ging. Der Name Harmsen tauchte darin nur in den Recherchen des Detektivs auf. Im Dateinamen standen der betrogene Unternehmer und als Zielobjekt der Betrüger, der den Hacking-Auftrag an Julian Harmsen erteilt hatte.

Hintergrund der Geschichte war: Ein Unternehmer hatte aufgrund einer öffentlichen Ausschreibung für einen großen Millionenauftrag erfahren, dass ihn ein Mitbewerber mit seinen Daten und speziellen Ideen, aber einem niedrigeren Angebotspreis, den Auftrag weggeschnappt hatte. Der Unternehmer beauftragte den Privatdetektiv Arjen Wolthoff mit den Ermittlungen. Dieser fand schließlich heraus, dass der Unternehmer gehackt worden war und der Konkurrent seine Ideen tatsächlich gestohlen hatte. In dem Zusammenhang tauchte der Name Julian Harmsen auf. Eine Beschlagnahme und Durchsuchung von dessen Computertechnik durch das KTI hatte es ans Licht gebracht. Da Julian bei der Gelegenheit auch noch andere ähnliche Vergehen nachgewiesen werden konnten, wurde er zu einer Gesamtstrafe von fünf Jahren Haft verurteilt.

Mit diesem Ergebnis ging Oke zu seinen Vorgesetzten und informierte diese über das, was er herausgefunden hatte.

»Mensch, Oke, clever gemacht!«, lobte Nina den Kollegen. »So wie es aussieht, ist Julian Harmsen nur durch die Recherchen des Privatdetektivs der Justiz ins Netz gegangen. Was aber auch heißt, dass er möglicherweise ein Motiv hat.«

»Aber wie den Aussagen des Skippers auf Spiekeroog zu entnehmen ist, war Harmsen ja nicht allein, sondern mit einem älteren Mann zusammen an Bord der *Friedenstaube*. Dessen Namen kennen wir aber noch nicht«, sagte der Soko-Leiter.

»Dann warten wir doch mal ab, ob und was der Taucher bei der Steganlage des SSC findet«, sagte Sören. »Sollte es sich tatsächlich um Arjens Notebook aus seinem Motorboot handeln, dann können wir mit der Zeugenaussage des Skippers doch sicher einen Haftbefehl für den Bootseigner der *Friedenstaube* und einen Durchsuchungsbeschluss für das Boot erwirken. Vielleicht finden wir dann schon einen Hinweis auf den älteren Mann, der mit an Bord des Bootes gewesen ist. Haben wir überhaupt Harmsens aktuelle Adresse?«

»Haben wir«, sagte Oke. »Der ist kurz nach seiner Haftentlassung nach Esens umgezogen, wie in der Akte steht. Vorher hat er wahrscheinlich noch bei seinen Eltern in Dornum gewohnt. Jedenfalls war das seine Adresse vor seiner Verurteilung.«

Bert hatte inzwischen die Staatsanwaltschaft informiert. Der Staatsanwalt war sich sicher, einen Haftbefehl für Julian Harmsen und einen Durchsuchungsbeschluss für dessen Wohnung und Boot vom Haftrichter zu bekommen, wenn sich Arjens Notebook tatsächlich bei der Steganlage des SSC finden lassen sollte.

Es dauerte nicht lange, dann kam vom Küstenschnellboot die Nachricht, dass Arjens Notebook tatsächlich neben dem Liegeplatz der *Friedenstaube* gefunden worden war. Aber nicht nur dieses, sondern auch noch ein Handy und eine Fotoausrüstung. Die Beamten waren sich sicher, dass es sich dabei um die von der Spurensicherung am Tatort bereits vermissten Gegenstände handelte. Kurz darauf gingen auch die Fotos der Gegenstände bei Bert im Messenger ein.

Die Küstenwache wollte nach dem Einsatz des Tauchers auf Langeoog auf dem Rückweg nach Wilhelmshaven die sichergestellten Asservate im Hafen von Neuharlingersiel vorbeibringen. Die Kollegen des Küstenschutzes wollten Bescheid geben, wann sie in Neuharlingersiel sein würden. Dann könnte dort ein Streifenwagen des Kommissariats diese übernehmen und zur Forensik bringen.

Bert informierte den Staatsanwalt und schickte ihm die Fotos. Dieser sagte: »Wenn Ihre Forensik die Geräte identifiziert hat, dann wird der Haftrichter die gewünschten Beschlüsse zur Verhaftung und Durchsuchung sofort unterschreiben.«

»Können wir das nicht etwas beschleunigen?«, wollte der Soko-Leiter wissen. »Wir brauchen doch nur die verbindliche Bestätigung, dass es sich bei den Asservaten tatsächlich um die Gegenstände des Ermordeten handelt, die er auch immer bei seinen Einsätzen dabeihatte.«

»Der Detektiv ist tot, den können wir nicht mehr fragen«, erwiderte der Staatsanwalt.

»Ja, aber seine Sekretärin und rechte Hand lebt zum Glück noch«, merkte Bert an. »Wir haben die Fotos aus unterschiedlichen Perspektiven. Und meine Frau hat schon bei ihr angerufen. Sie ist zu Hause und ist sich sicher, dass sie die Gegenstände identifizieren kann. Wir könnten sofort hinfahren und mit der Frau eine Zeugenanhörung machen. Außerdem sagte sie, dass auf der externen Festplatte, die sich im Moment bei uns befindet, vom Notebook, Handy und der Fotoausrüstung die seinerzeitigen Kaufunterlagen mit Bildmaterial gespeichert sind. Da werde ich gleich meinen IT-Spezialisten dransetzen.«

»Das sind gute Ideen. Wenn faktisch beweisbar ist, dass alle Gegenstände, die bei der Steganlage aus dem Hafen geholt worden sind, das Eigentum des Ermordeten waren, könnte das auch den Richter überzeugen.«

Während Nina sich auf den Weg zu Arjens Sekretärin machte, setzte sich Oke an die Festplatte. Es dauerte nicht lange, dann hatte er alle erforderlichen Beschaffungsdaten mit Prospektfotos auf der Festplatte gefunden. Er stellte die jeweiligen Fotos in einer passenden Perspektive so zusammen, dass auf einen Blick zu erkennen war, dass es sich tatsächlich um dieselben Geräte handelte, die der Detektiv erworben hatte.

Es dauerte keine halbe Stunde, dann war auch Ninas Protokoll über das Zeugengespräch bei Bert auf dem Messenger und kurze Zeit später auch alles beim Staatsanwalt. Dieser hatte den Haftrichter nach dem Telefonat mit Bert bereits vorinformiert. Als dann alle Dokumente auch bei Gericht vorlagen, schickte der Richter den Haftbefehl für Julian Harmsen und die Durchsuchungsbeschlüsse für seine Wohnung, sein Homeoffice und sein Boot an den Staatsanwalt. Dieser leitete diese umgehend dem Kommissariat zu.

Bert hatte inzwischen sein ganzes Team im Meetingraum zusammengerufen. Auch der Leiter der Forensik war mit einem Team dazugekommen. Das Boot lag zurzeit in Neßmersiel in einer gesicherten Steganlage, deren Schließanlage nur mit einer Magnetkarte geöffnet werden konnte, wie der Hafenmeister sagte. Ohne ihn würde die Spurensicherung somit nicht auf das Boot kommen.

Nachdem Bert alle Anwesenden begrüßt hatte, sagte er: »Wir haben uns mit der Staatsanwaltschaft entschlossen, möglichst unauffällig vorzugehen. Das heißt, wir haben keine SEK-Unterstützung angefordert. Wir wollen auf den Überrumpelungseffekt setzen. Wir machen das, um zu verhindern, dass Harmsen Lunte riecht und seine Computeranlage sperrt oder sogar löscht. Nina wird uns gleich über den Beamer Google-Maps-Bilder, auch über Streetview, von dem Haus zeigen, in dem Harmsen wohnt und arbeitet. Da seine Wohn- und Geschäftsadresse identisch sind, gehen wir davon aus, dass er das Haus privat und geschäftlich nutzt. Dazu haben wir von Silke inzwischen die Bestätigung.«

»Als ich die Adresse hörte, sagte ich Bert, dass auf der anderen Straßenseite eine Freundin von mir wohnt«, berichtete Silke. »Ich habe meine Freundin angerufen und ein wenig ausgefragt. Harmsen wohnt mit seiner Freundin tatsächlich allein im Haus. Meine Freundin ist zwar nicht mit ihr befreundet, aber die beiden kennen sich. Daher wusste sie, dass Harmsens Freundin über das Wochenende zu ihrer Mutter gefahren ist. Er ist also ganz allein im Haus.«

»Also, das spielt uns schon in die Karten«, übernahm wieder Bert. »Wir werden mit der schusssicheren Weste unter einem zivilen T-Shirt in den Einsatz gehen. Zum Einsatz kommen nur Zivilfahrzeuge ohne Blaulicht. Aber Silke hat noch etwas.«

»Meine Freundin beteiligt sich freiwillig an einer Haus- und Straßensammlung für die Kriegsgräberfürsorge. Sie hat auch die verplombte Sammelbüchse dafür bei sich zu Hause. Ich treffe mich gleich mit ihr und sie wird mir die Büchse und die Sammelliste mitbringen. Wie es dann weitergeht, sagt euch Bert.« Dann machte sie sich auf den Weg, ihre Freundin zu treffen.

»Also, diese Vorgehensweise habe ich natürlich nicht mit der Staatsanwaltschaft abgesprochen. Aber manchmal heiligt der Zweck doch die Mittel. Oke hat sich mit Harmsens Akte inzwischen sehr vertraut gemacht. Da stand, dass damals ein erster Verhaftungsversuch gescheitert war, weil Harmsen die Tür gar nicht erst aufgemacht hat, er hatte die Kollegen schon kommen sehen. Dann hat er in seinem PC die Zugangsdaten gesperrt und vieles gelöscht. Das musste das KTI erst mühsam wieder herstellen, soweit das überhaupt möglich war. Wahrscheinlich hätte ihm noch viel mehr nachgewiesen werden können. Jedenfalls war seine Festnahme erst möglich, nachdem seine abgesicherte Tür aufgebrochen werden konnte.«

»Bert, und wer aus deinem Team wird dann die fingierte Spendensammlung durchführen?«, wollte Sören wissen. »Wenn Nina und du das machen, erscheint das wohl wenig glaubwürdig.«

»Das sehen wir auch so. Deswegen werden das Rita und Oke übernehmen. Die Details haben wir vorhin schon besprochen. Nina wird euch gleich mit dem Streetview von Google Maps genau zeigen, wo ihr eure Fahrzeuge abstellt und welchen Weg Rita und Oke, mit Abstand gefolgt von Nina und mir, nehmen werden. Wo unsere Spurensicherung und Silke mit unserem Einsatzbus auf weitere Anweisung warten, zeigt Nina auch gleich.«

»Und was ist mit dem Boot?«, wollte Oke wissen.

»Das Boot liegt heute im Hafen von Neßmersiel, wie wir inzwischen durch Anruf beim Hafenmeister geklärt haben«, antwortete Sören. »Das ist der Zuständigkeitsbereich unserer Polizeiinspektion Aurich. Mit der Soko-Leiterin Femke Peters und der dort als Leiterin der Forensik zuständigen Maren Wenker haben wir vereinbart, dass die das übernehmen.«

In dem Moment kam Silke bereits wieder mit Sammelbüchse und Liste in den Meetingraum zurück.

»Bist du geflogen?«, wollte Bert wissen.

»Nein, meine Freundin und ich hatten vereinbart, dass wir uns entgegenfahren. Da meine Freundin heute sowieso für Besorgungen nach Wittmund wollte und ich noch gar nicht unterwegs war, hat sie mir die Sachen gleich zum Kommissariat gebracht.«

Nachdem Nina die Bilder über den Beamer gezeigt hatte und alle ihre Positionen kannten, sagte Bert: »Dann können wir jetzt los. Kein Blaulicht, kein Martinshorn! Wir bleiben die ganze Zeit über Funk miteinander verbunden.«

Es war heute leicht bedeckt und zum Glück kein heißer Tag. Ein kühler Wind rechtfertigte auch eine leichte Jacke über der Sicherheitsweste und dem T-Shirt. Es war in Esens eine lange gerade Straße, links und rechts gesäumt von verklinkerten Wohnhäusern in unterschiedlichsten Größen und Formen. Aber alle hatten gepflegte Rasenflächen und Rabatten vor den Häusern. Sie hatten die Autos am Anfang der Straße auf einem kleinen Parkplatz am Rande eines

Wäldchens abgestellt. Bis zu Harmsens Haus waren es noch gut zweihundert Meter.

Rita und Oke gingen, als seien sie ein junges Pärchen, das bei jemand einen Besuch machen will, die Straße entlang. Nina und Bert folgten ihnen Händchen haltend in etwa fünfzig Meter Abstand. Nach etwa einhundert Metern konnten sie schon Harmsens Haus sehen, das sich in der Klinkerfarbe leicht von den anderen Häusern abhob.

Ab hier gingen sie in den drei Häusern davor jeweils kurz in die Einfahrt rein, bis sie von den Fenstern in Harmsens Haus nicht mehr gesehen werden konnten. Für einen Beobachter sollte es so aussehen, als wenn sie nach einer bestimmten Hausnummer suchten. Für Harmsen, als wenn sie tatsächlich eine Sammlung durchführten.

Dann kamen sie zu seiner Einfahrt, an deren Ende sich separat eine Doppelgarage befand. Vor der Haustür in der Mitte des Hauses war großzügig geplättet worden. Rechts neben der Haustür befand sich die Klingel, die Oke betätigte und sich dann rechts neben die Hauswand stellte, sodass der Hausherr ihn nicht sofort sehen würde. Silke stand mit ihrer Sammelbüchse etwa einen Meter von der Tür entfernt.

Es dauerte einen Moment, bis geöffnet wurde. Ein schwarzgelockter junger Mann stand in der Tür. Als er Rita mit der Sammelbüchse sah, sagte er: »Du kannst gleich wieder gehen. Wenn ich spende, dann nur über das Internet, aber nicht an der Haustür, egal für wen«, dann wollte er die Tür wieder zumachen.

Aber in dem Moment sprang der Zweimetermann Oke, den er nicht hatte sehen können, in die sich schließende Tür, packte Harmsens linken Arm und drehte ihm diesen blitzschnell auf den Rücken. Rita hatte die Sammelbüchse hinter sich ins Gras geworfen, und ehe sich der Angegriffene versah, war sie bei ihm und legte ihm die Handschellen an.

Bert und Nina, die die Aktion über Funk verfolgt hatten, sprinteten im schnellen Lauf heran. Drinnen im Flur verlas Nina dem Festgenommenen dann den Haftbefehl und die wichtigsten Passagen aus dem Durchsuchungsbeschluss.

Während die Beschlüsse verlesen wurden, sagte Harmsen: »Sie können sich das ganze Vorlesen sparen! Solange mein Anwalt noch nicht hier ist, fassen Sie hier nichts an!« Dann setzte er zu einer

Dauerschleife an: »Ich wiederhole: Solange mein Anwalt noch nicht hier ist …«

Als Nina die Dokumente fertig verlesen hatte, sagte Bert in das pausenlose Gefasel des Festgenommenen hinein, aber mit deutlich scharfem Ton: »Herr Harmsen, und Sie können sich Ihr pausenloses Geplapper sparen! Sagen Sie uns die Telefonnummer Ihres Anwalts. Dann stellen wir für Sie die Verbindung her und Sie können dann mit ihm telefonieren. Aber ich sage Ihnen gleich, dabei werden Sie von uns überwacht. Ungestört können Sie mit ihm erst sprechen, wenn Sie mit ihm in unserem Verhörraum im Polizeikommissariat Wittmund sitzen. Sie können ihm dann sagen, dass er gleich dort hinfahren soll. Hier übernimmt ab sofort, wie es im gerichtlichen Durchsuchungsbeschluss bestimmt ist, unsere Spurensicherung.«

Im gleichen Augenblick fuhren die Fahrzeuge der Spurensicherung und der Einsatzbus des Soko-Teams mit Silke am Steuer auf die Zufahrt zur Doppelgarage des Festgenommenen. Sören betrat mit einem seiner Leute in ihren Tatortanzügen den Flur und übergab an Nina und Bert Überzieher für die Schuhe und Handschuhe.

Während der Festgenommene von Rita und Oke unter Protest zum Einsatzbus geführt wurde, startete Sören mit seinem Mitarbeiter sowie Nina und Bert einen Rundgang durch das Haus. Unten befanden sich Küche, Wohn- und Schlafräume, Bad, Gäste-WC und Wirtschaftsraum, durch den eine Tür in die Garage führte.

Oben waren ein Gästezimmer, ein Bad, ein Raum, in dem auch die Gasheizung untergebracht war, und ein großer mit Elektronik vollgestopfter Raum. Der Spusi-Mitarbeiter war ein IT-Spezialist mit spezieller Schulung durch das KTI, wie Sören sagte. Dieser setzte sich sofort an den Arbeitsplatz, auf dem kurz zuvor noch der Festgenommene gesessen hatte.

»Wir haben Glück, der Zugang ist noch offen«, sagte er. »Wenn es Harmsen noch gelungen wäre, diesen zu schließen, hätten wir wahrscheinlich erst einmal eine ganze Weile gebraucht, bis wir wieder Zugang zum System bekommen hätten. Und wenn es uns so gegangen wäre wie damals den Leuten des KTI, dann wären wahrscheinlich bei erkanntem Fremdzugriff digitale Sprengsätze – um es mal bildhaft auszudrücken – gezündet worden. Damals kamen die Kollegen an viele wichtige Informationen über Harmsens Zugang zum Darknet gar nicht mehr heran. Deswegen ist der wohl auch mit einer Haftstrafe von nur fünf Jahren davongekommen.«

»Wie sieht es denn mit einem Zugriff auf Speicherdaten, Benutzernamen und PINs aus?«, wollte Sören wissen. »Wie das KTI uns sagte, muss er das irgendwo extern abgelegt haben. Da sind die Kollegen damals nicht herangekommen.«

»Warte mal«, sagte der IT-Spezialist. »Hier ist eine externe Festplatte an den PC angeschlossen. Bingo! Da haben wir alle Zugangscodes in alphabetischer Reihenfolge. Ich weiß von dem Kollegen im KTI, der damals mit dabei gewesen ist, dass sie eine mit der Axt zerstörte Festplatte gefunden haben.«

»Jetzt wissen wir, warum Harmsen unbedingt darauf bestanden hat, dass hier nichts angerührt wird, bis sein Anwalt da ist«, meldete sich Bert zu Wort. »Bei seiner damaligen Verhaftung hat er die Zeit genutzt, seinen PC weitgehend gegen Zugriffe zu sperren und die Festplatte mit den Zugangscodes zu zerstören, bis die Kollegen die Tür aufgebrochen hatten.«

»Wie ich vorhin schon beim Reinkommen gesehen habe, hätte uns hier das Gleiche geblüht«, stellte Sören fest. »Bert, Hut ab! Dir und deinem Team fallen immer wieder unkonventionelle, aber hocheffektive Methoden ein. Wenn es Harmsen gelungen wäre, die Tür zuzuschlagen, hätte mein Kollege mit Sicherheit keine Chance mehr zum Zugriff auf die Daten gehabt. Aber wir werden gleich das KTI aufschalten, und die Spezialisten aus Hannover übernehmen dann alles Weitere. Die haben inzwischen auch Leute, die sich mit dem Darknet auskennen. Damit wäre selbst mein Spezialteam überfordert.«

»Das wird doch sicher einige Zeit in Anspruch nehmen«, meinte Bert.

»Sehr wahrscheinlich«, bestätigte Sören. »Das kann schon einige Tage dauern.«

»Dann müssen wir etwas unternehmen«, stellte der Soko-Leiter fest. »In dem Haus hier wohnt ja nicht nur Harmsen, sondern auch noch seine Freundin, die gerade über das Wochenende bei ihrer Mutter ist. Wenn die nach Hause kommt, wird sie sich sicher nicht von unserer Versiegelung beeindrucken lassen. Schließlich wohnt sie ja in diesem Haus, wie wir von Silke wissen. Andererseits wissen wir auch nicht, inwieweit sie sich mit dem PC ihres Freundes auskennt. Könnte ja sein, dass sie dann die Bemühungen der Hannoveraner Kollegen unterbindet und den PC abschaltet oder sogar das nachholt, was ihr Freund vor einigen Jahren schon mal durchexerziert hat.«

»Bert, genau daran habe ich auch schon gedacht«, sagte Sören. »Wir müssen die Bereitschaft einsetzen und das Haus rund um die Uhr bewachen lassen. Wenn die Freundin kommt, kann sie sich unter Aufsicht der Kollegen ihre persönlichen Sachen rausholen, die sie auch bei einem Urlaub braucht. Wir mieten dann für sie ein Hotelzimmer an, falls sie nicht für einige Tage wieder zu ihrer Mutter gehen will.«

»Ich werde das gleich veranlassen, wenn wir im Kommissariat zurück sind«, griff Bert den Gedanken seines Kollegen auf. »Nina und ich sind hier erst einmal durch und überlassen euch das Feld. Wir fahren jetzt mit unserem Bulli zu unserem Auto und dann zur Dienststelle.«

Als Nina und Bert in den Einsatzbus stiegen, wurden sie bereits vom Festgenommenen empfangen: »Sie und Ihre Kollegen können sich auf etwas gefasst machen, das sage ich Ihnen! Mein Anwalt wird dafür sorgen, dass Sie sich wegen Freiheitsberaubung, Amtsmissbrauch und vorsätzlicher Körperverletzung vor Gericht wiederfinden! Außerdem wird er die sofortige Aufhebung Ihrer Beschlüsse erwirken und die Medien einschalten, damit die Bevölkerung gewarnt wird, in was für einem Polizeistaat wir mittlerweile leben! Die Bevölkerung muss wissen, dass Sie sich bei unbescholtenen Bürgern auf hinterlistige Art und Weise unberechtigt und gewaltsam Zugang verschafft haben.«

»Er hat mit seinem Anwalt gesprochen«, informierte Rita ihre Chefs. »Wir haben das Gespräch mitgehört. Der Anwalt meinte, wir hätten uns nicht als Spendensammler getarnt Zugang verschaffen dürfen. Wir hätten uns vorher als Polizeibeamte zu erkennen geben und auch den wahren Grund unserer Polizeiaktion nennen müssen.«

»Stimmt, so wie die Kollegen damals bei seiner ersten Verhaftung«, sagte Bert. »Mit dem Ergebnis, dass er denen die Tür vor der Nase zugeschlagen und verriegelt hat. Danach waren die Zugänge zu seinen Internetaktivitäten, insbesondere auch im Darknet, zu einem großen Teil zerstört. Genauso hätte er es auch heute gemacht, wie unsere Spurensicherung bei Sichtung der Haustür bereits festgestellt hat. Aber das können wir gerne der Justiz überlassen und müssen wir hier nicht diskutieren.«

Dann hatte der Bulli Berts Dienstfahrzeug erreicht, und Nina und er stiegen in ihr Fahrzeug. Unterwegs überholten sie mit Blaulicht und Sirene den Einsatzbus. Bert hatte vom Kommissariat einen Hinweis bekommen, dass sich eine kleine Gruppe von Demonstranten vor der Zufahrt zum Kommissariat aufgebaut hatte. Als Bert die Zufahrt zum Haupteingang nutzen wollte, versuchten einige junge Männer ihn daran zu hindern, indem sie sich vor seinen Wagen stellten. Bert ließ die Einsatzsirene ertönen, worauf sich bereits Kollegen an den Fenstern zeigten.

Dann stieg er aus und sagte: »Sie behindern einen Polizeieinsatz. Wenn Sie keinen Platz machen, lasse ich Sie von unserer Bereitschaft wegen Widerstand gegen die Staatsgewalt vorläufig festnehmen.«

»Lasst ihn durch!«, rief von hinten ein Mann mittleren Alters in einem dunkelgrauen Anzug.

Während dieser Aktion hatte Nina bereits den zivilen Einsatzbus informiert und Silke aufgefordert, direkt von der Issumer Straße aus in den Hof des Kommissariats zu fahren.

Als Bert sein Fahrzeug geparkt hatte und er und Nina ausgestiegen waren, kam ein Mann auf sie zu und stellte sich als Zeitungsreporter vor. Dann sagte er: »Wir haben gehört, dass Sie jemanden in Esens unter Vorspiegelung falscher Tatsachen – nämlich einer angeblichen Spendensammlung – und unter Anwendung körperlicher Gewalt festgenommen haben und widerrechtlich in sein Haus eingedrungen sind.«

»Es gab eine Festnahme mit richterlichem Haftbefehl und Durchsuchungsbeschluss«, antwortete der Soko-Leiter. »So viel kann ich Ihnen sagen: Die Festnahme erfolgte im Rahmen eines Tötungsdeliktes. Sobald wir die Freigabe zur Veröffentlichung durch die Staatsanwaltschaft haben, werden wir Sie und Ihre Kollegen in einer Pressekonferenz entsprechend informieren.«

»Hat das was mit dem Toten auf Spiekeroog zu tun?«, wollte der Reporter wissen.

»Warten Sie bitte unsere Pressekonferenz ab. Aber jetzt müssen meine Kollegin und ich dringend ins Gebäude.«

Der Reporter trat daraufhin zur Seite. Die Demoleute hatten sich auf einmal verzogen. Als Nina und Bert in den Eingangsbereich kamen, stand der Mann mit dem Anzug vor dem Schalter und war dabei, dem Schalterbeamten irgendetwas zu erklären.

Als der Beamte Bert entdeckte, sagte er: »Da ist unser Leiter des Kommissariats, Erster Kriminalhauptkommissar Linnig, dem können Sie Ihre Beschwerde vortragen.«

Im gleichen Augenblick stürzte der mittelgroße hagere Mann mit dem schütteren Haar und stechendem Blick auf Bert zu. »Moin, Rechtsanwalt Wilfried Möller, ich vertrete die Interessen meines Klienten Julian Harmsen. Dann sind Sie für diesen widerrechtlichen Polizeieinsatz verantwortlich! Ich habe bereits den Haftrichter informiert. Er wird den Haftbefehl und den Durchsuchungsbeschluss aufheben. Daher verlange ich, meinen Mandanten, Herrn Julian Harmsen, unverzüglich freizulassen! Sofern ihre Spurensicherung sich noch widerrechtlich dort im Haus aufhalten sollte, haben Sie diese sofort von dort abzuziehen! Alles, was Sie sich bei Ihrer Aktion widerrechtlich angeeignet haben, kann vor Gericht nicht mehr gegen meinen Klienten verwendet werden und ist daher sofort zurückzugeben!«

Ohne auf den Redeschwall des Anwalts einzugehen, sagte Bert ganz ruhig: »Herr Möller, nehmen Sie einen Moment hier im Eingangsbereich auf der Bank Platz. Wir werden Sie rufen, wenn wir die erkennungsdienstliche Aktualisierung Ihres einschlägig vorbestraften Klienten erledigt haben und er bei uns im Verhörraum sitzt. Dann können Sie mit ihm ungestört reden. Bis dahin müssen Sie sich leider gedulden. Aber ich werde sofort veranlassen, dass Ihnen die Akte Ihres Klienten hierhergebracht wird, damit Sie sich schon mal einlesen können.«

»Habe ich mich unklar ausgedrückt, Herr Kommissar? Sie übergeben mir jetzt sofort meinen Klienten und ziehen Ihre Leute aus seinem Haus ab! Das werden Sie tun!«

»Was ich tue, entscheide ich in diesem Haus hier immer noch selbst! Und jetzt gehen Sie mir aus dem Weg, ich muss nach oben zu meinem Dienstzimmer.«

»Chef, brauchen Sie Unterstützung?«, fragte der Schalterbeamte, der inzwischen auch in den Eingangsbereich getreten war.

»Danke, alles gut!«, sagte Bert und ging mit Nina an dem verdutzten Anwalt vorbei, die Treppe rauf.

Da Silke inzwischen mit dem Festgenommenen die erkennungsdienstliche Erfassung durchführte, schickte Bert Rita mit einem neutralen Tablet, auf dem die bisherigen Ermittlungsergebnisse und Harmsens Vorgeschichte gespeichert waren, zu dem Anwalt.

Danach rief er beim Staatsanwalt an und fragte diesen, ob der Richter tatsächlich die Beschlüsse aufgehoben hätte. Der Jurist sagte daraufhin: »Der Anwalt betreibt eine Kanzlei in Wilhelmshaven und hat schon mehrfach Fälle aus der organisierten Kriminalität vertreten. Wie ich gerade vom KTI Hannover erfahren habe, ist es Ihren Kollegen von dort gelungen, sich auf Harmsens Computer aufzuschalten. Daher steht bereits jetzt fest, dass Julian Harmsen tatsächlich schon wieder als Hacker für die organisierte Kriminalität tätig war und ist. Daher auch das verstärkte Interesse dieses Anwalts. Allein aufgrund der Fakten, die mir und dem Haftrichter bis jetzt bereits durch das KTI vorliegen, wird in jedem Fall bis auf Weiteres U-Haft angeordnet. Unabhängig davon gehen Sie bitte Ihren Ermittlungsansätzen im Mordfall des Privatdetektivs weiter nach.«

»Werden wir«, bestätigte der Soko-Leiter. »Ergänzend zu unserem Einsatz von vorhin noch eine Info: Als wir aus Esens zurückkamen, hatte der Anwalt eine kleine Demo vor unserem Kommissariat organisiert. Ich weiß gar nicht, wo der die Leute in so kurzer Zeit hergeholt hatte. Jedenfalls versuchten die mich sogar daran zu hindern, mit meinem Wagen auf den Parkplatz vor unserem Haupteingang zu fahren. Nachdem ich die Leute darauf hinwies, dass ich im Einsatz sei, machten sie Platz und waren kurz darauf auch alle auf einmal verschwunden.«

»Ich wette, wenn Sie den Anwalt fragen werden, weiß der nicht, woher die Leute gekommen sind«, sagte der Staatsanwalt. »Übrigens, der Richter und ich sind bezüglich Ihrer Vorgehensweise, die der Anwalt beanstandet, zur gleichen Einschätzung gekommen. Ihre Leute waren aufgrund von Harmsens Vorgeschichte zur Gefahrenabwehr gezwungen, den Mann erst dingfest zu machen, bevor Sie ihm den Haftbefehl und seine Rechte verlasen. Übrigens, der Richter hatte dem Anwalt nicht gesagt, dass er die Beschlüsse aufhebt, sondern, dass er die Angelegenheit prüfen wird. Also, netter Versuch von dem Anwalt. Die Entscheidung des Richters, dass die Beschlüsse in Kraft bleiben und sogar noch erweitert werden, müssen gleich auf Ihrem Messenger eingehen. Übrigens bin ich ziemlich sicher, dass sich der Verhaftete in Bezug auf unseren Spiekerooger Mordfall auf sein Schweigerecht berufen wird.«

Als schließlich Nina und Bert dem Anwalt und seinem Klienten im Verhörraum gegenübersaßen, versuchte der Anwalt erneut die sofortige Freilassung seines Klienten zu erwirken. Nachdem Bert ihm eine Kopie der Mail des Richters rübergeschoben hatte, sagte der Anwalt: »Ich denke, hier ist das letzte Wort noch nicht gesprochen! Und zu den Vorwürfen bezüglich des Tötungsdeliktes kann ich nur sagen: Damit hat mein Mandant nichts zu tun und ich habe ihm geraten, dazu auch keine Aussagen zu machen. Auch hier soll ihm etwas untergeschoben werden! Nur, weil ein Bootsnachbar etwas gehört zu haben glaubt und zufällig verdächtige Gegenstände des Toten in der Nähe des Liegeplatzes des Bootes meines Klienten gefunden wurden, können Sie Herrn Harmsen keinen Mord anhängen! Der Gerichtsverhandlung sehen wir ganz gelassen entgegen und morgen werde ich Haftverschonung bei der nächsthöheren Instanz beantragen.«

Nachdem Bert die Vernehmung beendet hatte, ließ er, wie vom Haftrichter angeordnet, Harmsen in U-Haft bringen.

10. Kapitel

Für das Kommissariat in Wittmund war es mal wieder nicht nur eine turbulente Woche, sondern auch ein solches Wochenende gewesen. Das Überstundenkonto hatte wie schon so oft reichlich Zuwachs erhalten. Noch am Sonntag war eine E-Mail des Unternehmers Jorin Bültena eingegangen, dass er auf dem Rückweg nach Ostfriesland sei. Er teilte mit, dass er sich mit seiner Freundin Katharina Seufert und seinem Anwalt um zehn Uhr im Kommissariat melden würde.

Pünktlich um zehn Uhr saßen der Soko-Leiter und seine Stellvertreterin dem Liebespaar und dem Anwalt im Verhörraum gegenüber. Als Bert sagte, dass er das Gespräch aufzeichnen wollte, meldete sich der Anwalt zu Wort: »Von mir aus zeichnen Sie auf, was Sie wollen. Soweit ich heute Morgen von meinem Klienten erfahren habe, hatte seine Ehefrau den ermordeten Privatdetektiv beauftragt, ihren Mann zu beschatten, um beweiskräftige Fotos für dessen eheliche Untreue zu beschaffen. Es gibt sogar ein Video des Detektivs, das er kurz vor seinem Tod an seine Sekretärin geschickt hat. Wieso ermitteln Sie dann überhaupt in dem Mordfall gegen meinen Klienten? Der ist doch in diesem Fall eher das Opfer, das gestalkt wurde!«

»Arjen Wolthoff wurde durch eine Schussverletzung von hinten getötet«, antwortete der Kommissar. »Ihr Klient wurde kurz vorher in einem etwas tiefer gelegenen Dünenausläufer in etwa dreißig Meter Entfernung vom Opfer gefilmt. Also kann Ihr Klient selbst den Schuss wohl kaum abgegeben haben.«

»Wenn Sie das schon selbst sagen, wieso sitzen wir dann hier überhaupt zusammen?«, zeigte der Anwalt wenig Verständnis.

»Fakt ist, dass allein das Beweisvideo vom Seitensprung Ihres Klienten diesen aufgrund eines Ehevertrages Millionen kosten wird. Normalerweise würde seine Ehefrau bei einer Scheidung aus ihrer Initiative – oder wenn ihr ein Seitensprung nachzuweisen wäre – mit einer Minimalabfindung abgespeist. Das könnte durchaus ein Motiv für einen Auftragsmord sein, um das Kind beim Namen zu nennen.«

»Mein Klient ist ein unbescholtener Mann! Wie kommen Sie überhaupt darauf, ihm so etwas zu unterstellen? Steckt da vielleicht seine Ehefrau dahinter?«

»Wir sind keine Privatermittler!«, erwiderte der Soko-Leiter. »Unsere Ermittlungen hat Ihr Mandant selbst ausgelöst.«

»Das verstehe ich nicht! Mein Klient hatte weder zu Ihnen Kontakt noch Sie zu ihm! Das sind doch alles an den Haaren herbeigezogene Unterstellungen!«

»Dass weder Herr Bültena noch Frau Seufert auf unsere E-Mails reagierten, ist eine Tatsache, Herr Anwalt! Nicht gerade das Verhalten, wie wir es normalerweise von Personen kennen, die sich nichts haben zuschulden kommen lassen. Stattdessen der spontane Urlaubsabbruch Ihres Klienten und sein fast fluchtartiges Verlassen der Insel. Und das dann rein zufällig an dem Morgen, an dem wir unsere Ermittlungen mit der Suche nach Jorin Bültena aufgenommen haben – den wir übrigens zu diesem Zeitpunkt als Zeugen suchten. Das löst zumindest ein paar Fragen aus! Daher unsere Vorladung – zumal Ihr Klient der letzte Beschattungsauftrag des Ermordeten gewesen ist, wie wir schnell herausfanden, nachdem wir die Identität des Opfers kannten. Aber Herr Anwalt, vielleicht lassen Sie mal Ihren Klienten selbst die offenen Fragen beantworten. Es wäre ja nicht auszuschließen, dass es für alles eine plausible Erklärung gibt.«

»Die gibt es in der Tat, Herr Kommissar!«, meldete sich jetzt Jorin Bültena zu Wort. »Das, was Sie als mögliches Motiv für einen Auftragsmord bezeichnen, existiert ja wirklich. Nämlich ein Ehevertrag wie aus dem vergangenen Jahrhundert. Diesen hatten meine Eltern noch von unserem damaligen selbst hochbetagten Familienanwalt aufsetzen lassen. Heute würde man sagen, völlig aus der Zeit gefallen.«

»Meine Worte«, unterbrach ihn sein Anwalt. »Aber dich könnte er die Firma kosten.«

»Ja, stimmt! Deswegen war ich gestern auch bei meiner Ehefrau zu Hause und habe mich mit ihr ausgesprochen. Anschließend habe ich ein paar Koffer gepackt und bin mit Kathi vorübergehend in eines unserer Ferienhäuser in Harlesiel gezogen, das gerade wegen anstehender Reparaturarbeiten frei war. Unsere Ehe hat schon eine ganze Weile nur noch auf dem Papier bestanden. Eine Belastung für meine Ehefrau und für mich! Und inzwischen steht fest, dass Kathi und ich nach meiner Scheidung die Ehe schließen wollen.«

»Herzlichen Glückwunsch«, sagte die Kommissarin. »Aber das erklärt immer noch nicht Ihr merkwürdiges Verhalten, um es mal vorsichtig auszudrücken.«

»Es ging mir dabei ausschließlich darum, dass meine Frau nicht noch über Umwege von meinem Seitensprung Kenntnis und Beweise erhält. Davon, dass jemand mich und meine Freundin bereits am Sonntagmorgen sogar gefilmt hatte, hatte ich ja keine Ahnung. Das Video hat mir meine Frau gestern gezeigt und mir über WhatsApp aufs Handy geschickt. Kathi und ich sind uns darüber einig, wir hätten auf Spiekeroog bleiben und unsere restlichen Urlaubstage dort genießen können. Stattdessen die idiotische Fahrerei erst nach Xanten und dann Frankfurt.«

»Und was hat Ihr Gespräch mit Ihrer Ehefrau gestern gebracht?«, hakte Bert nach.

»Inzwischen, auch nach den zwei Tagen in Frankfurt, will ich die Scheidung konsequent durchziehen. Ein Eheleben, wie meine Eltern es bis zu ihrem Ableben nebeneinanderher geführt haben, will ich nicht! Daher habe ich mich entschlossen, ohne Berücksichtigung meines Ehevertrages meine Ehefrau in vollem Umfang abzufinden – selbst wenn sie ihren Firmenanteil komplett einfordern und ich keine Bankfinanzierung in der erforderlichen Höhe bewilligt bekommen sollte. Dann ist das eben so und die Firma wird verkauft. Wäre vielleicht sogar die bessere Lösung, denn meine Profession ist ein Lehrstuhl an der Uni, aber keine Unternehmensführung, wie ich selbst inzwischen gemerkt habe.«

»Herr Bültena, vielen Dank für Ihre offenen Worte!«, sagte der Kommissar. »Damit haben Sie einem denkbaren Motiv die Grundlage entzogen. Es ist gut, dass Ihr Anwalt die Aufzeichnung unseres Gesprächs nicht verhindert hat. So kann ich dieses gleich im Anschluss an die Staatsanwaltschaft weiterleiten. Ich gehe mal davon aus, dass von dort keine neuen Verdachtsansätze kommen werden und wir unsere Ermittlungen in Ihrem Fall einstellen können. Aber wie gesagt, das ist letztlich die Entscheidung der Justiz. Bis dahin halten Sie sich bitte weiterhin zu unserer Verfügung.«

***

Nach der Mittagspause war vom Soko-Leiter ein großes Meeting anberaumt worden. Neben seinem Soko-Stammteam nahmen der Wittmunder Forensik-Leiter und der Bereitschaftsgruppenführer daran teil. Eigentlich hätte auch die Leiterin der Forensik aus Aurich dabei sein sollen, aber die hatte schon angekündigt, dass sie noch wichtige Ergebnisse abwarten und mitbringen wollte.

Zunächst berichtete Bert über die bisherigen Ergebnisse und faktischen Sachstände: »Ich beginne in der Reihenfolge, in der uns die potenziellen Verdächtigen in unsere Ermittlungen gekommen sind. Unser erster Verdächtiger war der Unternehmer Jorin Bültena. Diesen haben wir heute Vormittag mit seiner Geliebten und seinem Anwalt zur Anhörung gehabt. Hauptgründe waren ein millionenschweres Motiv, seine zeitliche und örtliche Nähe zum Tatort und sein fast fluchtartiges Verlassen der Insel, als wir begannen uns in den Unterkünften nach seinem Namen zu erkundigen.«

»Und wie ist das Ergebnis?«, wollte Sören wissen.

»Sein merkwürdiges Verhalten erklärte er mit seiner Angst, dass seine Frau von seinem Verhältnis hätte erfahren können und er sie mit einem Millionenbetrag hätte abfinden müssen. Inzwischen hatte er eine Aussprache mit ihr und will selbst die Scheidung. Und das selbst dann, wenn ihn das die Hälfte seines gesamten Vermögens kostet. Danach will er Katharina Seufert, die mittlerweile weit mehr als nur seine Geliebte ist, heiraten.«

»Klingt nach Happyend!«, freute sich Silke.

»Aber nicht für uns. Wir suchen immer noch unsern Westendmörder«, fuhr der Soko-Leiter fort. »Ich komme zu unserem zweiten Verdächtigen, Janno Feldmann. Auch bei dem ging es, wie ihr wisst, in seinem abgeschlossenen Verfahren um Millionen. Dass er überhaupt aufgeflogen ist, hatte er den Recherchen des Ermordeten zu verdanken. Daher für unsere Ermittlungen das Hauptmotiv: Rache. Erschwerend kam für ihn hinzu, dass er widerrechtlich in das Haus des Ermordeten eingedrungen war, um diesen auszuspähen. Wie den Aufzeichnungen seiner versteckten Kameras zu entnehmen war, kannte Feldmann den Auftrag des Privatermittlers und damit auch Zeit und Ort dessen Einsatzes. Daher konnte auch nicht der Verdacht ausgeräumt werden, dass dies der einzige Grund war, warum er sich mit seiner Frau genau zum gleichen Zeitpunkt in der Ferienanlage beim Westend eingemietet hatte – und später geradezu fluchtartig die Insel verlassen hat, als er am Weststrand unserer Polizeiabsperrung gewahr wurde.«

»Deshalb verstehe ich nicht, dass der nicht in U-Haft genommen wurde«, meldete sich Oke zu Wort, »zumal er ja auch noch eine Geld- oder sogar Haftstrafe wegen seines Einbruchs und seiner Ausspähaktion zu erwarten hat.«

»Stimmt, Oke«, bestätigte Bert. »Aber dem Haftrichter waren unsere Verdachtsmomente zu vage, zumal unsere Durchsuchungsergebnisse keinerlei forensische Beweise erbracht haben, mit denen er des Mordes hätte überführt werden können. Hinzu kam, dass sowohl er als auch seine Frau sich voll umfänglich kooperativ gezeigt hatten. Auch seinem Kumpel, Paul Freesmann, konnte noch nicht einmal eine Mitwisserschaft nachgewiesen werden. Deshalb hob der Richter den Haftbefehl wieder auf. Wegen des widerrechtlichen Eindringens und der Abhöraktion wird Feldmann sich in Kürze allerdings wieder vor Gericht zu verantworten haben. Dabei könnte er bis zu drei Jahre Haft aufgebrummt bekommen.«

»Wobei immer noch die Möglichkeit besteht, dass sich Feldmann und seine Frau ins Ausland absetzen«, merkte Nina an. »Wir haben versucht, ihm diesbezüglich über seinen Kumpel auf die Schliche zu kommen. Unser Druckmittel war dabei, dass dieser sich der Mitwisserschaft einer Straftat schuldig machen könnte. Aber Paul Freesmann hat alle unsere Fragen plausibel beantwortet. Und wir wissen ja: Im Zweifel für den Angeklagten.«

»Unsere Verdächtigen Nummer drei und vier fallen durch entsprechende Zeugenaussagen aus unserer Liste raus«, fuhr Bert fort. »Dafür haben wir eine neue höchst verdächtige Person, Julian Harmsen. Dieser hat durch Ermittlungsergebnisse des ermordeten Privatdetektivs schon fünf Jahre gesessen. Er war mit einem unbekannten Komplizen zum Tatzeitpunkt auf der Insel, die er in der Nacht kurz nach dem Mord verlassen hat. Wir wissen von Zeugen über den anderen Mann nur, dass er vom Alter her der Vater des Bootseigners sein könnte. Auch aufgrund einer Zeugenaussage konnten am Platz, an dem sein Boot, die *Friedenstaube*, gelegen hatte, durch einen unserer Taucher verschwundene Gegenstände des Ermordeten im Hafenbecken geborgen werden. Der Aufmerksamkeit der Stegwartin und eines Skippers ist es zu verdanken, dass die *Friedenstaube* nicht im angeblichen Heimathafen Wilhelmshaven, sondern am tatsächlichen Stammplatz in Neßmersiel und damit auch der Eigner gefunden werden konnte. Falls keine Fragen mehr sind, übergebe ich damit an unseren Forensiker.«

»Unser gestriger Einsatz in Esens bei dem Eigner der *Friedenstaube* war dank eurer unkonventionellen Verhaftungsmethode äußerst erfolgreich!«, begann der Forensik-Leiter seinen Vortrag. »Wenn es dem gelungen wäre, die Haustür zuzuschlagen, wäre die ganze Aktion wahrscheinlich ähnlich ausgegangen wie seine erste Verhaftung vor ein paar Jahren. Bei der war es ihm gelungen, die Tür zu verriegeln und vieles in seinem Computer noch zu vernichten. Diesmal hingegen konnte sich das KTI auf den laufenden PC aufschalten. Alles Weitere hat diesbezüglich das KTI übernommen.«

»Haben wir denn schon Erkenntnisse im Zusammenhang mit unserem Mordfall?«, wollte Bert wissen.

»Und ob. Ihr müsst Harmsen aus dem Bad herausgeklingelt haben. Jedenfalls lag seine elektronische Armbanduhr auf der Ablage über dem Waschbecken. Meine Spezialisten haben die GPS-Daten ausgewertet. Ergebnis: Julian Harmsen hat sich zum Tatzeitpunkt genau auf der Düne in etwa zwanzig Meter Entfernung oberhalb des erschossenen Arjen Wolthoff befunden. Wer den tödlichen Schuss abgegeben hat, wissen wir natürlich noch nicht. Das könnte auch der noch unbekannte Mittäter sein. Weitere Auswertungen aus dem Haus laufen noch. Ferner stehen noch die Ergebnisse unserer Auricher Kollegen aus. Wie ihr wisst, hat meine Kollegin Maren Wenker die Durchsuchung der *Friedenstaube* übernommen und wartet noch auf wichtige Ergebnisse eines DNA-Abgleichs, was ja immer ein paar Stunden dauert.«

»Wie ich den Anwalt einschätze, könnte ich mir vorstellen, dass der behaupten wird, dass die Uhr nicht seinem Mandanten gehört«, überlegte Nina.

»Wir haben vorsorglich nach Fingerabdrücken und Hautpartikeln geschaut. Es waren nur Harmsens Fingerabdrücke auf der Uhr und dem Armband. Die DNA-Analyse der Hautpartikel läuft noch, aber da dürfte kein anderes Ergebnis zu erwarten sein«, antwortete Sören.

»Danke, Sören! Und wie sieht es mit dem Personenschutz von Gesine Saatkamp aus?«, wollte der Soko-Leiter wissen.

»Hier zum Glück keine besonderen Vorkommnisse«, sagte der Bereitschaftsgruppenführer. »Aber so, wie ich den bisherigen Stand unserer Ermittlungen interpretiere, können wir noch keine Entwarnung geben.«

»Das ist richtig!«, bestätigte Bert.

»Maren ist unterwegs«, sagte Nina. »Sie hat mir gerade eine WhatsApp geschickt.«

»Dann machen wir einen Moment Pause«, entschied der Soko-Leiter.

Es dauerte keine zwanzig Minuten, dann kam die Leiterin der Forensik der Polizeiinspektion Aurich, Erste Kriminalhauptkommissarin Maren Wenker. Als alle ihre Plätze eingenommen und Maren die Anwesenden begrüßt hatte, sagte sie: »So viel vorweg, wir glauben, dass wir einen Treffer haben. Der Mann wohnt in Aurich. Er heißt Sven Rottmann und ist schon Ende fünfzig. Er hat fünfzehn Jahre abgesessen. Jedenfalls könnte das der zweite Mann an Bord der *Friedenstaube* gewesen sein. Wir haben nur noch keine Verbindung zu eurem ermordeten Privatdetektiv herstellen können. Übrigens liegen unsere Ergebnisse auch schon bei der Staatsanwaltschaft. Für den Fall, dass wir hier die Bestätigung für ein Mordmotiv finden, kann es mit einer Verhaftung sehr schnell gehen. Bert, das würde deine Kollegin Femke Peters in Aurich übernehmen und euch den Festgenommenen dann für das weitere Verfahren übergeben.«

»Maren, ihr scheint euch ja schon ziemlich sicher zu sein. Dann werden wir alles mit Aufzeichnung dokumentieren, was wir jetzt eventuell herausarbeiten. Gegebenenfalls können wir das anschließend gleich der Staatsanwaltschaft mit entsprechenden Begleitdokumenten vorlegen.«

»Übrigens, Sven Rottmann …«, meldete sich Oke zu Wort. »Der Name ist mir schon begegnet. Ich schaue mal in meinem Tablet …« Er brauchte nicht lange, dann sagte er: »Ich habe ihn. Das ist ein Fall aus der Zeit, als Arjen Wolthoff noch als Investigativ-Journalist tätig war. Wow, das ist eine verdammt lange Story!«

»Oke und Rita, ihr habt ja schon einige Storys durchgearbeitet«, hakte Bert ein. »Setzt euch mal etwas auf die Seite und versucht so schnell wie möglich rauszufinden, wegen was Rottmann ein Mordmotiv haben könnte. Maren, wie seid ihr denn auf den Namen Rottmann gekommen?«

»Ihr hattet ja gut vorgearbeitet, indem ihr seinen mutmaßlichen Komplizen mit dessen Boot, der *Friedenstaube*, ausfindig und inzwischen sogar dingfest gemacht habt. Wir haben nur die forensischen Spuren, die auf dem Boot zu finden waren, ausgewertet – wobei ich anmerken muss, dass das Boot gründlich gereinigt worden war. Kaum Fingerabdrücke, und wenn, dann verwischt. Nur vom Eigner fanden sich einige davon. Wahrscheinlich waren die nach der Reinigung und nachdem Rottmann von Bord gegangen war, entstanden. Dass der Eigner, Julian Harmsen, bereits eine Akte im Zentralarchiv hat, haben wir dann auch sehr schnell herausgefunden. Übrigens, die beiden könnten sich schon gekannt haben. Sie waren beide in der JVA Oldenburg. «

»Maren, aber wie seid ihr dann auf Rottmann gestoßen, wenn es noch nicht einmal verwertbare Fingerabdrücke gab?«, wollte Sören von seiner Kollegin wissen.

»Nachdem wir die Fotos des Bootseigners aus dem Zentralarchiv hatten, sahen wir, dass der schwarze, lang gelockte Haare hatte. Daraufhin haben wir uns nochmal die Kojen vorgenommen und in einer Ritze neben der Matratze ein schwarzgelocktes Haar gefunden. Offensichtlich Harmsens Koje. Dann haben wir nochmal die andere Koje förmlich auseinandergenommen und schließlich ein kurzes graues Haar entdeckt. Die DNA gehörte Sven Rottmann.«

»Rita und Oke, wie sieht es aus?«, wollte Bert ungeduldig wissen.

»Ich glaube, wir sind gleich so weit«, antwortete Rita. »Oke geht gerade noch eingescannte handschriftliche Notizen des Ermordeten durch. Aber so viel kann ich schon sagen: Sven Rottmann stammt aus dem Landkreis Wittmund und war hier vor etwa drei Jahrzehnten als Immobilienmakler tätig. Bei einem Streit mit einem Kunden, der eskaliert war, hatte er diesen mit einem Hammer, der ihm gerade auf einer Baustelle in die Finger gekommen war, erschlagen. Zu der Zeit hatte er sich gerade von seiner Freundin getrennt. Da kam ihm ein Angebot einer Investorengesellschaft aus Kapstadt gerade recht, den dortigen Immobilienhype der 1990er Jahre zu nutzen. Er selbst war bei dem Streit mit seinem Kunden auch an der Hand verletzt worden, daher hatte er an dem Hammer seine DNA hinterlassen. Die Polizei konnte diese aber nicht verwerten, da er nicht vorbestraft und somit auch seine DNA nicht registriert war.«

»Aber er hat doch fünfzehn Jahre in Deutschland, und wie wir gerade von Maren gehört haben, sogar in Oldenburg, abgesessen«, wunderte sich Bert.

»Stimmt«, bestätigte Rita. »In Kapstadt hatte er sich dann auf die falschen Leute eingelassen, die darauf spezialisiert waren, unter anderem mit fingierten Grundbucheintragungen gutgläubige ausländische Investoren über den Tisch zu ziehen. Die damalige Marktsituation ließ steigende Immobilienpreise erwarten. Diese traten auch tatsächlich um die Jahrtausendwende ein, aber leider nur für Investoren, die bei seriösen Gesellschaften investiert hatten.«

»Aber das erklärt doch immer noch nicht, wieso Rottmann fünfzehn Jahre in der JVA Oldenburg saß. Vor allem, wo ist die Verbindung zu unserem ermordeten Privatdetektiv?«, suchte auch Maren nach einer plausiblen Erklärung.

»Hier trat damals Arjen Wolthoff als Investigativ-Journalist auf den Plan«, meldete sich Oke zu Wort. »Er deckte die Machenschaften einer Gesellschaft auf, für die auch Rottmann tätig war. Dieser setzte sich aber rechtzeitig nach Mallorca ab, weil er von dort auch gerade ein Angebot einer Gesellschaft bekommen hatte.«

»Dann war die Verbindung zu Arjen Wolthoff doch schon wieder gekappt, bevor sich diese überhaupt auswirken konnte«, hakte Bert erneut ein.

»Richtig, Bert, aber nur auf den ersten Blick«, erwiderte Oke. »Ich habe mir ja gerade noch einige eingescannte handschriftliche Notizen des Detektivs durchgesehen. Ohne diese wäre die Verbindung in der Tat wahrscheinlich überhaupt nicht sichtbar geworden.«

»Na, Oke, jetzt machst du es aber spannend«, sagte Nina.

»Das macht unseren Job ja gerade so interessant!«, erwiderte der junge IT-Spezialist im Team mit einem hintersinnigen Grinsen. »Arjen Wolthoff hatte in der kriminellen Investorengesellschaft in Kapstadt einen deutschen Informanten. Diesem hatte Rottmann mal im Suff erzählt, was eigentlich bei ihm der Auslöser gewesen war, dass ihm der gut bezahlte Job in Kapstadt zugeflogen war. Nämlich, dass er im Streit auf einer Baustelle in Ostfriesland einen Mann erschlagen hatte.«

»Langsam wird ein Schuh draus«, konnte auch Sören sich jetzt nicht zurückhalten.

»Könnte man sagen«, fuhr Oke fort. »Als Arjen in Deutschland zurück war, meldete er sich bei der damaligen Polizeiinspektion Wittmund und erzählte, was ihm sein Informant über Rottmann zugetragen hatte. Die Aussage seines Informanten hatte Arjen in der Deutschen Botschaft in Kapstadt schriftlich dokumentieren lassen. Daher war Arjen für die Justiz im Grunde nur der Briefträger, der in den Gerichtsakten nirgendwo vermerkt wurde.«

»Jetzt wird mir klar, warum wir in der Rottmann-Akte aus dem Zentralarchiv keinerlei Hinweis auf eine Verbindung zum ermordeten Detektiv finden konnten«, staunte die Forensik-Leiterin aus Aurich. »Auch wenn nicht in den Gerichtsakten ausdrücklich vermerkt war, dass da ein Investigativ-Journalist seine Finger im Spiel gehabt hatte, gehe ich davon aus, dass Rottmanns Anwalt wusste, wer der Briefträger gewesen ist. Genauso hätte der Detektiv doch auch rausfinden können, wohin sich Rottmann abgesetzt hatte.«

»Hätte er sicherlich, hat er aber nach seinen handschriftlichen Notizen nicht«, antwortete Oke. »Arjen war in Kapstadt für einen geprellten Großinvestor tätig und hatte danach neue Aufträge. Und so gab es zwar einen Haftbefehl des Wittmunder Amtsgerichts gegen Rottmann wegen Verdachts auf Totschlag, der allerdings nicht vollstreckt werden konnte. Da unsere Kollegen der damaligen Polizeiinspektion Wittmund nach Kapstadt keine Verbindung hatten, internationale Haftbefehle noch nicht auf dem Stand von heute waren, blieb dieser auch zunächst unvollstreckt. Selbst Rottmanns Mutter, die zu der Zeit in Emden lebte, wusste nicht, wo ihr Sohn abgeblieben war.«

»Aber irgendwie ist Rottmann ja offensichtlich doch noch der deutschen Justiz ins Netz gegangen«, stellte Nina fest.

»Stimmt«, übernahm Maren die Antwort. »Das war wieder der Akte aus dem Zentralarchiv zu entnehmen. Als Rottmanns Mutter verstarb, musste irgendjemand seiner alten Freunde ihn auf Mallorca über die bevorstehende Beerdigung seiner Mutter informiert haben, zu der er selbst keinen Kontakt aufgenommen hatte. Könnte natürlich auch sein, dass er mit ihr Kontakt hatte, sie aber die Kollegen in Emden belogen hat. Dass inzwischen ein Haftbefehl gegen ihn vorlag, wusste er sicher nicht. Als er von Palma kommend in Bremen durch die Passkontrolle gehen wollte, wurde er dort mit dem üblichen Prozedere festgehalten. Kurz darauf haben ihn dann dem Bericht zufolge zwei uniformierte Bundesbeamte festgenommen. Ihm wurde der Prozess gemacht. Anklagepunkt war der Totschlag auf der Baustelle. Dafür erhielt er eine Freiheitsstrafe von fünfzehn Jahren ohne Bewährung.«

»Und seine kriminellen Aktivitäten in Kapstadt wurden nicht berücksichtigt?«, wunderte sich Bert.

»Das Thema kam bei Gericht zur Sprache«, antwortete Maren. »Zumal der Großinvestor erfolgreich gegen die betrügerische Investorengesellschaft in Kapstadt, für die Rottmann tätig gewesen war, geklagt hatte. Aus dem Urteil hat der Staatsanwalt vor Gericht zitiert, weil da Rottmann namentlich erwähnt worden war. Da der aber rechtzeitig untergetaucht war, konnte er dort nicht mehr zur Verantwortung gezogen werden. Das hiesige Gericht sah sich ohne die Prozessakten aus Kapstadt auch nicht imstande, Rottmanns dortige

Vergehen bei der Urteilsfindung zu berücksichtigen – obwohl die Staatsanwaltschaft das gefordert hatte.«

»Na gut. Halten wir fest: Es gibt tatsächlich eine Verbindung zwischen unserem Mordopfer und seinem mutmaßlichen Mörder«, sagte der Soko-Leiter. »Dann schließen wir jetzt unsere Aufzeichnung und leiten diese an die Staatsanwaltschaft weiter. Oke, wie ich dich kenne, hast du von allen wichtigen Details aus Arjens Dokumentationen bereits Screenshots gemacht. Diese dann bitte unserer Aufzeichnung beifügen.«

Anschließend schloss Bert das Meeting und ging mit Nina in sein Dienstzimmer, um telefonisch mit Femke Peters, der Soko-Leiterin in Aurich, den weiteren Verlauf abzustimmen.

Es war noch früher Nachmittag. Die Verhaftung von Sven Rottmann war völlig unproblematisch verlaufen, wie Femke nach der Aktion ihren Wittmunder Kollegen am Telefon sagte. Die Spurensicherung war in seiner Ferienwohnung in Aurich noch im Einsatz. Offensichtlich hatte er nicht mit einer Verhaftung gerechnet. Es war wohl dem Zufall zu verdanken, dass er überhaupt noch da war. Denn er hatte in Deutschland nach seiner Haftentlassung eigentlich gar keinen Wohnsitz mehr. Seine deutsche Meldeadresse wurde von einem Cousin als Ferienhaus vermietet.

Er selbst war nach seiner Haftentlassung wieder nach Mallorca zurückgegangen und mit seinem spanischen Auto nach Deutschland gekommen. Dies stand aber mit einem Getriebeschaden in der Werkstatt und er wartete auf Ersatzteile aus Spanien. Bei welcher Werkstatt er den Wagen zur Reparatur gegeben hatte, wollte er aber nicht sagen, wie Femke mitteilte.

Nachdem Silke mit ihm die Aktualisierung seiner erkennungsdienstlichen Daten erledigt hatte, saß der mittelgroße drahtige Mann mit dem grauen Haarkranz im Verhörraum. Seine Züge waren nicht unsympathisch, er hätte auch der liebe Onkel von nebenan sein können. Allerdings gehörte er zu dem Männertyp, der früh Runzeln bekam, wodurch er gut um zehn Jahre älter aussah. Dass in ihm offensichtlich auch eine kriminelle Energie schlummerte, war nur seiner Akte zu entnehmen.

Nachdem Bert die üblichen Belehrungen mit erneutem Verlesen des Haftbefehls zur Vernehmung eines Beschuldigten erledigt hatte, sagte Rottmann: »Ich kenne das Spiel, hab ich alles schon mal hinter mir. Deswegen weiß ich: Reden ist Silber, Schweigen ist Gold. Und dafür brauche ich auch keinen Anwalt!«

»Wie Sie meinen«, erwiderte der Kommissar. »Wir geben Ihre Aussage an die Staatsanwaltschaft und dann wird der Haftrichter über Ihre U-Haft entscheiden. So lange werden Sie bei uns in der Zelle untergebracht.«

»Kenne ich auch. Aber damals wart ihr noch Inspektion. Jetzt seid ihr nur noch Kommissariat. Aber so ist das Leben.«

Bert ließ den Festgenommenen daraufhin in die Zelle bringen. In einer knappen Stunde würde Julian Harmsen aus der JVA hier sein. Auch sein Anwalt wusste schon Bescheid. Sein Antrag bei der nächsthöheren gerichtlichen Instanz zur Aufhebung der U-Haft für seinen Klienten war im Schnellverfahren abgelehnt worden.

Die beiden Kommissare wollten gerade im Treppenhaus zu ihren Dienstzimmern gehen, als der Anwalt den Eingang des Kommissariats betrat.

»Ein typischer Winkeladvokat!«, flüsterte Nina ihrem Mann zu. »Sein kahlgeschorener Schädel macht ihn auch nicht sympathischer. Ebenso wenig wie sein geschniegelter Anzug!«

Als der Anwalt die beiden Kommissare erblickte, sagte er, ohne zu grüßen: »Zu Ihnen wollte ich.«

»Dann folgen Sie uns«, sagte Bert ebenfalls grußlos.

Oben neben der Treppe öffnete er eine Tür zu einem der Ersatzbüros: »Sie können sich schon mal setzen. Lesestoff bekommen Sie gleich.«

Dann beauftragte Bert Oke, dem Anwalt die Unterlagen über seinen Klienten zu bringen. Da würden jetzt einige Überraschungen auf den Advokaten warten. Die Kommissare waren gespannt, wie dieser darauf reagieren würde. Gestern hatte er noch seinem Klienten empfohlen zu schweigen.

Als der Untersuchungshäftling eintraf, wurde er nach einem Toilettengang gleich in den Verhörraum gebracht. Als der Anwalt dazukam, konnten die Beamten durch die Spiegelscheibe eine heftige Auseinandersetzung zwischen den beiden sehen. Harmsen trat vor Wut einen der Stühle durch den Raum. Im Moment war wegen der Vertraulichkeit des Anwaltsgesprächs auch kein Beamter zur Aufsicht anwesend.

Dann gab der Anwalt Zeichen. Harmsen hatte sich zum Schluss sogar hingesetzt und verhielt sich ruhig. »Ich möchte eine Kronzeugenregelung für meinen Klienten und er wird voll umfassend kooperieren und aussagen. Er ist da in etwas hineingeschlittert, was ihm im Nachhinein äußerst leidtut! Dem Privatschnüffler einen Denkzettel zu verpassen, ist ja mal eines. Dass er aber erschossen wird, das hat mein Klient nicht gewollt und vorher auch nicht gewusst!«

»Das müssen wir mit unserem Staatsanwalt besprechen. Wir können das telefonisch von meinem Dienstzimmer aus machen«, sagte der Kommissar und ging dann mit dem Anwalt zum Telefonieren.

Als Bert den Staatsanwalt in der Leitung hatte, erklärte er diesem kurz den Sachverhalt. Dann übergab er den Hörer an den Anwalt und schaltete auf laut.

Nachdem die beiden Juristen sich vorgestellt hatten, trug der Anwalt sein Begehr vor. Dabei war seine gestrige Arroganz auf einmal einem freundlichen Säuseln gewichen.

Schließlich sagte der Staatsanwalt: »Herr Anwalt, wir können offen miteinander reden. Mir ist schon klar, wo Ihr Problem liegt. Das Problem ist die elektronische Uhr Ihres Klienten. Ich möchte wetten, Sven Rottmann trägt keine solche Uhr. Im Klartext heißt das: Durch die exakte GPS-Datenspeicherung der Uhr Ihres Klienten wissen wir metergenau, wo und wann Herr Harmsen in den Dünen auf dem Spiekerooger Westend gewesen ist. Dummerweise auch genau zu dem Zeitpunkt, als der Privatdetektiv zwanzig Meter entfernt gewaltsam zu Tode kam.«

»Mein Klient hat vielleicht schon leichtsinnigerweise im Internet manchen Fehler und sich damit strafbar gemacht. Aber er hat mir glaubhaft versichert, noch nie eine Pistole in der Hand gehabt, geschweige denn damit jemanden erschossen zu haben!«

»Das will ich Ihnen ja gerne glauben und bin durchaus bereit, mich auf eine Kronzeugenregelung einzulassen. Sie sind Strafverteidiger und wissen genau, welche Kriterien erfüllt sein müssen, um auf eine milde Strafe oder sogar auf Bewährung zu plädieren. Wenn das erfüllt ist, sind wir im Geschäft.«

Der Anwalt bedankte sich und ging dann mit dem Kommissar wieder zum Verhörraum. Dort nickte er nur seinem Klienten zu.

Bert setzte daraufhin das Verhör fort: »Herr Harmsen, Sie wollen kooperieren und aussagen, wie Ihr Anwalt dem Staatsanwalt gerade sagte. Dann erzählen Sie mal von Anfang an. Wie und wo haben Sie und Sven Rottmann sich kennengelernt?«

»Wir haben uns in der JVA Oldenburg kennengelernt. Da weder Sven noch ich einen handwerklichen Beruf hatten, wurden wir in der dortigen Werkshalle zu Sortier-, Montage- und Verpackungsarbeiten eingesetzt. Sven war schon da, als ich dazukam, und er hatte auch noch über ein Jahr, als ich schon meine Zeit rumhatte.«

Julian erinnerte sich:

Es war sein zweiter Tag im Vollzug der JVA Oldenburg. Der Aufseher hatte ihm gestern schon gesagt: Da er ja nix Vernünftiges gelernt hätte, würde er ab heute lernen, wie man sortiert, verpackt und montiert. Dann wurde er in der Werkhalle zu einem Verpackungstisch geführt, an dem ein schon etwas älterer Mann stand. Zumindest hätte der vom Alter her sein Vater sein können.

»Das ist Sven, der zeigt dir, wie es geht. Und das ist Julian, der muss mal lernen, was richtige Arbeit ist, kennt wahrscheinlich nur Computerspiele«, sagte der Aufseher und verschwand.

»Wegen was haben sie dich denn eingelocht?«, wollte Sven wissen.

»Ich war etwas zu viel im Darknet unterwegs. Ich bin übrigens Julian Harmsen.«

»Julian reicht schon. Also doch ein Spiele-Junkie, wie der Schließer schon sagte.«

»Spiele-Junkie ist gut. Dafür kommst du aber normalerweise nicht in den Bau!«

»Und wie alt bist du?«

»Fünfundzwanzig.«

»Dann bin ich ja in der nächsten Woche mehr als doppelt so alt wie du und könnte dein Vater sein.«

»Und wegen was bist du drinnen?«, wollte Julian wissen.

»Ein Streit auf der Baustelle, den der andere nicht überlebt hat, und noch ein paar andere Kleinigkeiten.«

»Und was waren das für Kleinigkeiten?«, bohrte der Jüngere weiter nach.

»Jedenfalls habe ich das einem Zeitungsschnüffler zu verdanken«, meinte Sven ausweichend, und man sah ihm seine Wut an.

»Heißt der vielleicht zufällig Arjen Wolthoff?«, fragte Julian, weil ihm dieser Name gerade in den Sinn kam.

»Ja, genau der. Aber woher kennst du den denn?«

»Der hat auch mich mit seiner Scheißschnüffelei in den Bau gebracht«, antwortete der Jüngere.

»Ist nicht wahr! Mann, da sollten wir uns zusammentun. Der müsste mal ’ne Abreibung bekommen. Aber ich habe ja noch ein paar Jährchen. Wie viel Jahre haben sie dir denn verpasst?«

»Fünf!«

»Na, da hab ich noch ein gutes Jahr länger. Aber vielleicht kannst du dann ja schon mal was vorbereiten. Wo kommst du denn her, dass du den auch kennst?«

»Gebürtig aus Dornum. Später bin ich in ein ehemaliges Ferienhaus meiner Eltern nach Esens gezogen. Und du?«

»Ursprünglich aus Wittmund umzu. Dann passierte die Scheiße und ich hab mich nach Kapstadt verdrückt. Da tauchte dieser Schnüfflerarsch auf. Aber damals war der noch Journalist und musste überall seine Nase reinstecken. Wurde mir zu heiß und ich bin ab nach Malle. Hatte da ein gutes Angebot.«

»Und wie biste dann hier im Knast gelandet?«, wunderte sich Julian.

»Meine Mutter meinte, unbedingt in die Kiste zu müssen. Na, und ich als braver Sohn wollte sie wenigstens auf ihrem allerletzten Weg zum Grab begleiten. Als ich in Bremen auf dem Airport ankam, machte es klick. Der Schnüfflerarsch hatte dafür gesorgt, dass die Bullen wussten, wer damals auf der Baustelle den Hammer geschwungen hatte. Obwohl ich das eigentlich gar nicht gewollt hatte. Ja, und seitdem sitze ich hier und schiebe die Hasskugel.«

»Du sagtest gerade, ich könnte schon mal was vorbereiten, da ich ja vor dir rauskomme. Du wirst es nicht glauben, was der Spiele-Junkie alles draufhat. Ich hätte da schon ganz spontan eine Idee. Ich hacke mich bei dem Schnüffler in sein Computersystem. Und wenn du rauskommst, wissen wir ganz genau, woran der arbeitet, was er macht und wo er sich aufhält. Und dann können wir uns eine gute Lösung aussuchen, wo und wann wir ihm eine Abreibung verpassen, die der sein Lebtag nicht vergisst.«

»Mann, Julian, heute Morgen ist mit dir bei mir die Sonne aufgegangen, auch wenn es draußen im Moment nur Schietweer ist. Da sprechen wir noch drüber. Aber jetzt ran an die Arbeit, sonst kommt gleich der Schließer und macht uns Feuer unterm Arsch!«

»Es dauerte gar nicht lange, dann hatte sich trotz des Altersunterschieds eine richtige Männerfreundschaft zwischen uns entwickelt«, kam Julian wieder in die Gegenwart zurück. »Auch den anderen

Häftlingen blieb das nicht verborgen. Irgendeiner in der Werkshalle hatte damit angefangen, Sven mit ›Vatter‹ und mich mit ›Sohn‹ anzureden. Und schon hießen wir beide bald nur noch Vatter und Sohn.«

»Und wie ging es dann nach Ihrer Entlassung weiter?«, wollte die Kommissarin wissen.

»Nach meiner Entlassung habe ich Sven immer wieder mal in der JVA besucht. Als dann seine Entlassung kurz bevorstand, hab ich ihm gesagt, dass ich bei dem Schnüffler schon eine ganze Zeit im System bin. Aber Sven wollte erst mal nach Malle in die Sonne und Kraft tanken.«

»Aber irgendwann war er dann doch wieder hier«, sagte der Kommissar.

»Ja, Sven muss irgendwo auf Malle noch ein Geldversteck gehabt haben. Plötzlich tauchte er sogar mit eigenem Auto wieder bei mir auf. Er wusste ja, wo er mich finden kann. Hab ihm sogar angeboten, bei mir zu wohnen. Brauchte er aber nicht, weil ihm in Aurich ein Ferienhaus gehört, wo er offiziell hier in Deutschland auch gemeldet ist. Die Vermietung macht, glaube ich, ein Cousin von ihm.«

»Okay, kommen wir mal zu der Aktion auf Spiekeroog. Wie lief denn das ab?«, wollte Nina wissen.

»Dadurch, dass ich bei dem Schnüffler im System war, wusste ich von seinem Auftrag, den Unternehmer Jorin Bültena und seine Affäre in flagranti zu erwischen. Ich konnte genau verfolgen, wie er sich darauf vorbereitet hat und dass er dazu einen Auftrag nutzte, den er schon mal an gleicher Stelle am Westend auf Spiekeroog gehabt hatte. Sven und ich waren schon ab Freitag mit meinem Boot dort im Hafen. Da ich die Plätze aus dem alten Auftrag kannte, haben wir an dem Freitag schon eine erste Erkundung durchgeführt. Samstag kam der Schnüffler mit seinem Boot und ging dann am Nachmittag auch auf Erkundung. Sven ist ihm sogar gefolgt.«

»Und das hat der Detektiv nicht bemerkt?«, wunderte sich Bert.

»Nee, der hat ihn nicht erkannt, weil Sven sich in den fünfzehn Jahren ziemlich verändert hat. Auch am Morgen, bevor der Schnüffler starb, ist Sven ihm auf dem Bootssteg begegnet. Er hat sogar ein paar Worte mit ihm gewechselt. Kurz hinter ihm sind wir auch zur Düne gestartet. Wir beide hatten einen kleinen Rucksack dabei und sind im Joggingtempo gelaufen. Wir wussten ja, dass Wolthoff auf sein Pärchen warten würde und dabei erstmal auf der Ostseite der

Düne in Richtung Pferdebahn den Betonweg Westend beobachten würde.«

»Dann müsste er Sie beide doch von der Düne aus gesehen haben«, wunderte sich Nina.

»Hat er auch. Ich hab sogar sein Teleobjektiv in der Morgensonne kurz aufblitzen sehen. Aber er hat uns nicht erkannt. Jedenfalls sind wir am Ende des Betonweges durch den Dünendurchgang weiter über den Weststrand in Richtung Norden gelaufen. Von dort haben wir in der Düne unsere Stellung bezogen.«

»Da konnten Sie aber doch nicht genau wissen, ob und wann das Pärchen und der Detektiv da sein würden, wo Sie sie erwartet haben«, warf der Kommissar ein.

»Der Dünenausläufer, wo das Pärchen wahrscheinlich liegen würde, war schon recht markant durch das auffällige Warnschild für den Dünenschutz. Und wenn das Pärchen an dem Morgen nicht gekommen wäre, wären wir am nächsten Morgen wieder da gewesen. Ich hatte den Stegplatz im Hafen ja für die ganze Woche gebucht und bezahlt.«

»Wussten Sie denn, dass Rottmann eine Pistole dabeihatte?«, wollte Nina wissen.

»Nein, davon hatte er nichts gesagt. Die muss er in seinem Rucksack gehabt haben. Und den Rucksack hatte er genauso, wie er ihn mit zum Westend genommen hat, auch auf meinem Boot liegen. Erst als er die Pistole mit dem Schalldämpfer aus seinem Rucksack holte, wurde mir klar, was er wollte. Ich hab noch versucht ihn davon abzubringen, aber vergebens. Da waren schon vier Schüsse gefallen. Und wir haben noch bei dem Schnüffler Handy, Ausweis und Kamera geholt, unsere Spuren verwischt und dann nix wie weg!«

»Auch wenn zwanzig Meter für eine Pistole keine Entfernung sind, aber da muss man doch schon ein guter Schütze sein«, sagte Bert.

»Als wir noch in der JVA waren, hat Sven mir mal erzählt, dass er in Ostfriesland im Schützenverein mit der Pistole manchen Pokal für den Verein geholt hat. Als wir noch in der Nacht von Sonntag auf Montag mit dem Boot auf dem Heimweg waren, erzählte er mir, dass er auf Malle extra dafür geübt hatte. Wenn ich das vorher gewusst hätte, hätte ich ihn nicht nach Spiekeroog gefahren! Das müssen Sie mir einfach glauben.«

»Und wo ist die Pistole jetzt?«, hakte der Kommissar noch einmal nach.

»Keine Ahnung. Über Bord werfen wollte er die nicht. Möglicherweise hat er die noch bei sich in dem Ferienhaus. Darüber haben wir nicht gesprochen. Wir haben uns ja, seitdem ich ihn in Neßmersiel von Bord gelassen habe, ganz bewusst nicht mehr getroffen. Er wollte sich von jemand im Hafen abholen lassen. Ich habe mich nach der anstrengenden Nachtfahrt erst mal auf meinem Boot in die Koje gehauen. Später habe ich dann auf dem Boot klar Schiff gemacht.«

»Vielen Dank, Herr Harmsen, für Ihre offenen Aussagen!«, sagte der Kommissar. »Wir werden die Aufzeichnung gleich im Anschluss an die Staatsanwaltschaft geben. Der Rest ist dann Sache der Justiz.«

Nachdem der Befragte in seine Zelle gegangen war und auch sein Anwalt das Kommissariat verlassen hatte, saßen die Kommissare noch am Verhörtisch. »In diesem Fall geht es Schlag auf Schlag und wir kamen ja nicht einmal am Wochenende zur Ruhe«, sagte Bert zu seiner Frau. »Bin mal gespannt, ob das diese Woche so weitergeht.«

Und es schien so weiterzugehen. Silke brachte frischen Kaffee und neues Wasser, und gleich darauf kam Oke mit Rottmann zu einem zweiten Verhör. Nach der üblichen Belehrung wiederholte Rottmann das, was er schon beim letzten Verhör gesagt hatte: dass er auf einen Anwalt verzichten und nicht aussagen würde.

Davon unbeeindruckt begann Bert mit dem Verhör: »Herr Rottmann, wir haben inzwischen durch Ihre DNA auf Harmsens Boot und Zeugenaussagen den Nachweis, dass Sie mit dem Bootseigner in der fraglichen Zeit, als Arjen Wolthoff am Westend auf Spiekeroog erschossen wurde, zusammen waren.«

»Na und? Haben Sie vielleicht auch meine DNA am Tatort gefunden?«

»Nein, das nicht«, sagte die Kommissarin. »Aber die elektronische Armbanduhr Ihres Komplizen befand sich genau zum Tötungszeitpunkt etwa zwanzig Meter von dem Platz in den Dünen am Westend entfernt, auf dem Arjen Wolthoff von einem Geschoss tödlich getroffen wurde.«

»Das ist sein Problem, nicht meins! Ich hab den Schnüffler nicht erschossen!«

»Er beschuldigt aber Sie, dass Sie den Detektiv mit einer Pistole mit Schalldämpfer erschossen haben«, warf Bert ein, und man sah, dass es in dem Beschuldigten arbeitete.

Offensichtlich passte das nicht zu den Absprachen der beiden Tatbeteiligten. Schließlich sagte er: »Ich war nicht dabei. Wenn Julians

Uhr zu dem Zeitpunkt beim Tatort war, dann wird er wohl auch da gewesen sein und den Schnüffler selbst erschossen haben. Und jetzt versucht er es mir in die Schuhe zu schieben! Ich habe am besagten Sonntagmorgen noch auf dem Boot in meiner Koje gelegen und meinen Rausch vom Vorabend ausgeschlafen. Als ich wach wurde, war Julian da und hatte bereits Kaffee gemacht. Wenn er was anderes behauptet, lügt er.«

In diesem Augenblick ging bei Bert eine Nachricht auf dem Handy ein. Es war Maren Wenker, sie bat um ganz dringenden Rückruf. Bert unterbrach daher die Vernehmung und ging mit Nina in sein Dienstzimmer. Von dort rief er die Forensik-Leiterin in Aurich zurück.

Sie sagte: »Wir haben endlich die Werkstatt gefunden, in der Rottmann seinen Wagen zur Reparatur gegeben hatte. Es handelt sich um ein spanisches Modell aus den frühen 2000er Jahren mit über zweihundert PS. Die Werkstatt wartete noch auf ein Ersatzteil aus Spanien. Das wird auch der Grund gewesen sein, warum er überhaupt noch hier in Deutschland war.«

»Dann wird er den Wagen damals vor seiner Verhaftung auf Mallorca gekauft haben«, überlegte Nina. »Vielleicht hatte er da jemand, bei dem er das Auto stehen lassen konnte, solange er hier in Haft war.«

»Könnte sein«, stimmte Maren zu. »In der Werkstatt sagten sie, dass der Wagen nicht durch zu viele gefahrene Kilometer in die Reparatur musste, sondern wegen Korrosion durch zu langes Stehen. Dadurch war Getriebeöl ausgelaufen und der Getriebeschaden entstanden. Wir haben den Wagen natürlich sofort nach Aurich in unsere Werkstatt geholt. Unter dem Rücksitz versteckt lag eine Pistole mit Schalldämpfer. Jetzt wissen wir auch, warum der bei Femke nicht damit rausrücken wollte, in welcher Werkstatt er sein Auto stehen hatte.«

»Also scheinen die Aussagen von Julian Harmsen zu stimmen«, stellte Bert fest. »Brauchen wir nur einen Schusswaffenvergleichstest.«

»Richtig, Bert! Und ich bin sicher, dass Sören, der ja diesen Fall federführend bearbeitet, nichts dagegen haben wird, dass wir diesen auch gleich durchgeführt haben. Ich will es nicht zu spannend machen: Treffer. Die Projektile aus dem Gesäß des Toten und unserem Test stimmen in den Merkmalen absolut überein!«

Kurz darauf saßen die Kommissare wieder im Verhörraum dem Beschuldigten gegenüber und Bert sagte: »Herr Rottmann, wir haben Ihre Autowerkstatt, Ihr Auto und Ihre Pistole mit Schalldämpfer gefunden. Das Ergebnis des Schusswaffenvergleichstests ist eindeutig. Arjen Wolthoff wurde mit dieser Waffe getötet. Wie Ihr Komplize aussagte, war die Aktion von langer Hand geplant. Ihre Behauptung, sich zum Todeszeitpunkt auf dem Boot im Hafen aufgehalten zu haben, ist durch eine Zeugenaussage bereits widerlegt. Sie müssen mit einer Mordanklage rechnen. Daher nochmal: Sie haben Anspruch auf einen Anwalt. Wenn Sie selbst keinen benennen wollen oder können, wird Ihnen ein Pflichtverteidiger gestellt.«

»Ich sage nichts mehr! Ihren Anwalt können Sie sich sonst wohin stecken!«

Bert beendete daraufhin die Vernehmung und schickte die Aufzeichnung an die Staatsanwaltschaft. Der Beschuldigte wurde wieder bis zur Überführung in die U-Haft der JVA in eine der Zellen gebracht.

Auf dem Weg zu ihren Büros sagte Nina zu ihrem Mann: »Fall gelöst, Herr Soko-Leiter! Alles andere ist Sache der Justiz. Ich schlage vor, dass wir das Hinterzimmer beim *Harle-Stübchen* reservieren und uns mit unseren Leuten einen netten Abend machen.«

»Nina, das ist eine gute Idee. Ich werde gleich Sören auch dazubitten. Und du kannst schon mal bei Lars anrufen.«

Epilog

Das Tötungsdelikt am Spiekerooger Westend war der Auslöser für den Ermittlungseinsatz des Wittmunder Soko-Teams gewesen. Mit der Übergabe der Ermittlungsergebnisse und forensischen Beweise war eigentlich der Fall für das Soko-Team abgeschlossen. Der Rest war Sache der Justiz. Nicht selten vergingen danach Wochen und Monate, bevor die Beamten – manchmal sogar eher durch Zufall – erfuhren, was aus den Ermittlungen geworden war.

Im Mordfall des Privatermittlers Arjen Wolthoff war als Täter am Ende eindeutig der ehemalige Immobilienmakler Sven Rottmann überführt worden. In Bezug auf ein Tötungsdelikt ein Wiederholungstäter, schon einmal hatte er fünfzehn Jahre ohne Bewährung abgesessen. Für den Mord an dem Detektiv hätte ihm nochmal eine Verurteilung zu fünfzehn Jahren Haft, wahrscheinlich sogar mit Sicherungsverwahrung, gedroht.

Daher hatte es die ermittelnden Beamten nicht verwundert, dass er noch in der U-Haft eines Morgens mit aufgeschnittenen Pulsadern in seiner Zelle aufgefunden worden war. Die wahren Beweggründe für seinen Suizid und den Mord an dem Privatdetektiv nahm er mit ins Grab.

Die nächste eingehende Information kam von der Staatsanwaltschaft. Wegen des widerrechtlichen Eindringens und der Abhöraktion im Haus des Privatdetektivs sollte Janno Feldmann vorgeladen werden. Da er auf die schriftliche Vorladung nicht reagierte und das Soko-Team schon mit ihm Kontakt gehabt hatte, bekam Bert mit seinen Leuten den Auftrag, der Sache nachzugehen. In dem Ferienhaus in Leerhafe war das Ehepaar nicht mehr anzutreffen. Im Haus waren jetzt andere Feriengäste. Eine Nachfrage beim Betreiber des Storage, in dem die Möbel der Eheleute eingelagert gewesen waren, ergab, dass das Lager im Auftrag der Eheleute von einem Entsorger leergeräumt worden war.

Der Betreiber hatte zufällig ein Handy-Telefonat der Eheleute mitbekommen, bei dem es um eine Flugbuchung nach Vietnam gegangen sei. Bert rief daraufhin bei der Spezialistin für Wirtschaftskriminalität der Polizeiinspektion Aurich an, die den seinerzeitigen Betrugsfall Feldmann bearbeitet hatte.

Sie sagte: »Das war zu befürchten, dass die Eheleute Feldmann auf Nimmerwiedersehen verschwinden. Ich bin sicher, dass die tatsächlich in Thailand noch ein Konto in Millionenhöhe hatten. Aber etwas zu vermuten, reicht in unserem Rechtsstaat nicht aus. Die sind wahrscheinlich deshalb über Vietnam geflogen, um ihren Fluchtweg zu verschleiern. Vietnam hat wie Thailand kein Auslieferungsabkommen mit uns. Es gibt noch nicht einmal eine Kooperation. Bert, ich werde mit der Staatsanwaltschaft sprechen, da dieser Fall ohnehin in mein Ressort fällt.«

Für den IT-Hacker Julian Harmsen wurden nach dem Suizid des Täters die Frage der Beihilfe und seine Rolle als Mitwisser unter Berücksichtigung einer Kronzeugenregelung bedeutsam. Aber das Verfahren hatte noch gar nicht richtig begonnen, als Julian Harmsen auf Veranlassung aus Hannover plötzlich von der Bildfläche verschwand. Bert vermutete, dass die Ermittlungsergebnisse des KTI dabei eine Rolle gespielt haben könnten. Deshalb fragte er bei Sören nach, was aus der Aufschaltaktion des KTI auf den PC des Hackers geworden sei. Daraufhin bat Sören Bert und Nina zu sich ins Büro.

Als sie Sörens Dienstzimmer betraten, saß er mit einem neuen Mitarbeiter am Besprechungstisch. Nachdem sie sich begrüßt hatten, setzten sich Nina und Bert dazu und wurden auch gleich mit Kaffee versorgt. Dann stellte der Forensik-Leiter den Mitarbeiter vor und sagte: »Der Kollege wurde erst vor wenigen Tagen aus Hannover zu uns versetzt. Er war hier im Urlaub, und wie das manchmal so geht, hat er sich in eine Ostfriesin verkuckt und kürzlich geheiratet. Jetzt ist er hier als IT-Spezialist eine willkommene Verstärkung in meinem Team. Als die Aktion im Haus von unserem Hacker Harmsen lief, war er noch beim KTI. Daher ist er mit der Angelegenheit bestens vertraut.«

»Wir finden es sehr merkwürdig, dass Julian Harmsen plötzlich von der Bildfläche verschwunden zu sein scheint«, sagte Bert. »Denn gegen ihn steht immer noch in unserem Verfahren Beihilfe zum Mord im Raum – auch wenn dafür die Kronzeugenregelung beantragt wurde.«

»Das verstehe ich sehr gut, Bert«, erwiderte Sören. »Dazu muss ich aber sagen: Das, was hier jetzt gesprochen wird, darf diesen Raum nicht verlassen! Ich nehme es mal vorweg: Julian Harmsen befindet sich im Zeugenschutz.«

»Erst bei uns Kronzeugenregelung und jetzt Zeugenschutz. Wie geht das denn zusammen?«, wunderte sich Bert.

»Dazu kann euch mein neuer Kollege etwas sagen«, erwiderte Sören.

»Ich will gar nicht zu sehr ins Detail gehen, weil das alles top secret ist«, sagte der IT-Spezialist. »Nur so viel: Ich gehe davon aus, dass euch bekannt ist, dass Harmsen schon bei seiner ersten Festnahme dafür verurteilt wurde, dass er unter anderem auch für die organisierte Kriminalität tätig war. Leider hatte er dabei aber noch die Gelegenheit gehabt, Teile seines Systems zu zerstören. Das habt ihr beide – ich hoffe, es ist okay, wenn ich Du sage – bei eurer Verhaftung zum Glück verhindert. Ich war in Hannover an der Aufschaltung in sein neu eingerichtetes System hier in Esens beteiligt.«

»Das Du ist schon okay«, sagte Bert. »Ich habe die etwas unkonventionelle Art der Verhaftung durch meine Mitarbeiter angeordnet, weil wir davon ausgingen, dass Harmsen nach seiner Haftentlassung genau da weitergemacht hat, wo er vor fünf Jahren aufhörte.«

»Das kann ich inzwischen bestätigen«, sagte der IT-Mann, »wobei Harmsen eigentlich nur die Zugänge für die Kriminellen geöffnet hat. Dafür ließ er sich fürstlich mit Kryptowährungen bezahlen. Auch wenn er an den Aktionen der Kriminellen selbst nie unmittelbar beteiligt war, wäre er diesmal nicht mit nur fünf Jahren davongekommen. Das hätte auch für ihn fünfzehn Jahre zuzüglich Sicherungsverwahrung bedeuten können – zumal seine Auftraggeber aus allen kriminellen Genres kamen, wenn ihr versteht, was ich damit sagen will.«

»Ah, jetzt verstehe ich«, sagte Bert. »Ihr habt ihm auch eine Kronzeugenregelung vorgeschlagen.«

»Hätte wohl allein nicht viel genützt. Dann wäre er wahrscheinlich heute schon nicht mehr am Leben«, sagte Sören.

»Wir gingen davon aus, dass sein Anwalt, der eine Kanzlei in Wilhelmshaven hat, auch für die organisierte Kriminalität tätig ist«, warf Nina ein. »Was hat denn der zum Zeugenschutz gesagt?«

»Von dem musste Harmsen sich schon vorher ganz schnell trennen, bevor er uns Zugang zu gefährlichen IP-Adressen verschafft hat«, gab der Spezialist Auskunft. »Mehr möchte ich dazu nicht sagen.«

»Das reicht auch schon und war für meine Frau und mich sehr aufschlussreich. Vielen Dank!«, sagte Bert und verabschiedete sich mit Nina.

Blieb nur noch der Unternehmer Jorin Bültena aus Friedeburg, gegen den das Ermittlungsverfahren bereits eingestellt worden war. Aber dennoch stellte sich die Frage, was aus ihm geworden war. Firmenchef war er wohl noch immer. Eines Tages ging von ihm und seiner Kathi mit der Post ein Umschlag mit einer Karte ein. Wie dieser zu entnehmen war, befanden sich die beiden in den Flitterwochen auf einem Kreuzfahrtschiff. Jorin schrieb, dass seine Ex ihm nach der Scheidung die Möglichkeit gelassen hätte, sein Unternehmen weiterzuführen. Und er bedankte sich bei den Kommissaren ausdrücklich für den fairen Umgang mit seinem Fall.

ENDE

Liebe Leserin, lieber Leser,

es freut mich sehr, dass »Westendmord auf Spiekeroog«, der zwanzigste Band meiner Ostfrieslandkrimi-Serie »Die Kommissare Bert Linnig und Nina Jürgens ermitteln«, Ihr geschätztes Interesse gefunden hat! Noch mehr würde es mich natürlich freuen, wenn Sie durch die Lektüre meines Buches durchgehend eine spannende Unterhaltung gefunden haben.

Dann wäre ich Ihnen für eine Rezension oder eine Rückmeldung per E-Mail (rolf-uliczka@ewetel.net) sehr dankbar. Auch konstruktive Kritik ist sehr hilfreich, damit habe ich die Möglichkeit, weiter an mir als Autor zu arbeiten.

Da der Onlinehandel Sie automatisch zur Abgabe einer Rezension auffordern wird, ist das dort für Sie ganz einfach. Sie brauchen nur den Links zu folgen. An dieser Stelle schon meinen herzlichsten Dank! Denn was für den Künstler auf der Bühne der Applaus ist, das ist für den Autor eine positive Rezension.

Sollten Sie sich für weitere Fälle aus meiner ersten Ostfrieslandkrimiserie »Die Kommissare Bert Linnig und Nina Jürgens ermitteln« oder aus meiner zweiten Ostfrieslandkrimi-Serie »Kommissarin Femke Peters ermittelt« interessieren, dann finden Sie diese unter:

meiner Website: https://www.rolf-uliczka.de
oder auf meiner Facebook-Fanpage:
https://www.facebook.com/Rolf-Uliczka-753214611363796
oder unter meinem Autorennamen beim Klarant Verlag:
https://klarant-verlag.de
beziehungsweise bei Amazon, Thalia, Hugendubel, Kobo oder der Diversus- Buchhandlung.

Herzliche Grüße
Ihr Rolf Uliczka

Ein herzliches Dankeschön geht an den Gründer und Administrator der Facebook-Gruppen *wi sünd Oostfreesen un dat mit Stolt* und *Leckerst un Best van stolt Oostfreesen*, Siegfried Klock, für seine Übersetzungen einiger Passagen des Buches in Ostfriesenplatt,

Einen herzlichen Dank möchte ich Polizeioberkommissar a. D. Rolf Thoben sagen, der auf meine fachlichen Fragen immer kompetente Antworten hat! Wobei ich darauf hinweisen möchte, dass meine Beschreibung der Polizeiarbeit trotz mancher Realitätsnähe reine Fiktion ist.

Ein Dankeschön geht ebenfalls an die Stegwartin des Spiekerooger Segelclubs, Nina Ottens-Blania, die in der Geschichte fiktiv ihre eigene Rolle der Stegwartin des SSC spielt.

Vielen Dank auch an den Museumspferdebahn-Führer auf Spiekeroog, Christian Roll, der ebenfalls im Buch fiktiv sich selbst spielt.

Ein ebensolcher Dank geht an den Inhaber des Restaurants *Harle-Stübchen* in Wittmund, Lars Ch. Kröger! Mit seinem Nebenstübchen führt er fiktiv das Stammlokal des Wittmunder Soko-Teams.

Ein ganz besonderer Dank gilt wie immer meiner lieben Frau, die mich wieder mit bewundernswerter Geduld und konstruktiver Kritik beim Schreiben begleitet hat!

Ostfrieslandkrimi-Empfehlungen des Klarant Verlages

In der Reihe »**Bert Linnig und Nina Jürgens ermitteln**« von Rolf Uliczka sind bereits folgende spannende Ostfrieslandkrimis als Taschenbuch und eBook erschienen:

»Hafenmord in Carolinensiel«, Band 1
Taschenbuch-ISBN: 978-3-95573-798-6
eBook-ISBN: 978-3-95573-799-3

Ein Mord versetzt das ostfriesische Fischerdorf Carolinensiel in helle Aufregung. Im idyllischen Museumshafen schwimmt eine männliche Leiche erschlagen im Wasser. Bei dem Toten handelt es sich ausgerechnet um Torsten Oltmann, den beliebten Jugendtrainer des lokalen Fußballvereins. Die Kommissare Bert Linnig und Nina Jürgens von der Polizei Wittmund nehmen die Ermittlungen auf, und schnell mehren sich die Hinweise auf eine Affäre zwischen dem Fußballtrainer und Katja Schmitz, der attraktiven Mutter eines seiner Schützlinge. In den Fokus gerät Katjas Mann Gerd Schmitz, der sich immer mehr in Widersprüche verstrickt. Ein klassischer Mord aus Eifersucht? Doch je tiefer die Ermittler graben, desto mehr Verdächtige kommen ins Spiel. Sogar der Jogger, der den Toten angeblich zufällig entdeckt hat, scheint eine offene Rechnung mit ihm gehabt zu haben. War die Meldung des Leichenfunds nur ein perfider Weg, um von sich selbst abzulenken?

»Serienmord in Neuharlingersiel«, Band 2
Taschenbuch-ISBN: 978-3-95573-800-6
eBook-ISBN: 978-3-95573-801-3

»Bauernmord in Bensersiel«, Band 3
Taschenbuch-ISBN: 978-3-95573-802-0
eBook-ISBN: 978-3-95573-803-7

»Wattmord in Carolinensiel«, Band 4
Taschenbuch-ISBN: 978-3-95573-804-4
eBook-ISBN: 978-3-95573-805-1

»Sektenmord in Neuharlingersiel«, Band 5
Taschenbuch-ISBN: 978-3-95573-866-2
eBook-ISBN: 978-3-95573-867-9

»Campermord in Bensersiel«, Band 6
Taschenbuch-ISBN: 978-3-95573-922-5
eBook-ISBN: 978-3-95573-923-2

»Kluntjesmord in Carolinensiel«, Band 7
Taschenbuch-ISBN: 978-3-95573-950-8
eBook-ISBN: 978-3-95573-951-5

»Strandmord in Neuharlingersiel«, Band 8
Taschenbuch-ISBN: 978-3-96586-031-5
eBook-ISBN: 978-3-96586-032-2

»Skippermord in Bensersiel«, Band 9
Taschenbuch-ISBN: 978-3-96586-079-7
eBook-ISBN: 978-3-96586-080-3

»Küstenmord in Harlesiel«, Band 10
Taschenbuch-ISBN: 978-3-96586-159-6
eBook-ISBN: 978-3-96586-160-2

»Fetenmord in Neuharlingersiel«, Band 11
Taschenbuch-ISBN: 978-3-96586-209-8
eBook-ISBN: 978-3-96586-210-4

»Deichbrückenmord in Bensersiel«, Band 12
Taschenbuch-ISBN: 978-3-96586-285-2
eBook-ISBN: 978-3-96586-286-9

»Utkiekermord auf Spiekeroog«, Band 13
Taschenbuch-ISBN: 978-3-96586-380-4
eBook-ISBN: 978-3-96586-381-1

»Wattführermord in Harlesiel«, Band 14
Taschenbuch-ISBN: 978-3-96586-489-4
eBook-ISBN: 978-3-96586-490-0

»Surfermord in Neuharlingersiel«, Band 15
Taschenbuch-ISBN: 978-3-96586-593-8
eBook-ISBN: 978-3-96586-594-5

»Anglermord in Altfunnixsiel«, Band 16
Taschenbuch-ISBN: 978-3-96586-702-4
eBook-ISBN: 978-3-96586-703-1

»Raddampfermord in Carolinensiel«, Band 17
Taschenbuch-ISBN: 978-3-96586-840-3
eBook-ISBN: 978-3-96586-841-0

»Peldemühlenmord in Wittmund«, Band 18
Taschenbuch-ISBN: 978-3-96586-985-1
eBook-ISBN: 978-3-96586-986-8

»Strandkörvmord in Neuharlingersiel«, Band 19
Taschenbuch-ISBN: 978-3-68975-153-1
eBook-ISBN: 978-3-68975-154-8

»Westendmord auf Spiekeroog«, Band 20
Taschenbuch-ISBN: 978-3-68975-337-5
eBook-ISBN: 978-3-68975-338-2

Liebe Leserinnen,
Liebe Leser,

Sie erhalten beim Klarant Verlag einen **kostenlosen Kurz-Ostfrieslandkrimi**. Einfach den QR Code scannen und das ebook herunterladen:

www.ostfrieslandkrimi-lesen.de

Wir freuen uns sehr, wenn Sie Teil unserer

Ostfrieslandkrimi-Freunde-Facebook-Gruppe werden:

www.facebook.com/groups/ostfrieslandkrimifreunde

Wir wünschen Ihnen viel Spaß beim Lesen unserer Ostfrieslandkrimi.